ALEX BUCHENBERGER

Seegestöber

MORDLUST AM CHIEMSEE Eigentlich ist es ein ganz gewöhnlicher Montagmorgen. Um den Tag zu beginnen, joggt der ehemalige Softwareunternehmer Wilhelm Berger seine rituelle Morgenrunde am Chiemsee entlang, während ihn plötzlich ein unruhiges Gefühl beschleicht. Kurz darauf wird Berger auf seinem üblichen Rastplatz von einem Heckenschützen erschossen. Die Tatwaffe: Ein Kleinkalibergewehr. Eine Schuldige ist schnell gefunden: Unter Tatverdacht steht Juliane Berger, die extravagante Ehefrau des Opfers. Auch das Tatmotiv scheint klar zu sein: Sie tötete aus Habgier. Als dann noch die Affäre ihres Mannes mit der hübschen Personaltrainerin Laura Obermeier ans Licht kommt, ist die Anklage perfekt. Im Laufe der Ermittlungen dringen Hanna Schmiedinger und ihre Kollegen jedoch immer tiefer in die Kreise der Reichen und Schönen des Chiemgaus ein und befinden sich bald schon unter Jägern und Hobbyschützen. Diese verbindet nicht nur die Leidenschaft fürs Schießen, sondern auch für Kleinkaliber.

Michael Gerwien alias Alex Buchenberger lebt in Oberbayern und schreibt dort Krimis, Thriller, Kurzgeschichten und Romane.

ALEX BUCHENBERGER

Seegestöber

KRIMINALROMAN

GMEINER

Immer informiert

Spannung pur – mit unserem Newsletter informieren wir Sie regelmäßig über Wissenswertes aus unserer Bücherwelt.

Gefällt mir!

Facebook: @Gmeiner.Verlag
Instagram: @gmeinerverlag
Twitter: @GmeinerVerlag

MIX
Papier aus verantwortungsvollen Quellen
FSC® C083411

Besuchen Sie uns im Internet:
www.gmeiner-verlag.de

Im Ehnried 5, 88605 Meßkirch
Telefon 07575/2095-0
info@gmeiner-verlag.de

1. Auflage 2022

Lektorat: Claudia Senghaas, Kirchardt
Herstellung: Mirjam Hecht
Umschlaggestaltung: U.O.R.G. Lutz Eberle, Stuttgart
unter Verwendung eines Fotos von: © Tibor Duris / Shutterstock
Druck: CPI books GmbH, Leck
Printed in Germany
ISBN 978-3-8392-0193-0

Personen und Handlung sind frei erfunden.
Ähnlichkeiten mit lebenden oder toten Personen
sind rein zufällig und nicht beabsichtigt.

1

Es war ein ganz normaler Montagmorgen, kurz vor sieben. Der 59-jährige Wilhelm Berger hatte jedoch das Gefühl, als würde gleich etwas geschehen, was sonst nicht geschah. Was genau das sein sollte, konnte er nicht sagen. Da war nur diese unbestimmte Vorahnung, die sich mit jedem Schritt tiefer in seine Gedanken bohrte.

Noch 200 Meter, dann hätte er seine Raststelle kurz vor Söll erreicht. Dort würde er wie immer anhalten, um sich ausgiebig zu strecken und zu dehnen. Die Beinmuskeln zu dehnen, wäre das Wichtigste beim Joggen, hatte ihm seine über 20 Jahre jüngere Personaltrainerin Laura Obermeier erklärt.

Brünette Locken, wunderschön, charmant und ihrer eigenen Aussage nach genauso verliebt in ihn wie er in sie. Er war geneigt, es ihr zu glauben. Obwohl ihm klar war, dass sie bei ihrem attraktiven Äußeren ebenso gut einen Jüngeren und noch Reicheren als ihn hätte haben können.

Da er verheiratet war, hielten sie ihre Affäre geheim. Niemand außer ihnen wusste davon hier am Chiemsee, dem sogenannten bayerischen Meer. Zumindest ging Wilhelm davon aus.

Im Süden erstreckten sich die schroffen grauen Gipfel der Alpenkette zum Anfassen nah von links nach rechts. Das Wasser des Sees glitzerte silbern in der flach am Himmel stehenden Morgensonne. Möwen zogen kreischend darüber hinweg. Durchstießen mit ihren vorgereckten Schnäbeln die länglichen Nebelschwaden, die reglos in der Luft schwebten.

Auch der Atem aus Wilhelms Mund wurde zu Nebel. Mininebel. Ein rauchender schlanker Jogger im Trainingsanzug, hätte ein Beobachter aus weiterer Entfernung denken können.

Dabei hatte er vor Kurzem aufgehört zu rauchen. Sein Internist in Salzburg, Professor Lautenschlager, hatte es ihm bei der letzten Untersuchung eindringlich nahegelegt. Es wäre höchste Zeit mit dem kindischen Unfug aufzuhören, hatte er gemeint. Bluthochdruck, Stress und Zigaretten wären eine denkbar ungute Konstellation. Da ließe der Herzinfarkt nicht mehr lange auf sich warten.

Lautenschlager galt als Koryphäe auf seinem Gebiet. Wilhelm hatte also auf der Stelle Einsicht gezeigt und die angebrochene Schachtel Filterlose in seiner Jackentasche beim Verlassen der Praxis in den Papierkorb neben dem Empfangstresen geworfen.

Damit war der Anfang gemacht. Die nächsten Wochen durchzuhalten, fiel ihm anschließend sogar leichter als erwartet.

Noch 100 Meter.

Wilhelm oder Willi, wie ihn jeder rief, der ihn näher kannte, rieb im Laufen seine Hände gegeneinander.

Es war eindeutig zu kalt für Mitte Juni. Schafskälte nannten es die Einheimischen. Für ihn war es eher eine scheiß Kälte. Bestimmt hatte es nicht mehr als drei Grad plus.

Zeit, dass es endlich richtig Sommer wurde.

Wäre er doch nur in die Toskana gezogen, als er die Gelegenheit dazu hatte. Dort war es jetzt sicher herrlich warm. Als er das letzte Mal vor drei Jahren unten gewesen war, hatte ihm ein Bekannter ein tolles Anwesen im Grünen unweit von Florenz angeboten. Das Ganze auch noch zum absoluten Schnäppchenpreis.

Doch dann hätte er Laura wohl niemals kennengelernt. Seinen rettenden Engel. Sein neues Ein und Alles. Sie war so ganz anders als seine streitsüchtige und zumeist gelangweilte Frau Juliane, die den lieben langen Tag über nur am Pool ihrer gemeinsamen Villa außerhalb von Gstad herumlag, teuren Jahrgangschampagner in sich hineinschüttete und Modemagazine las.

Allein drei Dinge konnten Jule, wie er sie seit ihrem ersten Kuss vor 30 Jahren nannte, von ihrer eingespielten Alltagsroutine abhalten. Schlechtes Wetter, ein Besuch beim Schönheitschirurgen, um wieder mal einige unliebsame Falten in ihrem Gesicht glattspritzen zu lassen, oder eins der seltenen Treffen mit ihrer besten Freundin Mimi Zachers, mit der sie zudem gerne in den Urlaub fuhr. Kitzbühel oder St. Moritz im Winter. Marbella, Florida oder St. Tropez im Sommer.

Wenn Mimi nicht in Hamburg, sondern hier in der Nähe gewohnt hätte, hätten die beiden bestimmt jeden Tag, den der Herrgott ins Land gehen ließ, miteinander verbracht.

Man konnte nicht sagen, dass Juliane unattraktiv gewesen wäre. Nach wie vor zog sie die Blicke der Männer auf sich, sobald sie irgendwo in der Öffentlichkeit auftauchte. Wilhelm jedoch sah in ihr inzwischen nur noch einen müden Schatten ihres früheren Selbst. Eine leere Hülle, die einem gedankenlosen Zombie gleich durch die Tage und Nächte ihres gemeinsamen Daseins wandelte.

Laura dagegen lachte gerne, diskutierte aber auch ernsthaft mit ihm, interessierte sich für ihn, begehrte ihn.

Wie sie ihm versicherte, hätte das alles aber nichts mit seinem Geld zu tun, von dem er wirklich sehr viel besaß. Sie würde ihn auch lieben, wenn er arm wäre.

Um sich selbst nicht seiner diesbezüglichen Illusionen zu berauben, schenkte er ihren Worten Glauben. Möglicherweise würde er sich sogar alsbald von Juliane trennen und mit Laura ein neues Leben anfangen. Irgendwo in der Toskana zum Beispiel oder auf einer einsamen Insel.

Heute früh war er ausnahmsweise ohne sie unterwegs.

Sie läge mit einem böse verstauchten Knöchel daheim, hatte sie vorhin am Telefon gemeint. Wäre zu riskant mit einer schwergewichtigen Kundin im Gepäck beim Paragliding gelandet.

Er musste lächeln, als er an sie dachte. Stellte sich ihren perfekten Körper vor. Wie schön sie doch war. Ein Geschenk des Himmels.

Im selben Moment verspürte er einen Schlag am Kopf.

Ihm wurde schwarz vor Augen.

Er stürzte kopfüber den kleinen Kieseln des Uferweges entgegen. Kam bäuchlings darauf zu liegen.

Aus einem riesigen gezackten Loch in seiner Stirn sickerten träge Blut und Hirnmasse dem Boden entgegen.

Die Toskana würde Wilhelm nie wiedersehen.

Auch Laura nicht oder Juliane.

Er war tot.

2

»Das ist ja grauenhaft.« Die 38-jährige, wie immer ganz in schwarz gekleidete Hauptkommissarin und stellvertretende Leiterin der Traunsteiner Mordkommission, Hanna Schmiedinger, zeigte auf die Leiche des schlanken Mannes im Jogginganzug zu ihren Füßen, bei der das halbe Gesicht fehlte. »Was ist mit ihm passiert?« Sie musste achtgeben, dass ihr das Croissant, das sie gerade zum schnellen Frühstück auf der Fahrt hierher gehabt hatte, nicht gleich wieder hochkam.

»Jemand hat ihm von hinten eine Kugel durch den Kopf geschossen«, erwiderte ihre blonde Kollegin, die 34-jährige Kommissarin Sabrina Hornsteiner. Sie hatte sich als Frühaufsteherin bereits eine gute halbe Stunde vor Hanna, um kurz nach acht, hier am Tatort nur zwei Kilometer außerhalb von Söll eingefunden. »Er war sofort tot.«

»Tatsächlich? Das hätte ich jetzt nicht gedacht.« Die dunkelhaarige Hanna blickte Sabrina herausfordernd an.

»Ich finde das nicht witzig.«

»Hast ja recht«, brummte Hanna. »Alles gut. Die Austrittswunde im Gesicht sieht echt schrecklich aus.« Sie trank einen Schluck aus dem Pappbecher in ihrer Hand. Ihr leuchtender Lippenstift hinterließ dabei einen knallroten Kussmund am Rand. »Widerliche Plörre«, murmelte sie genervt. »Nicht einmal mehr einen anständigen Kaffee bekommt man heutzutage, egal wo man ihn kauft. Die Welt ist dem Untergang geweiht.«

»Ich trinke Tee.« Sabrina grinste flüchtig.

»Schön für dich. Wer hat ihn gefunden?« Hanna musterte Sabrina mit ihren alles durchdringenden blauen Augen.

»Eine Spaziergängerin aus Hannover, die hier am See Urlaub macht. Sie hat auch die Streife verständigt.« Sabrina klang sachlich, knapp und wie immer ein wenig arrogant.

»Da schau her. Manchmal sind sogar die Touristen für etwas gut.« Hanna grinste humorlos.

»Soll das jetzt schon wieder lustig sein?«

»Im Gegenteil.« Hanna schnaubte ärgerlich. »Es ist die Wahrheit, oder nicht?«

Genau genommen war sie nicht nur heute Morgen schlecht gelaunt, etwa weil Montag war, sondern auch an den anderen Arbeitstagen der Woche. Mal mehr, mal weniger. Einen besonderen Grund brauchte sie dafür nicht. Es handele sich dabei um eine Art innerer Rebellion gegen den stressigen Beruf, hatte ihr vor einigen Jahren eine Psychologin erklärt, die sie damals wegen der Trennung von ihrem Mann Paul aufgesucht hatte. Sie solle sich öfter mal eine Auszeit nehmen und entspannen. Yoga wäre nicht schlecht oder Pilates.

Als ob das zeitlich so einfach wäre bei ihrem Job. Man nehme bloß mal hier und heute. Auf jeden Fall war ihre eher negative Grundstimmung unter anderem auch der Anlass dafür, dass Hanna immer wieder gerne mit jedermann auf Konfrontationskurs ging.

Am liebsten mit ihrem neuen Schicki-Micky-Chef, dem geleckten und gestriegelten 45-jährigen Kriminaldirektor Harald Kreisler. In ihren Augen nichts als ein wichtigtuerischer Stutzer. Allein seine übertrieben korrekt gebügelten Maßanzüge waren ihr ein Dorn im Auge. Das aufdringliche Rasierwasser, das der gebürtige Regensburger täglich auflegte, bereitete ihr körperliches Unbehagen. Mochte es teuer gewesen sein, wie es wollte. Es grenzte an ein Wunder, dass er Hanna bisher kein Disziplinarverfahren für ihre mannigfachen verbalen Attacken auf ihn angehängt hatte. Aber offenbar wusste er ganz genau, was er an ihr als Ermittlerin hatte.

»Ich mag die Touristen«, meinte Sabrina. »Die meisten von ihnen sind sehr viel freundlicher als unsere einheimischen Grantler.«

»Ist sie noch hier, deine Zeugin?«, erkundigte sich Hanna. Sie überging Sabrinas in ihren Augen eindeutig persönlich gemeinte Anspielung geflissentlich.

»Wieso meine Zeugin?« Sabrina sah sie erstaunt an.

»Nur so.« Hanna winkte ab. »Weil du von ihr erzählt hast. Alles gut. Vergiss es.«

»Aha.« Sabrina lächelte leicht irritiert. »Sie sitzt da drüben«, fuhr sie fort, während sie auf eine Bank ungefähr 20 Meter abseits von ihnen direkt am Ufer zeigte.

»Natürlich weiß sie nicht, wer es war.« Hanna nickte, wie um sich gleich mal selbst zu bestätigen. »Auch haben sich keine Terroristen mit Bekennerschreiben gemeldet oder etwas Ähnliches, richtig?«

»Richtig.« Sabrina legte den Kopf schief. Sie strich mit einer anmutigen Geste eine lange Haarsträhne hinter ihr Ohr. Dabei blinzelte sie einige Male, als hätte sie etwas im Auge.

Sie tat das gerne. Vor allem wenn Männer in der Nähe waren. Offenbar dachte sie, dass es sie in Kombination mit dem Schmollmündchen, das sie dabei gelegentlich zusätzlich zog, irgendwie unwiderstehlich oder sexy machte.

Die nicht weniger aparte, aber aus tiefstem Herzen heraus bodenständige Hanna berührte dieses Ich-bin-ein-hübsches-kleines-Weibchen-Getue nicht im Geringsten. Sie fand es einfach nur affig und einer Kriminalkommissarin unwürdig.

»War mir klar. Weiter im Text«, sagte sie.

»Der Schuss muss aus einiger Entfernung mit einem Gewehr abgegeben worden sein, meinen die von der Kriminaltechnik. Möglicherweise mit Schalldämpfer, weil man ihn sonst bis nach Söll hinein gehört hätte. In diesem Fall wäre es auch bestimmt nicht mehr so leer hier. Genaueres aber erst nach den Untersuchungen durch die Rechtsmedizin.«

»Wurde die Gegend, aus der der Schuss höchstwahrscheinlich kam, abgesucht?«

»Die Kollegen von der KTU sind noch dabei.« Sabrina deutete mit der Hand auf ein kleines Wäldchen oberhalb der Uferpromenade in südlicher Richtung. Ihre silbern lackierten Fingernägel funkelten dabei wie Diamanten im Sonnenlicht. »Ist viel Platz, um sich zu verstecken, da hinten.«

»Weiß man schon, welche Munition der Täter benützt hat?«

»Möglicherweise wurde mit einem Jagdgewehr geschossen oder es war ein Sportschütze oder ein Profi, ein ausgebildeter Scharfschütze mit der entsprechenden Kleinkaliberwaffe.«

»Also Kleinkaliber?«

»Schaut so aus.« Sabrina nickte. »Aber Genaueres wie gesagt erst später.«

»Findet so schnell wie möglich die Kugel und die Hülse! Vielleicht gibt es auch mehr davon, falls der Schütze zunächst nicht getroffen hat.«

»Eh klar, Chefin. Die KTU kümmert sich.«

»Wer war der Tote?«

»Ein gewisser Wilhelm Berger, Privatier. Ist vor einem Jahr aus Düsseldorf hierher nach Gstad gezogen. Liegt ein paar Kilometer südlich, wie du sicher weißt. Er hat vorher ein Millionenvermögen mit Software gemacht.«

»Woher weißt du das alles?« Hanna sah Sabrina neugierig an.

»Hab ich ein Smartphone oder nicht?«

»Hast du.« Hanna nickte. »Oder nicht?«

»Ich rief vorhin seine Frau an«, fuhr Sabrina fort. »Juliane Berger. Sie erzählte es mir. Dauerte zwar erst, weil sie logischerweise geschockt war. Aber dann hat sie mir doch noch ein paar wenige Dinge verraten.«

»Verstehe.« Hanna nickte erneut. »Dann kümmere ich mich mal um unsere Zeugin.«

Sie blickte zu der älteren rothaarigen Dame im beigefarbenen Kostüm hinüber. Ihren unruhigen Seitenblicken nach wartete die offenbar schon sehnsüchtig darauf, endlich wieder unbehelligt ihres Weges gehen zu dürfen.

»Wir sehen uns später.« Sabrina winkte Hanna knapp zu. »Ich fahre zu dieser Frau Berger. Vielleicht weiß sie noch mehr. Danach bin ich im Büro. Mal schauen, welche Schützenvereine und Männer mit Jagdscheinen es in der Gegend gibt.«

»Alles klar, sehr gut.«

Hanna schätzte Sabrina für ihre selbstständige Art zu arbeiten. Es war nicht unbedingt eine Selbstverständlichkeit. Auch bei der Kripo gab es, wie in anderen Betrieben auch, genügend Mitarbeiter, denen man jeden Schritt, den sie machen sollten, erst einmal vorbeten musste. Gott sei Dank war keiner von denen in Hannas Abteilung. So gesehen konnte sie stolz auf ihr Team sein, und sie war es auch, wenn sie ganz ehrlich war.

Höchste Zeit für eine frische Lage Lippenstift. Natürlich von dem besonders knallroten aus Paris. Ihre aktuelle Lieblingsmarke. Die alte Farbe drohte bereits einzutrocknen, wie sie spüren konnte, und verblasste sicher auch bereits.

Mehrmals täglich Lippenstift war ihr einziges Zugeständnis an die allerorten in den Köpfen verankerte angebliche Notwendigkeit geschmückter Weiblichkeit.

Zumindest im Alltag.

Bei Festlichkeiten wie dem alljährlichen Polizeiball sah das schon wieder etwas anders aus. Da schminkte sie sich gelegentlich zusätzlich ihre Augen und legte sogar Rouge auf, nachdem sie frisch vom Friseur kam. Allerdings tat sie das auch wieder nicht, um sich anzupassen oder weil es möglicherweise so von ihr erwartet wurde, sondern einzig und allein für sich.

Als sie mit ihren jetzigen Restaurierungsarbeiten so weit fertig war und ihren Taschenspiegel, den sie immer bei sich trug, wieder eingesteckt hatte, machte sie sich mit strammen Schritten zu der Bank am Ufer auf.

»Herrgott noch mal« murmelte sie missmutig, während sie auf die ersten Segelboote blickte, die den grün und blau schimmernden See zu erobern begannen. »Wer braucht am frühen Montagmorgen einen Mordfall an der Backe? Ich jedenfalls nicht.«

3

Viertel nach neun. Sabrina fuhr durch das offen stehende schmiedeeiserne Portal direkt an der kleinen Zufahrtsstraße. Von dort aus gelangte sie über eine breite Auffahrt zum Anwesen der Bergers hinauf. Es lag auf einer sanften Anhöhe am Ortsrand von Gstad am Chiemsee.

Vor dem Hauptgebäude, einem weiß getünchten, mit vielen Erkern und Balkonen ausgestatteten kleinen Märchenschloss stellte sie den Motor ihres Dienstwagens ab. Sie stieg aus, blickte sich um, bemerkte den üppig mit bunten Blumenbeeten, Brunnen und teils exotischen Sträuchern und Bäumen angelegten Garten. Gleich darauf stellte sie fest, dass man von hier aus einen herrlich freien Blick über den Chiemsee bis tief in die Alpen hinein hatte.

»Ich dachte bisher immer, meine Eigentumswohnung in Traunstein wäre Luxus«, sagte sie kopfschüttelnd zu sich selbst.

Sie ging zur Eingangstür hinüber und läutete.

Wenig später öffnete ihr eine Pagenschnitt-Blondine mit offenkundig vom Schönheitschirurgen mehrfach glatt gezogenem Gesicht. Der Hals darunter war faltig. Zusammen mit den beginnenden Altersflecken auf ihren schmalen Händen ließ er Schlüsse auf ihr wahres Alter zu. Schätzungsweise irgendetwas über 60.

Dennoch war sie immer noch das, was man im landläufigen Sinne als sehr attraktiv betrachtete. Die Männer ließen sie sicher nicht links liegen. Ausdrucksstarkes Gesicht, hohe Wangenknochen, über ihrem großen schlanken Körper trug sie einen langen weißen Bademantel. Ihre Füße mit den golden lackierten Zehennägeln steckten in dazu passenden goldfarbenen Sandaletten.

»Frau Juliane Berger?« Sabrina sah sie fragend an.

»Die bin ich.« Juliane nickte langsam.

»Grüß Gott. Mein Name ist Hornsteiner von der Kripo Traunstein.« Sabrina zog ihren Dienstausweis aus der Gesäßtasche ihrer hautengen Bluejeans. »Wir haben vorhin wegen Ihrem Mann telefoniert.«

»Ach, Sie waren das? Was wollen Sie denn noch?« Juliane klang gelangweilt. Ihre arrogant dreinblickenden hellblauen Augen verstärkten den Eindruck.

»Ihnen einige Fragen stellen.« Sabrina lächelte forsch.

Das sind mir die Liebsten. Zugezogen, noch nie gearbeitet, wie sie aussieht, aber überheblich wie eine Zarentochter. Trauer ist außerdem was anderes.

»Ich sagte Ihnen doch bereits alles am Telefon.«

Juliane war drauf und dran die Tür wieder zu schließen.

»Sie wollen also gar nicht wissen, wie es jetzt weitergeht?«, fragte Sabrina erstaunt.

»Wie soll es schon weitergehen?« Juliane zuckte die Achseln. »Wilhelm wird begraben und ich bin seine Witwe.«

»Interessiert es Sie denn gar nicht, wer Ihren Mann erschossen hat?«

Wie ist die denn drauf?

»Macht ihn das etwa wieder lebendig?«

Julianes durch das Liften maskenhafter Gesichtsausdruck wirkte nahezu unheimlich. Sabrina war es gewohnt, zumindest irgendeine Reaktion in den Gesichtern der Angehörigen von Mordopfern ablesen zu können. Sei sie auch noch so unauffällig gewesen. Aber hier und jetzt tat sich diesbezüglich rein gar nichts. Die wächserne Mimik der reichen Witwe schwieg eisern.

»Wir können das auch gerne morgen in aller Früh auf dem Revier in Traunstein besprechen.« Sabrina steckte ihren Ausweis wieder ein.

»Wie meinen Sie das, ›auf dem Revier‹?« Juliane blickte konsterniert drein. Zumindest ließ ihr mehrmaliger Augenaufschlag diese Interpretation zu.

»Ganz einfach.« Sabrina lächelte humorlos. »Sie bekommen jetzt eine Vorladung von mir und schauen morgen früh bei uns vorbei.«

»Morgen früh?«

»Passt Ihnen halb acht?«

»Na gut, kommen Sie schon rein.« Juliane stöhnte genervt. »Ich liege aber gerade am Pool. Vormittags schwimme ich erst mal eine Zeit lang, bevor der Tag beginnt. Mittags und abends auch, wenn ich will.«

»Dann reden wir eben am Pool. Kein Problem.«

Sabrina folgte ihr ins Haus.

»Anbieten kann ich Ihnen leider nichts«, sagte Juliane, als sie auf der Rückseite des Hauses auf einer großzügig angelegten, mit Marmor gefliesten Terrasse ankamen. Der Swimmingpool mit den Ausmaßen eines kleineren Stadtbades befand sich gleich dahinter. »Meine Hausdame hat heute frei. Sonst hätte die Sie auch an der Tür empfangen. Ich mache normalerweise gar nicht auf.«

»Da hab ich wohl Glück gehabt.« Sabrina schüttelte innerlich den Kopf.

Ihre Hoheit machte bestimmt nicht mal für sich selbst einen Kaffee. Lieber wartete sie bis morgen, wenn ihre Bedienstete wieder alles für sie erledigte. Wahrscheinlich gab es solange nichts als Wasser und trockenes Brot im Hause Berger und als Topping Kaviar aus der Dose. Das aber natürlich nur, wenn die Dose bereits geöffnet war und das Brot in der Bäckerei vorgeschnitten wurde.

4

»Auch schon wach?« Hanna grinste ihrem rothaarigen Lieblingskollegen Rainer Talgruber, dem anerkannt besten Computerspezialisten der Inspektion, ins immerblasse sommersprossige Gesicht.

Halb zehn. Sie war froh, dass er endlich ebenfalls am Tatort erschien. Zum einen waren sie schon immer das perfekte Team. Zum anderen sahen vier Augen einfach mehr als zwei.

Die ältere Zeugin aus Hannover hatte nicht mehr als das gewusst, was Sabrina bereits gesagt hatte. Hanna hatte sich bei ihr bedankt und sie gehen lassen.

»Seit fünf in der Früh bin ich auf.« Rainer reckte seinen schlaksigen Körper. Er gähnte dabei demonstrativ.

»Wie das?« Hanna sah ihn neugierig an. So früh war er vorher bestimmt noch nie wach gewesen. Das hätte sie gewusst. »Plötzliche senile Bettflucht?«

»Geht das etwa schon mit 37 los?« Er rückte seine kreisrunde Harry-Potter-Brille zurecht.

»Sag du's mir. Wo hast du übrigens dein Handy?«

»In der Jackentasche, wieso?« Er blickte sie fragend an.

»Weil du es sonst immerzu in der Hand hältst und reinschaust, als wäre es überlebenswichtig. Bestimmt liegt es nachts sogar unter deinem Kopfkissen, während du schläfst.«

»Verarschen kann ich mich selbst, Hanna. Stell mich nicht immer als schrulligen Nerd hin. Bin ich gar nicht. Was ist passiert?« Er zeigte auf den Tatort, wo gerade der Leichnam des erschossenen Wilhelm Berger von zwei Mitarbeitern des örtlichen Bestattungsunternehmens »Ruhe sanft« in die Gerichtsmedizin abtransportiert wurde.

»Ein reicher Zugezogener wurde mit einem Gewehr erschossen. Wahrscheinlich Kleinkaliber. Als Täter kommen möglicherweise Sportschützen, Jäger oder etwas in der Art infrage. Wir wissen noch nicht viel. Die Kollegen von der Spurensicherung suchen nach dem Projektil und der Hülse. Sabrina ist zur Witwe gefahren.«

»Meine Mutter hat einen riesen Radau in der Küche veranstaltet.« Rainer raufte sich seine dünnen Locken, ohne näher auf Hannas Informationen einzugehen.

»Wie meinen?« Hanna zog leicht verwirrt die Brauen hoch. Sie hatten doch eben über den Mordfall gesprochen. Hatte sie das etwa nur geträumt?

»Hab schon verstanden«, sagte Rainer. »Mord, Sportschütze oder Jäger. Sie wollte sich einen Tee machen. Um 5.00 Uhr morgens.«

»Deine Mutter?«

Also doch nicht geträumt.

»Wer sonst.«

»Senile Bettflucht. Sag ich doch. Liegt bei euch anscheinend in der Familie.«

»Als sie sich eine Tasse nehmen wollte, ist ihr der ganze Geschirrschrank von der Wand gekracht.« Rainer schaute zerknirscht drein.

»Wie hat sie das denn geschafft?«

Hanna wunderte sich nicht, dass er einfach weitersprach, ohne auf ihre provozierende Spitze mit der senilen Bettflucht einzugehen. Schließlich kannte er sie zur Genüge.

»Keine Ahnung.« Er zuckte die Achseln.

»Ist ihr etwas passiert?«

Sie wusste nicht, ob sie lachen oder erschrocken sein sollte.

Entschied sich dann aber für Zweites. Schließlich war ihr wohlbekannt, dass Rainers Mutter Hildegard hart am Rand der Demenz entlangwandelte und dass das Zusammenleben mit ihr sicher nicht unbedingt ein Zuckerlecken für ihn war.

»Gott sei Dank hat sie sich nur leicht die Hand dabei verstaucht.«

»Meine Meinung kennst du. Ein Pflegeheim wäre wirklich das Beste. Da kann man sich Tag und Nacht um sie kümmern. Ein Arzt ist vor Ort, und so weiter.«

»Kommt nicht infrage, wie du weißt.« Rainer schüttelte vehement den Kopf. »Nicht, solange ich gesund bin.«

»Aber so wie jetzt geht es nicht weiter.«

»Weiß ich auch. Morgen Abend trudelt die polnische Pflegerin, die ich angeschrieben habe, ein. Natalia heißt sie.«

»Na gut. Das ist eure Sache.« Hanna winkte ab. »Wir haben hier einen Mordfall. Brauchst du Urlaub oder bist du fit genug, um zu arbeiten?«

»Natürlich kann ich arbeiten.« Er nickte. »Nicht ich bin dement, sondern meine Mutter.«

»Dann lass uns mal mit Holger reden. Ich bin schon gespannt, was unser dauergrantiger Chef der KTU zu berichten hat.« Sie hielt kurz inne. »Du weißt aber schon, dass man fremdes Pflegepersonal überprüfen lassen muss?«, fügte sie hinzu. »Da sind viele Ganoven drunter.«

»Längst geschehen. Außerdem wohne ich im selben Haus, wie du weißt. Da wird schon nichts schiefgehen.«

»Hoffen wir es für euch.«

5

»Hatten Sie und Ihr Mann in letzter Zeit irgendwelche Auseinandersetzungen oder Streit?«, fragte Sabrina Juliane Berger, die gerade ihren Bademantel ausgezogen hatte und ihren braun gebrannten Körper im knallroten Bikini auf ihrer Sonnenliege platzierte.

Sabrina selbst saß bereits in einem der bequemen blauen Korbstühle an dem leeren Gartentisch gleich rechts von ihr. Keine Tischdecke und keine Blumen standen darauf.

Juliane war offenbar entweder pragmatisch oder faul und lieblos. Oder sie mochte einfach keine Blumen, wogegen allerdings die üppig blühenden Beete in ihrem Garten ringsumher sprachen.

»Streit? Nicht, dass ich wüsste. Und wenn, würde ich es Ihnen sicher nicht auf die Nase binden«, erwiderte sie von oben herab. »Ich weiß doch, wie die Polizei denkt.«

»Tatsächlich?« Sabrina zog Überraschung andeutend die Brauen hoch. »Wie denken wir denn?«

»Sie sehen einen Mord, eine reiche Witwe und haben Ihr Urteil längst gefällt.«

»Und wie sieht es aus, dieses Urteil?« Sabrina schaute ihr Gegenüber interessiert an.

»Na, dass ich es war.« Juliane zeigte auf sich selbst. »Ist das nicht das, was Sie denken? Ich habe meinen Mann getötet, um seine Erbin zu werden.« Sie lächelte überlegen.

»Waren Sie es?«

Bestimmt hat sie ihre Brüste ebenfalls machen lassen. Die

schauen total unnatürlich aus. Sie wirkt insgesamt eher wie ein Roboter als ein Mensch. Keine Gefühle erkennbar.

»Natürlich war ich es nicht.« Juliane schüttelte den Kopf. »Aber Sie denken das doch bestimmt.«

»Wie kommen Sie nur darauf?« Sabrina fragte sich, worauf Robojule, wie sie Juliane gerade insgeheim getauft hatte, hinauswollte. War das Ganze ein Versuch, von sich als Täterin abzulenken?

»Liegt es nicht nahe, dass ich es war? Mit ihren Augen betrachtet, meine ich.«

»Mag sein.« Sabrina nickte. »Aber wenn wir jedes Mal dem allerersten Verdachtsmoment folgen würden, ohne vorher gründlich ermittelt zu haben, würden wir der Wahrheit wohl nur selten gerecht werden.«

»Sie glauben also nicht, dass ich es war?«

»Ich glaube erst mal gar nichts. Ich sammle Aussagen, Indizien und Beweise, und später werden die Ergebnisse professionell gemeinsam im Team ausgewertet. Falls es zur Anklage einer verdächtigen Person kommt, geht der Fall anschließend vors Gericht.«

»Sie sehen gar nicht so aus, als wüssten Sie all diese schrecklich komplizierten Dinge tatsächlich, Kleines. So ganz ohne Falten der Lebenserfahrung im Gesicht.« Juliane setzte die dunkelbraune Sonnenbrille auf, die bisher auf ihrer Stirn die Haare zurückgehalten hatte. Sie lehnte sich mit angewinkelten Beinen in ihrem Liegestuhl zurück.

»Ich wäre Ihnen dankbar, wenn Sie mich nicht Kleines nennen, Frau Berger.« Sabrinas Tonfall verschärfte sich. Sie legte es nicht auf eine Auseinandersetzung an. Aber letztlich war sie nicht hier, um sich respektlos behandeln zu lassen. Das sollte auch Juliane Berger klar sein.

»Natürlich, Frau Kommissarin. Verzeihen Sie mir.« Julianes schlauchbootartige Lippen bewegten sich im Bereich ihrer Mundwinkel minimal nach oben. Offenbar wollte sie damit ein Lächeln andeuten.

»Wo waren Sie heute Morgen zwischen sechs und acht Uhr?«, erkundigte sich Sabrina, der die erneute Arroganz in Julianes Stimme nicht entgangen war.

»In meinem Bett. Ich brauche meinen Schönheitsschlaf.«

»Gibt es dafür Zeugen?«

»Nein.« Juliane schüttelte den Kopf. »Mein Mann ist tot, wie Sie wissen. Außerdem geht er um diese Zeit immer zum Joggen. Und meine Haushälterin hat heute, wie bereits gesagt, frei.«

»Milchmann? Zeitungbote?«

»Die von der Zeitung wagen es nicht, mich zu wecken. Einen Milchmann haben wir nicht. Ich leide unter Laktoseintoleranz. Ich hatte übrigens auch keinen heimlichen Liebhaber in meinem Bett versteckt, falls Sie das vermuten sollten.« Juliane kicherte kurz mädchenhaft.

»Wie war Ihr Verhältnis zu Ihrem Mann, Frau Berger?«, fragte Sabrina weiter. »Sie tun sich selbst einen Gefallen, wenn Sie ehrlich antworten.«

»Wie meinen Sie das?«

»Sagen Sie einfach die Wahrheit.«

»Das meine ich nicht.« Juliane schüttelte den Kopf.

»Was dann?«

»Wie unser Verhältnis war.«

»Ja, wie war es denn?« Sabrina spitzte neugierig die Ohren.

»Sie wissen doch, dass wir verheiratet waren.«

»Und?«

Juliane richtete sich halb auf. Sie nahm wortlos das halbvolle Champagnerglas neben ihrer Liege zur Hand und leerte es in einem Schluck. Nachdem sie sich nachgeschenkt hatte, warf sie die leere Flasche hinter sich auf den Rasen.

»Hab ich von den Russen gelernt«, kommentierte sie das Prozedere. »Wenn man verheiratet ist, hat man ein gutes Verhältnis miteinander, was sonst?«, fuhr sie anschließend mit dem eigentlichen Thema fort. Dann trank sie erneut.

»Nicht unbedingt und nicht immer, glauben Sie mir.« Sabrina blickte starr geradeaus.

»Nicht?« Es sah so aus, als versuchte Juliane erstaunt ihre Brauen zu heben. Aufgrund der überstraffen Verhältnisse in ihrer Gesichtshaut misslang das allerdings gründlich.

»Nein.« Sabrina schüttelte den Kopf. »Wenn es tatsächlich so wäre, hätten wir kaum noch Arbeit.«

»Das wäre doch wunderbar. Dann könnten Sie wie ich irgendwo in der Sonne liegen. An einem schönen Baggersee vielleicht. Mit einem netten kleinen Polizisten.«

Juliane nahm einen weiteren Schluck Champagner.

»Wollen Sie mich eigentlich verarschen?«

Sabrina hatte die Nase endgültig voll von der unentwegten Überheblichkeit der Hausherrin.

Wollte die zugereiste Schnepfe etwa, dass sie aus der Rolle fiel? Wollte sie ihr wehtun? Sie beleidigen? Oder war sie einfach nur betrunken? Bei ihren letzten Sätzen hatte sie auf einmal gelallt.

Moment mal.

Nichts von alledem traf zu, fiel es Sabrina wie Schuppen von den Augen. Es war gar nichts Persönliches. Julia Berger erblasste gerade einfach nur vor Neid auf ihre Jugend. Das musste es sein. Außerdem benahm sie sich mit ihrer gekünstelt zur Schau getragenen guten Laune keinesfalls wie eine ernsthaft trauernde Witwe.

Sie schien geradezu froh zu sein, dass sie ihren Mann los war. Möglicherweise hatte sie ihn tatsächlich umgebracht oder umbringen lassen. Vielleicht weil er sie betrogen hatte oder weil sie sein Geld für sich alleine wollte. Oder beides.

6

Florian Bauer wählte voller Vorfreude Hannas Nummer. Der erfolgreiche Hotelbetreiber hatte sich hierzu ein ruhiges Eck auf einer Bank im Garten seines Haupthauses gesucht. Niemand war in der Nähe. Freier Blick über den hoteleigenen Golfplatz. Bis über die nächsten sich sanft erhebenden, mit sattem Grün bewaldeten Hügel.

Bevor er das Luxusresort in der Nähe von Burghausen aufgemacht hatte, war er Softwareunternehmer gewesen. Hatte ein kleines Vermögen damit verdient.

Doch dann hatte ihn seine Frau Anne mit Lothar, seinem besten Freund und Geschäftspartner betrogen, und seine Schwester Maria hatte die beiden ermordet, um für ihren geliebten Bruder Rache zu nehmen. Danach hatte sie sich selbst umgebracht.

Für den gut aussehenden 40-jährigen Florian ein harter

Brocken, der erst einmal verdaut werden wollte. Hannas Anwesenheit in seinem schlagartig einsamen Dasein half ihm dabei.

Seit sie ihn das erste Mal wegen der damaligen Morde verhört hatte, war ihr ein zentraler Platz in seinem Herzen sicher gewesen. Er hatte sich sofort Hals über Kopf in sie verliebt. Allerdings ging es ihr offenbar nicht ganz so wie ihm. Zumindest ließ ihre abwartende und oft distanzierte Art ihm gegenüber darauf schließen.

Doch das würde sich heute Abend bestimmt ändern, wenn sie erst einmal erfuhr, was er vorhatte. Dann würde sie endlich Farbe bekennen müssen.

Er musste es mehrmals bei ihr läuten lassen, bis sie endlich dranging.

»Florian?«, meldete sie sich mit vorauseilender Ungeduld in der Stimme. »Im Moment ist es ganz schlecht. Wir untersuchen gerade den Tatort eines Mordfalls am Chiemsee.«

»Verstehe«, erwiderte er. »Geht auch ganz schnell. Willst du heute Abend mit mir essen?«

»Weiß nicht«, zögerte sie. »Mal sehen.«

»Gib deinem Herzen einen Stoß.«

»Aber die Ermittlungen ...«

»Die können auch morgen weitergehen. Oder seid ihr gerade akut hinter jemand Bestimmtem her?« Er fuhr sich nervös über seine dichten schwarzen Haare.

Bitte lass sie Zeit haben, lieber Gott.

»Na ja, nein. Nicht direkt«, wand sie sich, immer noch hörbar unentschlossen. »Wir haben bis jetzt jedenfalls keinen konkreten Tatverdacht.«

»Dann kannst du dir doch heute Abend zwei, drei Stunden freinehmen. Bitte, Hanna. Es ist mir wirklich wichtig.«

»Wann und wo soll es denn stattfinden, unser Essen?«

»Ich reserviere einen Tisch bei deinem Lieblingsitaliener in Traunstein. Ist dir 20.00 Uhr recht?«

»Bei meinem Lieblingsitaliener? Der ist nicht gerade billig. Das weißt du schon.«

»Für dich würde ich mein letztes Hemd geben.«

Zu übertrieben, Florian. Halt dich zurück. Nicht, dass sie sich am Ende noch verarscht fühlt.

»20.00 Uhr müsste hinhauen.« Sie seufzte schicksalsergeben. Dann lachte sie kurz. »Herr im Himmel, du kannst ganz schön beharrlich sein.«

»Hätte ich sonst so großen geschäftlichen Erfolg?«

»Bin ich etwa ein Geschäft für dich?« Ihre Stimme klang spitz.

»Nein, natürlich nicht. War dumm ausgedrückt. Nicht so gemeint.« Er errötete.

Wenn du bloß nicht immer einen solchen Schmarrn reden würdest, Alter.

»Ich muss jetzt weitermachen.« Hanna hörte sich gehetzt an. Sie schien tatsächlich keine Zeit zu haben. Umso höher rechnete er es ihr an, dass sie sich einige Minuten für ihn genommen hatte.

»Ich freu mich auf dich«, sagte er schnell, damit sie es auf jeden Fall noch mitbekam, bevor sie auflegte.

»Gibt es eigentlich was zu feiern oder warum ist es so dringend?« Offenbar hatte sie es auf einmal doch nicht ganz so eilig.

»Könnte sein.« Er biss sich auf die Lippen.

»Tu nicht so geheimnisvoll. Sag schon.«

»Wart's ab.«

Florian wusste, dass er sie neugierig gemacht hatte. Er wusste ebenfalls, dass sie es nur sehr schlecht aushielt, wenn man sie über irgendetwas im Ungewissen ließ. Bestimmt hatte das etwas mit ihrem Beruf als Ermittlerin zu tun.

Doch wenn er jetzt schon die Katze aus dem Sack ließ, war das ganze Überraschungsmoment, das er in diesem Fall lieber auf seiner Seite wusste, dahin.

»Na gut. Dann warte ich es halt ab. Auch wenn's schwerfällt. Mach's gut.«

Sie legte auf.

»Servus, Hanna«, sagte Florian noch ins Nichts hinein. Dann legte er ebenfalls auf.

7

»Was? Der Willi wurde erschossen? Das glaube ich nicht.« Laura Obermeier hielt sich geschockt die Hand vor den Mund.

Sie war sich nicht sicher, ob sie weitersprechen konnte. Versuchte es. Ließ es lieber bleiben.

Versuchte es erneut. Schluckte. Rang um Fassung.

Dabei blickte sie mit tränenerfüllten Augen starr zum

Fenster hinaus in den angrenzenden Fichtenwald hinter der großen Lichtung neben ihrem Elternhaus. Ein alter traditioneller Bau aus Ziegeln und Holz außerhalb von Prien, den sie wohl irgendwann einmal erben würde. Angesichts der guten Gesundheit von Vater und Mutter könnte dies allerdings noch eine gute Zeit lang dauern.

Gott sei Dank einerseits. Sie liebte die beiden. Andererseits waren die täglichen Auseinandersetzungen innerhalb der Familie etwas, auf das sie gut und gerne von heute auf morgen verzichtet hätte.

»Leider stimmt es«, sagte der Traunsteiner Journalist Peter Schulz am anderen Ende der Leitung, wie Wilhelm Berger ein guter Kunde von ihr. »Offenbar mit einem Jagdgewehr oder etwas Ähnlichem. Morgens um sieben beim Joggen am See. Ich war selbst vorhin am Tatort. Beruflich versteht sich. Dachte, ich sage dir lieber gleich Bescheid, bevor du es von irgendeinem unsensiblen Deppen hintenherum erfährst.«

»Danke, Peter. Das ist lieb von dir.« Die junge Fitnesstrainerin klang, als hätte sie mit Reißnägeln gegurgelt. Aber wenigstens hatte sie ihre Stimme wiedergefunden. »Wir sehen uns dann am Wochenende.«

»Glaubst du denn, dass dein verstauchter Fuß bis dahin wieder in Ordnung ist?«

»Meine Ärztin meint ja. Mal sehen. Wenn nicht, gehen wir in den Biergarten, okay?«

»Na klar, gerne.«

Sie legten auf.

Laura wischte sich die Tränen aus den Augen.

Der Willi war tot. Einer ihrer liebsten Kunden. Er war drauf und dran gewesen sie zu heiraten. Hatte es ihr zumindest mehrmals angekündigt.

Sie hatte ihn gemocht. Seine Begeisterungsfähigkeit genauso wie seine manchmal etwas unbeholfene Art, wenn es darum ging, seine Gefühle auszudrücken.

Natürlich war sie nicht bis über die Ohren in ihn verliebt gewesen, so wie er offenbar in sie. Er war alt und sah auch nicht besonders gut aus, obwohl er in letzter Zeit mit ihrer professionellen Hilfe tüchtig abgenommen hatte. Sie selbst war dagegen gerade mal 36 und wusste, dass sie auf gar keinen Fall die Hässlichste war.

Aber er war sehr reich gewesen. Ein Leben an seiner Seite wäre sicher spannend geworden. Reisen. Urlaub. Die besten Hotels. Keine Arbeit. Keine anderweitigen Verpflichtungen.

Er wäre ihr Ticket aus der Mittelmäßigkeit gewesen, aus dem kleinen Zimmer bei den Eltern, weil sie sich von ihrem kleinen Gehalt als angestellte Fitnesstrainerin nichts Eigenes leisten konnte. Ihr Weg aus Begrenztheit und allgegenwärtiger Engstirnigkeit. Die Landschaft hier war zwar wunderschön. Aber ihre Bewohner hatten ihrer Meinung nach zum größten Teil Scheuklappen vor den Augen und konnten gerade mal bis zum eigenen Tellerrand schauen. Ansonsten war es zappenduster. Wie nachts auf der kleinen Zufahrtsstraße zu ihrem Haus. Das hatte sie bereits als Kind festgestellt.

Sie ging ins Bad. Zupfte ihre schulterlangen braunen Locken zurecht, legte Rouge, Lippenstift und Wimperntusche auf. Entschied sich nach einigem Hin und Her für das rote hautenge Minikleid, das Wilhelm immer so sehr gemocht hatte. Sie würde es den ganzen Tag lang zu seinen Ehren tragen. Dazu die roten High Heels, die sie neulich im Internet bestellt hatte. Alles in allem ein toller Kontrast zu ihrer braun gebrannten Haut, wie sie fand.

Jost Haller würde vor Staunen und Bewunderung den Mund nicht mehr zubekommen. Er war ein weiterer Kunde von ihr, der sie für nachher in ein bekanntes Ausflugslokal bei Berchtesgaden zum Mittagessen eingeladen hatte.

Im Gegensatz zu Wilhelm kannte sie ihn bereits aus Schulzeiten. Damals ging er in die Klasse über ihr. Heute besaß er eine gut gehende Baufirma außerhalb von Prien und hatte Geld wie Heu. Vor zwei Monaten hatte er angefangen, Privatstunden bei ihr zu nehmen. Nordic Walking, Klettern, Gymnastik und Ernährungsberatung. Er bezahlte freiwillig mehr als normalerweise üblich.

Auch Jost hatte ihr bereits mehrmals seine Bereitschaft zu einer gemeinsamen Zukunft ans Herz gelegt. Allerdings lediglich als Dauergeliebte, da er verheiratet war und nicht vorhatte, sich von seiner Frau zu trennen.

Von seiner unkomplizierten Art und vom Aussehen her war er ein regelrechter Frauenschwarm. Südländischer Typ mit leichtem Bauchansatz, dunkelhaarig, groß gewachsen, leuchtend grüne Augen, Dreitagebart, schnurgerade weiße Zähne und nur ein Jahr älter als sie.

Laura hatte in letzter Zeit einige von Wilhelms fest eingeplanten Trainingsterminen wegen ihm verschoben. Nicht ganz ohne Hintergedanken. Vielleicht entschied sich Jost ja irgendwann doch noch für sie und verließ seine Frau. Man sollte bekanntlich niemals nie sagen.

8

»Servus, Holger. Was habt ihr?« Hanna blickte den 36-jährigen, kräftig gebauten Leiter der Traunsteiner KTU, Holger Weinbuch, fragend an.

»Nicht viel«, erwiderte er, während er mit mürrischer Miene über sein dichtes dunkles Haar strich. »Das hätten eure Leute von der Spurensicherung auch allein geschafft. Außerdem ist es gleich zehn und ich würde gerne endlich etwas frühstücken.«

Im Gegensatz zu Hanna, die wie er am Phänomen der Grundgrantigkeit laborierte, aber zumindest nach Feierabend auch mal gut gelaunt sein konnte, wenn sie es denn wollte, schien es bei Holger geradezu zwanghaft zu sein, der Welt mit unentwegtem Unmut zu begegnen. 24 Stunden am Tag, sieben Tage die Woche, zwölf Monate im Jahr.

»Was heißt nicht viel?« Hanna ignorierte seinen Einwand mit dem Frühstück. Schließlich war ihnen allen keine geregelte Arbeitszeit gegönnt. Jeder musste dann ran, wenn es der jeweilige Fall erforderte, den sie gerade bearbeiteten. Egal ob am Morgen, Nachmittag, Abend oder in der Nacht. Willkommen in der Realität der Kripo, Herr Weinbuch.

»Das, was ich sage.« Holgers Tonfall blieb unfreundlich.

»Etwas mehr wäre hilfreich.« Hanna bedachte ihn mit einem ausgedehnten Stirnrunzeln. »Vielleicht wusstest du es bisher nicht. Aber wir sind diejenigen, die den Fall aufklären müssen.« Sie zeigte auf Rainer und auf sich selbst. Ihre Stimme bekam einen gereizten Unterton.

Bisher war sie höflich geblieben. Dass sie auch ganz anders

konnte, wenn es sein musste, hatte sie bereits etliche Male an anderer Stelle bewiesen und würde es auf der Stelle wieder tun, wenn das hier so weiterging.

»Was willst du wissen?« Er zuckte gleichmütig die Achseln.

»Alles.« Sie versenkte ihren Blick in seinen Augen.

»Es war vermutlich ein Kleinkalibergewehr«, erwiderte Holger lahm.

»Vermutlich Kleinkaliber«, wiederholte sie. »Wissen wir schon. Erzähl uns was Neues.« Hanna presste ihre Lippen zu einem schmalen Strich zusammen.

Sie fühlte die Wut immer mehr wie in einem Schnellkochtopf in sich hochsteigen. Wenn einer seine Aufgaben nicht besser bewältigen konnte, aus reiner Dummheit zum Beispiel, drückte sie gerne mal ein Auge zu. Aber wenn einer, wie Holger das gerade tat, einfach nicht wollte, nur weil er keine Lust hatte und sich dabei auch noch übellaunig zeigte, fehlte ihr jegliches Verständnis.

»Wir haben bisher weder das Projektil noch die Patronenhülse gefunden. Vielleicht hat der Täter beides eingesammelt, bevor er verschwand.« Holger rückte umständlich seine dicke schwarze Hornbrille zurecht.

»Dann war es also kein dummer Täter?«

»So gesehen ja. Keine Ahnung.« Er zuckte erneut die Achseln. »Ich habe zwei Taucher bestellt, die den gesamten Uferbereich im Wasser absuchen sollen. Vielleicht haben wir Glück und das Projektil ist irgendwo in der Nähe im See gelandet, nachdem es den Kopf des Opfers verlassen hatte.«

»War der Täter möglicherweise ein Profi?«

»Möglich ist vieles.« Er nickte langsam.

»Sucht ihr auch an Land weiter nach dem Projektil und der Patronenhülse?«

»Natürlich. Ist unser Job.« Er sah sie verständnislos an. »Willst du mich verarschen?«

»Nein.« Hanna schüttelte den Kopf. »Sonst irgendwas, das uns weiterhelfen könnte? Fußspuren. Fingerabdrücke an der Leiche.« Sie klang jetzt eher wie der Kommandeur einer Elitetruppe beim Kampfeinsatz als eine liebe Kollegin.

»Von seinem Handy aus sind mehrere Anrufe getätigt worden.« Holger kratzte sich nachdenklich am Hinterkopf.

Er schien sich keinen rechten Reim auf ihren gereizten Tonfall machen zu können. Offensichtlich war er sich seiner bräsigen Art nicht bewusst.

»Das hatte er also noch?«

»Sonst könnte ich wohl nicht darüber reden. Was ist los mit dir, Hanna? Hast du schlecht geschlafen?«

»Alles gut.« Sie schüttelte mit undurchsichtiger Miene den Kopf. »Wo habt ihr es gefunden?«

Er ahnt nicht einmal annähernd, wie sehr er mir gerade mit seiner lahmen Wurstigkeit auf die Eierstöcke geht.

»Es steckte in der Ärmeltasche seiner Laufjacke.«

»Und ich dachte immer, Jogger hätten nur diese Dinger zum Musikhören dabei.«

»Kann man das nicht mit einem Smartphone?« Holger blickte verwirrt drein. »Musikhören meine ich.«

»Klar kann man. Hatte er denn einen Kopfhörer dabei?«

»Nein.« Holger schüttelte den Kopf.

»Na also.« Sie verschränkte mit rechthaberischer Miene die Arme vor der Brust.

»Eine Nummer wurde von dem Handy aus besonders oft gewählt«, meinte Holger ungerührt. Er hatte vor seinem Frühstück wohl keine große Lust wegen irgendwelcher Kleinigkeiten zu streiten. »Zum letzten Mal gestern Abend um 22 Uhr«, fuhr er fort. »Laura Fitness steht dabei.«

»Das ist doch wenigstens was. Bitte mehr davon nach der Obduktion.« Hannas Stimme schnitt wie ein Skalpell durch die kühle Morgenluft.

Hoffentlich kapiert der pampige Langweiler langsam, wie ernst die Sache hier ist.

»Wir tun, was wir können.«

»Davon gehe ich aus.« Sie drehte sich grußlos um und ging zügig auf ihren Dienstwagen zu, der oberhalb der Uferböschung am Straßenrand stand.

Rainer musste sich alle Mühe geben, mit ihr Schritt zu halten. »Stimmt irgendwas nicht?«, fragte er, während sie nebeneinander den Hang hinaufeilten.

»Passt schon.« Sie winkte genervt ab. Blickte stur auf den Boden. Normalerweise ein klares Zeichen dafür, dass sie nicht reden wollte.

»Wirklich?«, hakte er dennoch nach.

»Pass auf.« Sie hob den Zeigefinger. »Ich bin gestern wegen eines anderen Falls erst sehr spät ins Bett gekommen und hatte heute bisher nur einen unterirdisch schlecht schmeckenden Kaffee.«

»Ja …?« Er sah sie gespannt an.

»Beschwere ich mich etwa großartig darüber? Lasse ich es deswegen genauso lahmarschig angehen wie unser sogenannter Leiter der KTU?«

»Nein …?« Rainer schüttelte mit großen Augen den Kopf.

»Na also. Blöder Depp, damischer.«

»Ich?«

»Nein, Holger natürlich.«

»Verstehe.« Rainer nickte. »Du meinst, er sollte nicht unbedingt frühstücken wollen, obwohl es einen Mord gab?«

»Genau.« Sie nickte vehement. »Nein, Schmarrn«, fuhr sie leiser fort. »Natürlich soll er frühstücken.«

»Was meinst du dann?«

»Es ist seine ganze Art, die mich nervt. Ein eingebildeter müder Dumpfsack ist er, sonst nichts. Typisch verwöhnter Gymnasiast.«

»Wir beide waren auch auf dem Gymnasium«, gab Rainer zu bedenken.

»Aber wir sind nicht wie er. Mir hat man nichts geschenkt. Dir auch nicht.«

»Aha.« Er musste grinsen.

»Lass uns zu dieser Fitness-Laura fahren.«

Hanna hatte keine Lust mehr, sich weiter mit Holger zu beschäftigen. Sollte er doch einschlafen bei der Arbeit. Hauptsache, er lieferte später brauchbare Ergebnisse.

»Nehmen wir meinen Wagen?«, fragte Rainer.

»Jeder fährt mit seinem.« Sie schüttelte den Kopf. »Ich brauche meinen später noch. Und hör auf, so blöd zu grinsen. Holger nervt mich echt.«

»Aber ich kann dich später hierher zurückbringen. Ich weiß doch, wie ungern du fährst.«

Sie waren oben angekommen.

»Danke sehr. Aber nein.« Hanna atmete tief ein und aus. »Kannst du gleich hier und jetzt mit deinem Zauberhandy herausfinden, wer genau diese Laura ist und wo sie wohnt?«

»Muss ich nicht«, erwiderte er. »Es gibt nur eine Laura in Prien, die Fitnesskurse anbietet. Laura Obermeier. Ich kenne sie, und ich wette, dass sie unsere Frau ist.«

»Du kennst sie?« Hanna lehnte sich immer noch erschöpft vom wenigen Schlaf an ihr Auto. Den Staub auf dem Lack ignorierte sie dabei. Schwarze Jeans und schwarze Lederjacke. Da konnte nicht viel schmutzig werden, was man nicht in null Komma nichts wieder abgeklopft hätte.

»Sie war mit mir an der Schule. Wohnt noch bei ihren Eltern, ein Stück außerhalb von Prien.«

»Da schau her.« Sie staunte ihn kopfschüttelnd an.

»Ja mei, wer kann, der kann.«

»Nimmst du etwa auch Fitnessstunden bei ihr?«

»So weit geht die Liebe dann wieder nicht.« Er schüttelte lachend den Kopf.

»Da bin ich aber froh. Schließlich bist du mein Partner.« Sie lachte ebenfalls.

»Aber nur dienstlich.«

»Was sonst. Sieht übrigens schon irgendwie seltsam aus.« Sie zeigte auf die Leute von der KTU in ihren weißen Schutzanzügen.

»Wie Außerirdische, die auf einem fremden Planeten ihr Raumschiff suchen.« Rainer nickte.

»Mit einem außerirdisch mies gelaunten Grantler als Chef.«

Sie lachten erneut, stiegen in ihre Autos und fuhren los.

Der See in ihren Rückspiegeln lag schweigend da. Die Wellen plätscherten sanft im immer noch morgendlich anmutenden Sonnenlicht. So als wäre nichts Besonderes geschehen. Als hätte es den reichen und in seine schöne Laura verliebten Softwaregiganten Wilhelm Berger aus Düsseldorf nie gegeben.

9

Es war kurz nach zehn. Entweder konnte die Witwe des Erschossenen nichts zur Klärung des Sachverhalts beitragen oder sie wollte nicht oder sie war inzwischen einfach zu betrunken.

Deshalb entschied sich Sabrina dafür, die überhebliche Society-Lady nun doch lieber für morgen früh ins Revier einzubestellen. Vielleicht fiel ihr dort mehr ein.

Die kalte Atmosphäre staatlicher Gewalt und die sachliche Ungemütlichkeit eines kahlen Verhörraumes hatten schon so manchen zum Reden gebracht, der vorher beharrlich geschwiegen hatte. Vor allem diejenigen, denen ein solch ungastlicher Ort bisher fremd gewesen war.

»Na gut, Frau Berger. Das hier führt zu nichts«, sagte Sabrina dementsprechend laut und sachlich. »Ich erwarte Sie morgen früh um halb acht auf der Polizeiinspektion in Traunstein.«

»Spielen Sie nicht die beleidigte Leberwurst, Kindchen.« Juliane winkte mit einer gnädigen Geste ab. »Sie haben mich noch gar nicht gefragt, ob ich eine Waffe habe, mit der ich meinen Mann erschossen haben könnte.«

»Haben Sie eine?«

»Nein.« Juliane schüttelte bestimmt den Kopf. »Mein Mann hatte auch keine.«

»Es bleibt dabei. Wir sehen uns morgen auf der Inspektion.« Sabrina stand aus ihrem Korbstuhl auf. »Wenn Sie meiner Einladung nicht folgen, werden Sie von den Kollegen in Uniform abgeholt. Zur Not auch mit Gewalt.«

»Sie spinnen doch, Schätzchen.« Juliane tippte mit dem Zeigefinger an ihre Stirn.

»Wie war das?« Sabrina blickte ungläubig grinsend zu ihr hinüber. »Haben Sie mich gerade beleidigt und mir den Vogel gezeigt?«

»Mein Gott, hört sie euch an«, spottete Juliane, während sie sich ebenfalls von ihrem Platz erhob. »So etwas wie Sie kann man doch gar nicht beleidigen.« Sie blickte abschätzig auf die etwa einen Kopf kleinere Sabrina herab.

»Das sagt ausgerechnet eine wie Sie, die sicher ihr ganzes Leben lang nur von anderen geschnorrt und keinen Finger krumm gemacht hat.« Sabrina grinste humorlos. »Nichts als lächerlich.«

»Was war das?« Juliane schnappte vor Empörung nach Luft.

»Sie haben schon richtig gehört.« Sabrina konnte nicht mehr anders, als sich gründlich Luft zu machen. Auch wenn das gerade noch so unprofessionell war. »Und wenn du irgendwem ein Wort von unserer kleinen Unterhaltung hier erzählst, mach ich dich fertig, du versoffene Bitch. Haben wir uns verstanden?«

»Wa…? Dich zeige ich an, jawohl!« Juliane fuchtelte aufgeregt mit den Armen in der Luft herum. Sie sprach nicht mehr mit ihrem gewählt gelangweilten Timbre in der Stimme, sondern brüllte lallend im primitivsten Kasernenhoftonfall herum.

»Nur zu, Muttchen.« Sabrina stemmte ihre Fäuste in die Seiten. Sie reckte ihr Kinn herausfordernd nach vorn. »Trau dich.«

Im Falle des Falles stand Aussage gegen Aussage, wusste sie. Die hysterische Schnepfe vor ihr war bereits vormittags hackedicht, wie es aussah, und außerdem des Mordes an ihrem Mann verdächtig. Wem würde der Richter da wohl mehr glauben?

»Unverschämtheit. Ich fasse es nicht.« Juliane setzte ihre Sonnenbrille ab. »So ein dreckiges Flittchen.« Sie machte einen Schritt auf Sabrina zu, die genau am Beckenrand des Pools stand. »Ich will das einfach nicht glauben. Es geht über meinen Verstand.«

»Dann kauf dir ein Pfund Hirn, Dumpfbacke.« Sabrinas Stimme hörte sich ebenfalls keineswegs mehr sachlich an. Sie rotzte die Worte nur so heraus. »Beim Metzger unten im Ort haben sie es gerade besonders günstig im Angebot.«

Jetzt reicht es dann auch wieder, Sabrina. Du begibst dich gerade auf sehr dünnes Eis. Was, wenn dich jemand in der Nachbarschaft hört?

»Pass bloß auf, du Miststück.« Juliane stürzte sich mit einem lauten Kampfschrei auf sie.

Sabrina trat einen Schritt zur Seite, verpasste Juliane, als die mit ihr auf gleicher Höhe war, einen leichten Stoß gegen die Schulter, sodass diese laut schreiend kopfüber in den Pool stürzte.

»Hoppla«, kommentierte Sabrina das Geschehen mit einem zufriedenen Grinsen, sobald die Herrin des Hauses wieder aus den Fluten aufgetaucht war. »Das nächste Mal solltest du besser schauen, wo du hintrittst, Muttchen.«

»Ich mach dich fertig!«, kreischte Juliane. Ihre Stimme überschlug sich dabei mehrmals. Sie wischte sich wutentbrannt die nassen Haare aus dem Gesicht. »Du verlierst deinen Job und deine Existenz. Dafür werde ich sorgen.«

»Beamtenbeleidigung, tätlicher Angriff und Bedrohung einer Polizistin. Langsam kriegen wir eine wunderschöne Klage zusammen.« Sabrina winkte mit ihrem Smartphone, mit dem sie die letzten Sätze mitgeschnitten hatte.

»Mieses Arschloch!«, schrie Juliane. Sie schlug dabei hysterisch mit den Händen auf das Wasser ein. »Ich bring dich um!«

»Werde erstmal nüchtern, Muttchen.«

»Du Dreckstück! Du ... du ...!«

»Nur weiter so, Frau Berger. Ich nehme alles auf.«

»Das wirst du mir büßen«, röchelte Juliane hustend, während sie immer wieder Wasser schluckend an den Rand des Pools schwamm.

Sabrina schaltete ihr Handy wieder aus. Sie steckte es ein. »Wir sehen uns morgen früh. In alter Frische.« Sie lachte hämisch, machte auf dem Absatz kehrt und begab sich ins prunkvoll mit teuren Vasen, Bildern und antiken Holzmöbeln eingerichtete Innere der schönen Villa. »Ich rate dir übrigens zu kommen«, rief sie Juliane noch über ihre Schulter hinweg zu. »Sonst holen wir dich, wie gesagt.«

Deeskalation, wie du es in der Ausbildung gelernt hast, ist wahrlich etwas anderes. Aber diese eingebildete Pritschn hat es einfach nicht besser verdient.

Als sie vor dem Haus in ihren Dienstwagen stieg, überlegte sie, ob sie nicht einen Fehler beging, indem sie Juliane Berger nicht gleich mitnahm. Möglicherweise stellte die frischgebackene Millionenerbin irgendwelchen Unsinn an in ihrem Suff. Flüchtete beispielsweise.

»Ach was, die haut schon nicht ab bis morgen«, murmelte sie daraufhin halblaut. »So schnell kann sie ihr Erbe gar nicht antreten. Da ist unser guter alter deutscher Amtsschimmel davor. Und das viele schöne Geld lässt sie ganz sicher nicht im Stich.«

Sie startete den Motor und fuhr langsam zur Einfahrt hinaus.

Während sie im Ort unten auf die Landstraße Richtung Traunstein einbog, dachte sie darüber nach, wie sie Juliane am besten überführen konnte, falls diese tatsächlich ihren Mann umgebracht hatte.

Aber eine offensichtlich hysterische Alkoholikerin wie sie, konnte doch andererseits unmöglich in aller Ruhe mit einem Gewehr anlegen und auf große Entfernung ihr Ziel treffen. Die zitterte doch bestimmt viel zu sehr. Außerdem hatte sie ihrer eigenen Aussage nach nicht einmal eins.

10

Montag, 11.00 Uhr, Polizeiinspektion Traunstein.

Hanna und Rainer hatten Laura Obermeier vorhin gerade noch zu Hause angetroffen. Die attraktive Fitnesstrainerin war in rotem Minikleid und Highheels aus der Tür gekommen. Wollte mit einem Kunden zum Essen gehen, wie sie ihnen erklärte.

Von Wilhelm Bergers Tod hatte sie bereits gewusst. Auch dass er erschossen wurde. Ein Journalist, der ein guter Bekannter von ihr und ebenfalls Kunde bei ihr war, hatte sie offenbar angerufen und ihr davon berichtet.

Sie meinte, dass sie Wilhelm Berger sehr gemocht hatte und traurig über sein Ableben wäre. Er wäre einer ihrer besten Kunden gewesen. Hätte sie auch privat zum Essen und auf Ausflüge eingeladen. Daher erklärten sich auch die vielen Telefonate mit ihr auf seinem Handy. Sie hätte ihn wirklich mehr als nur sympathisch gefunden.

Als Hanna sie gefragt hatte, ob sie eine Ahnung hätte, wer Berger erschossen haben könnte, hatte Laura zunächst nur wortlos den Kopf geschüttelt. Dann hatte sie gemeint, dass sie sich gar nicht vorstellen könne, dass jemand, der so nett wie der Willi war, irgendjemanden zum Feind gehabt haben könnte. Vielleicht war es die Mafia oder so etwas, hatte sie hinzugefügt.

Hanna und Rainer waren danach direkt aufs Revier gefahren. Sie hatte für 11.00 Uhr ein Meeting mit allen zur Verfügung stehenden Kräften anberaumt.

Jetzt war es so weit. Anwesend waren Hannah und Rainer, Sabrina und der neue Kollege aus Regensburg, der ehrgeizige 36-jährige Hauptkommissar Ralf Schneider, auf den Sabrina von Beginn seiner Einstellung an ein Auge geworfen hatte. Was jeder auf der Inspektion wusste, weil es einfach nicht zu übersehen war.

Der altgediente und wegen eines früheren Unfalls stark hinkende 54-jährige Polizeihauptmeister Anton Gruber und sein tollpatschiger, geistig eher schlicht zu bezeichnender Kollege, der 35-jährige Polizeimeister Gerhard Bacher, waren ebenfalls hier. Zwei Streifenbeamte, die immer wieder mal bei der Traunsteiner Mordkommission aushalfen, wenn Not am Mann war.

»Mit dieser Frau Berger stimmt etwas nicht«, sagte Sabrina, nachdem Hanna die Runde eröffnet und allen den Ermittlungsstand bis hierher erklärt hatte. »Sie macht nicht den Eindruck, dass sie wegen ihres erschossenen Mannes trauert. Im Gegenteil. Sie scheint regelrecht froh darüber zu sein, dass er nicht mehr lebt.«

»Wärst du wohl auch, wenn du ein riesiges Millionenvermögen erbst«, erwiderte Ralf.

»Nicht unbedingt. Wenn ich den Toten sehr geliebt hätte, wäre ich sicher sehr traurig.« Sabrina schaute ihm lange und tief in die Augen.

»Ach echt?« Er senkte verschämt den Blick.

»Warum hast du sie nicht gleich mitgebracht, Sabrina?«, unterbrach Hanna den offensichtlichen Flirt der beiden. So etwas gehörte gerade wirklich nicht hierher.

»Jetzt sofort?« Sabrina zog erstaunt die Brauen hoch. »Ich habe sie sowieso für morgen früh einbestellt.«

»Meinst du nicht, dass Fluchtgefahr besteht?«

»Wieso?«

»Eine Mörderin neigt dazu, ihrer Ergreifung entgehen zu wollen.«

»Sehr witzig, Hanna. Wir wissen doch noch gar nicht, ob sie eine Mörderin ist.«

»Und wenn sie trotzdem abhaut?«

»Solange die ihr Erbe noch nicht hat, bleibt sie hier. Da bin ich mir sicher. Der tropft die Gier regelrecht aus den Augen. Aber ob sie ihren Mann deswegen umgebracht hat, daran habe ich meine Zweifel. Es gibt auch keinen Beweis dafür. Die beiden schienen sich außerdem arrangiert zu haben. Jedem das Seine und so. Also kein erkennbares Motiv. Sie hat zudem kein Gewehr in ihrem Haus, sagt sie.«

»Hat sie ein Alibi für die Tatzeit?«

»Nicht wirklich. Sie war im Bett. Bringt uns im Moment aber auch nicht weiter. Wir bräuchten erst mal die Tatwaffe, oder?«

»Ein Auftragsmord möglicherweise? Vielleicht hat sie einen Killer engagiert.«

»Klar ist das möglich. Alles ist möglich. Aber wir brauchen überzeugende Indizien oder Beweise. Sonst zerreißt uns der Staatsanwalt in der Luft. Sagst du doch sonst immer.«

»Hast ja recht.« Hanna nickte. »Aber vielleicht liegt das Vermögen des Toten längst auf ihrem Konto. Dann sollten wir allerdings wirklich schnell sein.«

»Ich überprüfe das.« Sabrina nickte. »Trotzdem fehlt mir bei ihr das Motiv. Geld allein kann es nicht sein. Warum hat sie ihn dann nicht längst umgebracht oder umbringen lassen?«

»Vielleicht kam aktuell ein Streit dazu. Er hatte eine sehr attraktive Fitnesstrainerin, mit der er laut deren Aussage auch privat viel unternahm. Sie heißt Laura Obermeier.«

»Gab es da nicht mal eine Uschi Obermeier?«

»Früher ja. Kommune Berlin und so. Hat aber jetzt rein gar nichts mit dieser Laura und unserem Fall zu tun.«

»Eh klar. Was machen wir?«

»Wir lassen die Berger sicherheitshalber trotzdem gleich nachher zum Verhör antanzen. Wir ärgern uns schwarz, sollte sie tatsächlich die Täterin sein und über Nacht verschwinden.«

»Wie du meinst.« Sabrina zuckte die Achseln. »Du bist die Chefin.«

»Wenn sie es nicht war, verrät sie uns vielleicht, wer ein Motiv gehabt haben könnte. Wir müssen uns in der Sache beeilen. Der Chef und die Presse sitzen uns im Nacken.«

»Geht in Ordnung.« Sabrina nickte erneut. »Könnten Anton und Gerhard sie abholen? Ich hab gerade keine Lust, mich erneut mit ihr herumzustreiten. Dazu kommt es beim Verhör bestimmt früh genug.«

»Es gab Streit mit ihr?« Hanna sah sie überrascht an.

»Halb so wild. Sie war ziemlich betrunken.« Sabrina winkte ab.

»Ist sie vernehmungsfähig?«

»Bestimmt.« Sabrina grinste breit. »Als ich ging, nahm sie gerade ein erfrischendes Bad. Allerdings wohl eher unfreiwillig.«

»Hast du sie hineingestoßen?«

»Na ja. Nicht so ganz.«

»Spinnst du?«

»Es war Notwehr, glaube mir. Sie ist auf mich losgestürmt und ich gab ihr nur einen winzigen Schubs.«

»Na gut. Macht ihr das bitte, Anton?«, bat Hanna. »Nicht verhaften wohlgemerkt, sondern lediglich sehr höflich zu einer Befragung abholen.«

»Natürlich.« Anton nickte unaufgeregt.

»Wenn sie herumzickt, macht ihr klar, dass sie schneller an ihr Erbe kommt, wenn sie uns nach Kräften bei der Suche nach dem Mörder unterstützt.«

»Geht klar.« Anton grinste.

Er und Gerhard setzten ihre Mützen auf. Sie machten sich im Eiltempo vom Acker. Beide saßen zehnmal lieber in ihrem Streifenwagen, als die langen Reden bei einem Meeting zu ertragen, geschweige denn selbst welche führen zu müssen. Jeder im Raum wusste das. Auch Hanna als Chefin des Ganzen.

Zu spüren, wie es ihren Leuten ums Herz war, und gegebenenfalls persönlich nachzufragen, wenn etwas im Argen zu liegen schien, war eine ihrer Qualitäten als Führungskraft, für die sie von ausnahmslos allen im Team geschätzt wurde.

11

Kaum waren die Frau von der Kripo und Lauras alter Schulfreund, Rainer, verschwunden, fuhr Jost mit seinem nagelneuen Sportwagen, einem PS-starken roten Cabrio aus Italien, bei ihrem Elternhaus vor.

»Hallo, schöne Frau«, rief er, während er flott ausstieg und um den Wagen herumlief, um ihr galant die Beifahrertür zu öffnen. »Du siehst umwerfend aus.«

»Danke«, erwiderte sie. »Pünktlich wie ein Maurer. Das sieht man gern.«

Sie stakste in ihre überhohen High Heels geradewegs auf den schicken Schlitten zu und knickte dabei prompt zweimal mit dem Knöchel um. Zu ihrem Glück aber mit dem unverletzten und nicht zu arg.

»Nur schöner als ein Maurer, stimmt's?« Rainer lachte laut und hölzern.

»Wie du meinst.« Sie lachte nicht. Blickte eher nachdenklich drein. »Obwohl dir hier und da ein paar Muskeln mehr sicher nicht schaden würden.«

»Ich geb mir Mühe. Vielleicht musst du mir einen härteren Trainingsplan verordnen.«

»Kommt schon noch.« Laura stieg ein.

Es roch intensiv um sie herum, obwohl das Verdeck hochgeklappt war. Ledersitze, Männerparfüm, Rasierwasser, fabrikfrischer Lack. Einerseits irgendwie der Geruch der großen weiten Welt, andererseits aber auch reichlich aufdringlich.

Jost ließ ihre Tür leise ins Schloss fallen. Er eilte zurück zur Fahrerseite, wo er ebenfalls einstieg.

»Stell dir vor, was passiert ist«, fuhr sie fort, sobald er neben ihr saß.

»Was denn?« Er sah sie neugierig an.

»Jemand hat den Willi ermordet.«

»Deinen Preißn, der mit seiner Frau auf jeder Party im Gau herumhupft?«

»Du tust das doch auch. Nur ohne deine Evi.«

»Stimmt auch wieder. Was ist passiert mit ihm?«

»Es ist so schrecklich. Ich bin total von der Rolle.« Laura blickte geradewegs zur Windschutzscheibe hinaus.

»Du hast ihn gern gehabt, stimmt's?« Seine Stimme klang neutral.

Er startete den Motor. Ließ ihn mit erkennbarem Stolz im Gesicht aufheulen.

Betroffenheit oder Empathie sahen auf jeden Fall anders aus.

»Er war wirklich ein netter Kerl.« Laura schniefte.

»Und verknallt in dich.« Er fuhr los.

»Aber deswegen musste man ihn doch nicht gleich umbringen.« Sie schnallte sich an.

Ihr war mulmig zumute, wie immer, wenn sie bei ihm mitfuhr. Er liebte die Geschwindigkeit. Fuhr wie ein Rennfahrer. Volkstümlich ausgedrückt, hätte man auch sagen können: wie eine gesenkte Sau.

»Schlimme Sache«, meinte er etwas später. »Weiß man schon, wer es war?«

»Ich glaube nicht.« Sie schüttelte den Kopf. »Die Polizei war vorhin bei mir. Sie suchen wohl noch nach dem Täter.«

»Hoffentlich erwischen sie den Kerl.«

»Das hoffe ich auch.« Sie nickte nachdenklich. »Wo genau fahren wir hin? Du sagtest was von Berchtesgaden am Telefon. Eigentlich ist mir der Appetit für heute gründlich vergangen.«

»Ich habe kurzfristig umdisponiert.«

Jost bog auf die vielbefahrene Landstraße ein, die zur Autobahnauffahrt führte. Er drückte dabei das Gaspedal bis zum Anschlag durch, um sich gerade noch vor einer schnell heranahenden Limousine einzufädeln.

Als Dank erntete er nicht enden wollende Kaskaden aufgeregt blinkender Fernlichter im Rückspiegel. Laura bekam es in ihrem Seitenspiegel mit, unterließ es aber, einen Kommentar dazu abzugeben. Sie wusste, dass er gegenüber jeglicher Form von Kritik allergisch war. Besonders, wenn es ums Fahren ging.

Sein Vater wäre früher immer sehr streng gewesen, hatte er ihr diesbezüglich bei einem ihrer letzten Treffen erzählt. Wahrscheinlich käme seine Empfindlichkeit daher. Wenigstens mal eine Erklärung. Mehr als man von einem Voralpenmacho wie ihm erwarten durfte.

»Warum umdisponiert?«, fragte sie jetzt.

»Es gibt einen neuen super Italiener in Salzburg. Erst seit zwei Monaten geöffnet. Was ganz Besonderes. Da muss ich hin. Sterneküchenniveau. Ich kenne den Chef persönlich. Hat das Catering für unsere letzte Betriebsfeier geliefert.« Jost machte ein wichtiges Gesicht. »Er hat mir zwei spezielle Plätze im Nebenzimmer direkt am Fenster reserviert. Mit Blick über die Stadt. Nur für gute Freunde des Hauses.«

»Seit zwei Monaten geöffnet? Ich glaube, da war ich kürzlich mit dem Willi. Wie heißt das Lokal?«

»Bei Mauro.«

»Stimmt.« Sie hob den Zeigefinger. »Wir waren letzte Woche dort. Sehr gutes Essen. Der Chef, dieser Mauro, ist echt nett. Willi kannte ihn aus München.«

»Na gut. Wir müssen nicht hinfahren, wenn du schon mit deinem Lieblingsschüler dort warst.«

»Jetzt tu nicht so eingeschnappt. Lass uns hinfahren. Ist echt super dort.« Sie lächelte ihn an. »Vielleicht esse ich dann doch was Kleines. Willi würde sicher auch wollen, dass ich noch mal dort hingehe.«

Er selbst ist verheiratet und ich soll nicht mit anderen Männern essen gehen. Geht's noch?

»Was macht dein weher Fuß?«, wechselte er das Thema. Offenbar war ihm sein eifersüchtiges Getue auf einen Toten langsam selbst peinlich.

»Besser.«

»Wirklich? Ich kann dir sofort einen Termin beim besten Spezialisten verschaffen. Ein Wort von mir genügt.«

»Nicht nötig.« Laura schüttelte den Kopf.

Ihr war bekannt, dass er jede Menge Freunde in den höheren Kreisen von Kitzbühel über Wien bis München oder Hamburg hatte. Darunter waren bekannte Architekten, erfolgreiche Ärzte, Politiker, berühmte Persönlichkeiten wie Sportler, Sänger oder Schauspieler. Doch sie wollte sich nicht von seinem Geld und seinen Beziehungen abhängig machen. Noch nicht jedenfalls. Wenn er sich scheiden ließe und sie heiratete, wäre das dann natürlich etwas anderes gewesen.

»Es kostet mich wirklich nur einen Anruf«, meinte er.

»Wird schon, glaub mir.« Sie winkte ab. »Es tut lange nicht mehr so weh wie am Anfang.«

»Wie du willst.« Jost bog auf die Autobahn ein. Er gab mit einem jungenhaften Grinsen im Gesicht Vollgas.

Laura klammerte sich mit beiden Händen an ihrem Sitz fest.

»Warst du in letzter Zeit mal wieder auf der Jagd?« Sie blickte ihn mit schräg gelegtem Kopf von der Seite aus an.

Ihr kam gerade eine Idee. Vielleicht hatte er Willi aus

Eifersucht erschossen. Irgendwie abwegig und ungeheuerlich zugleich, klar. Aber wenn so ein Gedanke daherkam und sich erst einmal im Kopf festsetzte, war es nicht so einfach, ihn von dort wieder wegzubekommen.

»Wieso fragst du?« Er zog erstaunt die Stirn kraus.

»Nur so. Du bist doch Jäger, oder? Hast du mir jedenfalls mal erzählt.« Sie lächelte ihn fragend an.

Ein Jagdgewehr hast du auch. Und Willi wurde mit einem Jagdgewehr oder etwas Ähnlichem erschossen, wie Peter vorhin am Telefon gesagt hatte.

»In letzter Zeit hatte ich keine Zeit zum Jagen. Wir haben gerade einen riesigen Auftrag in München. Es geht um Neubauten in einem immens großen Areal.«

»Stress?«

»Absoluter Vollstress.« Er nickte. »Ich musste heute schon in aller Früh um halb sieben dort sein. Besprechung mit den Architekten.«

»Fleißig, fleißig.«

Warum erzählt er mir das so ausführlich?

»Wer kann, der kann.« Er lachte scheppernd.

»Zumindest, solange er nicht stolpert und stürzt.«

»Wie meinst du das?«

»Wie ich es sage.« Laura hatte längst aufgehört zu lächeln. »Schau dir bloß mal den Willi an. Wer hätte jemals gedacht, dass er so früh sterben muss mit seinem vielen Geld.«

»Stimmt schon. Wenn dich einer erschossen hat, helfen dir auch die teuersten Ärzte der Welt nichts mehr.«

»Woher weißt du, dass er erschossen wurde? Ich habe nichts dergleichen erwähnt.« Sie beäugte ihn misstrauisch.

»Wurde er? Wusste ich nicht.« Er schüttelte den Kopf. Gab erneut Vollgas, diesmal um einen Lastwagen mit Anhänger zu überholen. »Ich meinte es nur als Beispiel. Hätte auch sagen können: Wenn du auf dem Weg zum Watzmanngipfel in die Tiefe gestürzt bist.«

»Hättest du.«

Warum hast du es dann nicht getan?

12

Montag, 12.10 Uhr, Polizeiinspektion Traunstein.

»Nehmen Sie bitte Platz, Frau Berger.« Hanna zeigte auf den Besucherstuhl auf der anderen Seite des Tisches gegenüber von ihr und Sabrina.

»Muss das alles denn wirklich sein?« Juliane, die von einer uniformierten Beamtin in den Verhörraum geführt wurde, setzte sich. »Wozu musste ich denn gerade meine Fingerabdrücke abgeben? Und wozu diese seltsame Untersuchung meiner Hände? Glauben Sie also doch, dass ich meinen Mann getötet habe?« Sie klang einigermaßen empört. Betrunken schien sie allerdings tatsächlich nicht mehr zu sein, wie Sabrina es vorhin angekündigt hatte.

»Reine Routine«, erwiderte Hanna in sachlichem Tonfall. »Wir haben Ihre Hände nach Schmauchspuren untersucht.«

»Was macht die hier?« Juliane zeigte auf Sabrina, ohne sie anzusehen. »Ich will nicht mit ihr reden.« Ihre Stimme hörte sich von oben herab und herrisch an.

»Frau Hornsteiner wird das Verhör mit mir zusammen vornehmen.« Hanna zog leicht genervt die Brauen hoch.

Ihr war von Anfang an klar gewesen, dass es nicht leicht werden würde, eine Lady aus den sogenannten besseren Kreisen zu befragen. Diese Leute dachten erfahrungsgemäß, jeder wäre ihr Leibeigener und sie selbst stünden über dem Gesetz. Frau Berger schien ein besonders ausgeprägtes Exemplar dieser unangenehmen Gattung zu sein.

»Ich will sie aber nicht dabei haben«, sagte Juliane. »Zu zweit können Sie mir doch andichten, was Sie wollen. Außerdem hat diese impertinente Person keinen Respekt.« Sie zeigte erneut auf Sabrina. Vermied es dabei wieder, ihr in die Augen zu sehen.

»Sie können jederzeit gerne Ihren Anwalt hinzuziehen, wenn Sie meinen, dass es hier nicht mit rechten Dingen zugeht. Wir warten dann einfach, bis er hier ist.«

»Ich brauche keinen Anwalt.« Juliane schüttelte den Kopf. »Es dauert viel zu lange, bis der hier ist. Ich will nicht länger als unbedingt nötig sinnlos hier herumsitzen. Es gibt eh nicht viel zu sagen. Aber die da soll gehen.« Sie bedachte Sabrina mit giftigen Blicken.

»Sie wollen also lieber mit mir unter vier Augen reden?«

»Ja.« Juliane nickte. »Schicken Sie diese Frau weg. Wenn sie bleibt, sage ich kein Wort.«

»Was hat sie Ihnen denn getan?« Hanna zog fragend die Stirn kraus.

»Das weiß sie selbst. Sie kann froh sein, dass ich sie nicht anzeige.« Juliane hörte nicht mehr damit auf, regelrecht hasserfüllt in Sabrinas Richtung zu starren.

»Seien Sie lieber froh, dass ich nicht Sie anzeige«, mischte sich Sabrina ins Gespräch. »Sie wissen doch ganz genau, dass Sie mich andauernd beleidigt und beschimpft haben. Dann sind Sie auch noch auf mich losgegangen.«

»Sie haben mich in meinen Pool geschubst.«

»Da sind Sie von ganz alleine reingefallen in Ihrem Rausch.«

»Lügnerin.«

»Selber Lügnerin.«

»Okay, Sabrina. So kommen wir nicht weiter.« Hanna beendete die Sache abrupt. »Warte bitte draußen, okay?«

»Na gut. Aber lass dir von der Suffnudel keinen Mist erzählen. Die lügt doch, sobald sie den Mund aufmacht.«

»Sabrina!«

»Ist ja gut.« Sabrina stand ruckartig auf. Sie stapfte laut vor sich hin schimpfend hinaus und knallte die Tür hinter sich zu.

»Können wir dann?«, fragte Hanna.

»Von mir aus.« Juliane zuckte die Achseln. »Muss die da hierbleiben?« Sie zeigte auf die Beamtin in Uniform, die sie hereinbegleitet hatte.

»Da führt leider kein Weg daran vorbei.« Hanna nickte.

»Na gut. Aber sie hält ihren Mund.«

»Legen Sie bitte los, Frau Berger.«

»Fragen Sie.« Juliane lächelte unmerklich. Dass die stellvertretende Leiterin der Mordkommission es nicht an respektvoller Höflichkeit mangeln ließ, schmeichelte ihr offensichtlich.

»Wir haben Schmauchspuren an Ihren Händen gefunden, Frau Berger.« Hanna wusste aus Erfahrung, dass eine unerwartete Frage oder Feststellung ihre Verdächtigen oft ins Schleudern brachte. Dabei trat die Wahrheit gelegentlich bereits am Anfang eines Verhörs zutage, was die ganze Angelegenheit beträchtlich abkürzte und ihr darüber hinaus jede Menge Stress und Ärger ersparte.

»Ich rauche nicht. Mein Mann hat genug für zwei geraucht.«

»Die bekommt man, wenn man eine Waffe abfeuert.« Hanna grinste in sich hinein. Manche Momente im Leben entbehrten nicht einer unfreiwilligen Komik. Selbst mitten in einer ernsthaften Mordermittlung.

»Ach so. Ich habe aber heute nicht geschossen.«

»Wo waren Sie heute Früh zwischen 6.00 Uhr und 8.00 Uhr?«

»In meinem Bett. Das sagte ich Ihrer respektlosen Kollegin bereits, bevor sie mich fast in meinem Pool ertränkte.«

»Gibt es Zeugen dafür?«

»Nein, ich war allein. Sagte ich ihr auch bereits.«

»Wenn Sie mir die Schmauchspuren an Ihren Händen nicht erklären können, muss ich davon ausgehen, dass Sie heute eben doch eine Waffe abgefeuert haben. Das wäre dann eher ungünstig für Sie, Frau Berger.«

Dass die Spuren auch von gestern oder vorgestern stammen könnten, muss ich ihr nicht auf die Nase binden. Hauptsache, ich locke sie erst mal aus ihrer Reserve.

»Sie meinen tatsächlich, dass ich …« Juliane sprach den Satz nicht zu Ende. Sie blieb mit offen stehendem Mund reglos sitzen und atmete. Sonst nichts.

»Meine ich.« Hanna nickte langsam. »Die Schmauchspuren sind ein eindeutiges Indiz dafür, dass Sie Ihren Mann erschossen haben könnten. Jetzt müssen wir nur noch die Tatwaffe mit Ihren Fingerabdrücken darauf finden, dann war es das für Sie.«

»Aber ich habe gar keine Waffe. Sagte ich Ihrer Kollegin ebenfalls.«

»Das sagen Sie. Kann ich es Ihnen glauben? Ich weiß es nicht.« Hanna zuckte die Achseln.

»Die kommen wirklich vom Schießen, diese Rauchspuren, sagen Sie? Kochen tue ich nämlich auch nicht.«

»So ist es.« Hanna nickte. Sie musste sich Mühe geben nicht zu grinsen. Von polizeilichen Ermittlungen hatte Juliane Berger wirklich keine Ahnung. Möglicherweise stellte sie sich aber auch nur so dumm. Das wäre dann allerdings schon wieder ziemlich raffiniert gewesen.

»Moment mal. Könnten die auch von gestern stammen?« Juliane straffte ihren Oberkörper.

»Das müssten wir genauer untersuchen.«

»Ich durfte gestern Mittag nämlich schießen, fällt es mir gerade ein. Bei einem Essen der Alpenschützen Gstad. Das Vereinsgelände liegt etwas außerhalb von unserem Ort. Eine Jubiläumsfeier. Mein Mann und ich waren eingeladen, wie all die anderen wichtigen Leute aus der Gegend.«

»Dafür gibt es dann sicher Zeugen.«

»Jede Menge.« Juliane nickte eifrig. Es war ihr deutlich anzusehen, wie erleichtert sie war. »Sie können jeden fragen, der dort war. Sogar den Bürgermeister von Prien, den Herrn Salzgeber oder unseren Mann von der Presse hier in der Region, Peter Schulz.«

»Wir werden das überprüfen.« Hanna blieb sachlich kühl. »Das heißt aber noch nicht, dass Sie heute Morgen nicht auch geschossen haben könnten.«

»Habe ich aber nicht, Frau Hauptkommissarin. Das müssen Sie mir schon glauben.« Juliane schüttelte vehement den Kopf. »Mein Mann und ich waren zwar noch verheiratet, aber im Bett und in unseren Herzen war das Feuer längst erloschen. Wir lebten friedlich ohne Eifersucht und Hass nebeneinander her. Ein Arrangement der Vernunft. Warum hätte ich ihn also erschießen sollen?«

»Sein Geld wäre ein Motiv.«

»Dann hätte ich ihn längst umbringen können. Außerdem stand mir die Hälfte laut Ehevertrag sowieso zu. Ich war es nicht.« Julianes Stimme klang längst nicht mehr so selbstsicher wie zu Beginn des Gespräches. Sie schien langsam zu merken, dass sie in diesem Spiel nicht unbedingt die besten Karten hatte.

»Ein Zeuge für die Tatzeit und Sie wären komplett aus dem Schneider, Frau Berger.«

Herrgott noch mal. Wenn sie die Schmauchspuren tatsächlich aus dem Schützenverein mitgebracht hat, und es schaut ganz danach aus, muss ich sie wieder laufen lassen. Erst recht ohne Tatwaffe.

»Tut mir leid. Es gibt niemanden.« Juliane schüttelte den Kopf.

»Wirklich nicht? Überlegen Sie sich Ihre Antwort gut.«

»Ich habe leider keinen Zeugen für die Tatzeit. Aber ich war es nicht.« Juliane sprach mit fester Stimme. »Das müssen Sie mir jetzt so glauben.«

»Na gut, Frau Berger.« Hanna merkte deutlich, dass die Verdächtige nicht die ganze Wahrheit sagte. Möglicherweise wollte sie jemanden schützen. »Wir überprüfen das gleich noch genauer mit den Schmauchspuren im Schützenverein. Solange müssen Sie leider hier bleiben.«

»Sie meinen in einer Gefängniszelle?« Blanke Panik machte sich in Julianes Blick breit. »Aber das geht nicht. Ich habe Klaustrophobie.«

»Es dauert sicher nicht lange.« Hanna lächelte ermutigend. »Wenn es stimmt, was Sie mir erzählt haben, sind Sie in null Komma nichts auf freiem Fuß. Vorerst natürlich nur. Das heißt …«

»Ja …? Von Julianes Arroganz war nun nicht mehr das Geringste übrig. Sie hatte ganz offenkundig Angst. Kauerte sich kleinlaut auf ihrem Stuhl zusammen.

»Vielleicht kommt von Seiten meiner Kollegin, Frau Hornsteiner, noch etwas auf Sie zu«, fuhr Hanna mit ernster Stimme fort. »Beamtenbeleidigung ist kein Kavaliersdelikt.«

»Aber sie hat mich in meinen Pool geschubst.«

»Das hat damit nichts zu tun. Wenn es denn tatsächlich so war.«

»Es war so.« Juliane nickte heftig. »Und wenn ich mich ausdrücklich bei ihr entschuldige?«

»Dazu kann ich nichts sagen.« Hanna schüttelte langsam den Kopf. »Das kommt auf Frau Hornsteiner an.«

»Könnten Sie sie noch einmal hereinrufen? Bitte, Frau Schmiedinger.« Juliane faltete mit flehendem Blick die Hände.

Hanna sah sie erstaunt an. Der Weg von der Arroganz zur Demut schien nicht sonderlich weit zu sein, wenn die Umstände es erforderten.

13

»Ich habe einen Schützenverein bei Gstad gefunden«, sagte Rainer, als Hanna vom Verhörraum in ihr gemeinsames Büro zurückkam.

»Die Alpenschützen«, erwiderte sie.

»Genau. Woher weißt du das?« Er hob überrascht die Brauen.

»Juliane Berger war dort gestern bei einer Jubiläumsfeier. Es gab Mittagessen und ein privates Preisschießen für die Honoratioren des Ortes.«

»Sie hat geschossen?«

»Sagt sie auf jeden Fall. Wir lassen genau überprüfen, ob die Schmauchspuren an ihren Händen von dort stammen. Die KTU kümmert sich gerade darum.« Hanna setzte sich auf ihren Bürostuhl.

Juliane saß inzwischen in einer Zelle und wartete dort auf das Untersuchungsergebnis der Kriminaltechnik. Hanna hatte eine Beamtin in Uniform direkt davor postiert. Sie sollte mit ihrer Anwesenheit eine größere Panikattacke der Gefangenen verhindern helfen und sofort Meldung machen, wenn etwas Unvorhergesehenes geschah.

Vorher hatte sich Juliane noch aufrichtig bei Sabrina für ihr Benehmen am Pool entschuldigt.

Sabrina hatte die Entschuldigung angenommen. Sie würde die Sache mit der Beamtenbeleidigung nicht weiterverfolgen, sagte sie. Schließlich wäre sie kein Unmensch. Außerdem hatte sie nicht die geringste Lust auf den ganzen Papierkram.

Juliane hatte sich erleichtert bei ihr bedankt.

»Die von der KTU haben übrigens herausgefunden, dass es sich bei der Tatwaffe eindeutig um ein Kleinkalibergewehr handelt«, sagte Rainer. »Wie sie zum Beispiel bei den Alpenschützen verwendet werden. Aber auch Jäger benützen solche Waffen. Zum Beispiel für die Kaninchenjagd.«

»Kümmerst du dich mit den Kollegen darum?« Hanna schaltete ihren Computer ein. »Ich muss in einer halben Stunde zum Chef hoch. Wahrscheinlich will er wissen, wie weit wir mit den Ermittlungen sind.«

»Obwohl wir noch nicht mal richtig damit angefangen haben?« Rainer schüttelte verwundert den Kopf.

»Kennst ihn ja, unseren nassgekämmten Hektiker.«

»Okay. Ich kümmere mich um die Waffen. Ich fand bisher drei in der Nähe gemeldete Jäger im Internet, die infrage kommen. Die besuchen wir erst mal. Bei den Alpenschützen schauen wir dann auch noch vorbei.«

»Super. Wäre doch gelacht, wenn wir darunter nicht unseren Todesschützen finden.«

»Es gibt weitere Besitzer einer Jagderlaubnis, solche die hier nur kurzfristig jagen.«

»Haben wir aktuelle Zahlen?« Sie sah ihn neugierig an.

»Ich bin dran. Sind aber sicher einige.«

»Egal, wir müssen sie alle befragen. Jeder von ihnen könnte theoretisch unser Mann sein.«

»Einer, der nicht mal von hier ist?« Rainer hob zweifelnd die Brauen.

»Vielleicht ein alter Bekannter von ihm aus seiner früheren Heimat. Alles ist möglich, solange wir es nicht besser wissen.«

»Da magst du recht haben. Der Austrittswunde nach dürfte der Schütze um die 30 Meter vom Opfer entfernt gewesen sein, als er abdrückte, meinte Holger noch.«

»Haben sie die Hülse und das Projektil inzwischen gefunden?«

»Leider noch nicht.« Er schüttelte den Kopf.

»Was kann daran so schwer sein?« Hanna schüttelte ebenfalls den Kopf.

»Zum Beispiel könnte der Schütze beides mitgenommen haben.«

»Die Hülse vielleicht. Aber das Projektil könnte doch ganz in der Nähe gelandet sein, nachdem es gebremst aus Bergers Kopf austrat. Vielleicht sogar im See.«

»Könnte, muss aber nicht. Die Taucher sind jedenfalls noch dabei.« Rainer stand auf. »Ich hol die anderen und mach mich mit ihnen auf den Weg.«

»Ist gut.« Sie nickte wie nebenbei, während sie auf ihren Bildschirm schaute. »Ruft mich an, sobald ihr irgendwas Wichtiges erfahrt.«

»Eh klar.« Er winkte ihr zu und verließ den Raum.

Hanna nahm ihr Diensthandy zur Hand und rief beim Bürgermeister von Prien, Xaver Salzgeber, an.

Sie hatte Glück. Er war in seinem Büro.

»Schmiedinger, Kripo Traunstein«, meldete sie sich, nachdem er abgehoben hatte.

»Was kann ich für Sie tun, Frau Schmiedinger?« Er hörte sich freundlich und aufgeräumt an.

»Wir ermitteln in einem Mordfall. Herr Berger aus Gstad wurde heute Morgen am Ufer des Chiemsees erschossen.«

»Willi Berger?«

»Ja.« Sie nickte.

»Der Willi? Erschossen? Das gibt es doch gar nicht.« Xavers Stimme hatte schlagartig ihren unbelasteten Klang verloren.

»Sie kannten das Opfer näher?«

»Wir waren befreundet, kann man sagen.« Er sprach langsam, schien schwer geschockt zu sein. »Gestern Mittag aßen wir noch zusammen bei den Alpenschützen. Jubiläumsfeier. Ausgesuchte geladene Gäste, Sie wissen schon.«

»War Herr Bergers Frau, Juliane, ebenfalls anwesend?«

»Sicher. Es war eine Einladung mit Begleitperson. Meine Frau war auch dabei, die Nora. Wieso fragen Sie?«

»Hat Frau Berger dort geschossen?«

»Natürlich. Wie wir alle. Aber wieso wollen Sie das alles wissen?«

»Wir wollen nur sichergehen, dass Frau Berger ihren Mann nicht erschossen hat.« Hanna legte ihre Füße hoch. Sie lehnte sich entspannt in ihrem Stuhl zurück.

»Was? Die Juliane soll … Machen Sie sich nicht lächerlich, Frau Schmiedinger. Für die Juliane lege ich meine Hand ins Feuer.«

»Wir müssen bei einem Mordfall allen Spuren nachgehen. Danke jedenfalls für die Information, Herr Salzgeber.« Hanna blieb weiterhin sachlich und höflich zugleich.

»Was wird denn jetzt mit dem Willi?« Xavers Stimme zitterte. Offenkundig ging ihm die Sache tatsächlich sehr nahe.

»Er wird eingehend untersucht und danach zur Beerdigung freigegeben.«

»Wann? Es müssen Dinge organisiert werden. Das Begräbnis und so weiter …«

»Es sollte nicht allzu lange dauern. Schließlich ist die Todesursache eindeutig. Bis nächste Woche kann es aber erfahrungsgemäß schon dauern.«

»Mein Gott. Das ist alles schrecklich.«

»Mord ist immer schrecklich«, erwiderte Hanna trocken. »Danke, Herr Salzgeber. Das war's auch schon. Falls wir Ihre Aussage noch einmal auf Papier brauchen, melden wir uns. Sie können mich übrigens jederzeit unter dieser Nummer erreichen, von der aus ich gerade anrufe.«

»Werde sie ins Handy einspeichern, Frau Schmiedinger. Auf Wiederhören.«

Er legte auf.

Hanna blickte auf ihre Armbanduhr.

Gleich halb eins. Der Chef wartete. Nichts wie los.

14

Montag, 12.30 Uhr, Salzburg, Ristorante bei Mauro.

»Hier entlang, bitte, Herr Haller.« Luigi, der Kellner mit der bodenlangen schneeweißen Schürze, zeigte auf einen akkurat eingedeckten Tisch am Fenster des kleinen privat anmutenden Nebenraumes des Lokals.

»Ist der Mauro gar nicht da?«, fragte Jost, während er ganz Gentleman beiseitetrat, um Laura den Vortritt zu lassen.

»Er musste kurz weg. Aber in einer halben Stunde sollte er wieder hier sein.« Luigi zog Lauras gepolsterten Stuhl ein Stück weit zurück, um sie darauf Platz nehmen zu lassen.

Anschließend kam er um den Tisch herum und tat dasselbe mit Josts Sitzgelegenheit.

»Darf ich bereits einen Aperitif bringen?«, fragte er anschließend.

»Ich nehme einen Gin Fizz«, erwiderte Jost.

»Harter Alkohol am helllichten Tag? Aber du musst noch fahren«, protestierte Laura.

»Na und.« Er zuckte die Achseln. »Ich vertrage einiges, wie du weißt.«

»Leider.« Sie schüttelte verständnislos den Kopf.

»Ich bin froh darum.« Er lachte.

»Für mich ein Glas Wasser, bitte. Ohne Kohlensäure«, sagte Laura zu Luigi, der sich daraufhin diskret davonmachte.

»Sein Eau de Toilette stinkt total aufdringlich«, fuhr sie fort, als er weg war. »Ist mir letztes Mal gar nicht aufgefallen.«

»Ich rieche nichts.« Jost zuckte die Achseln.

»Als Raucher riecht man auch nichts.«

»Parfüm stört dich, Trinken stört dich, Rauchen stört dich. Was noch? Dass es immer wieder Tag wird, wenn die Sonne aufgeht?« Er sah sie neugierig an.

»Willi hat in letzter Zeit nur Wasser getrunken«, erwiderte sie. »Und er hat das Rauchen aufgegeben. Er hat sein Trainingsprogramm ernst genommen, im Gegensatz zu dir.«

»Und was hat er jetzt davon, dein Schleimbeutel von Saupreiß? Er liegt im Leichenschauhaus.«

»Aber nicht, weil er auf seine Gesundheit geachtet hat. Sondern weil er erschossen wurde.«

»Er wurde erschossen? Tatsächlich? Hatte ich also recht mit meiner Vermutung vorhin?« Jost griff sich die große weiße Stoffserviette neben seinem Platzteller. Er stopfte sie nachlässig in seinen Hemdkragen.

»Ja.« Sie nickte. »Beim Joggen am See. Heute in aller Früh um sieben.«

»Das auch noch. Na also, sag ich's doch. Er war selbst schuld. Wäre er nicht erschossen worden, hätte ihn irgendwann garantiert der Herzkasper dahingerafft.«

»Schmarrn.« Laura schüttelte den Kopf. »Der Sport hat ihm gutgetan. Würde dir auch nicht schaden, wenn du mehr joggen gehen und weniger rauchen und Alkohol trinken würdest.«

»Damit ich ebenfalls erschossen werde?«

»Damit du keine Leberzirrhose kriegst.«

»Aber ich trinke doch so gut wie gar nichts.«

»Natürlich nicht.« Laura lachte spöttisch. »Bloß mindestens fünf Bier am Tag und so einige Schnäpse. Den Schampus bei deinen Geschäftstreffen nicht mitgezählt.« Sie verdrehte genervt die Augen. Manche Leute schienen der Wahrheit einfach nicht ins Gesicht schauen zu wollen. Jost war einer davon.

»Woher willst du das wissen?«, konterte er. »Bist du etwa rund um die Uhr neben mir?«

»Du hast es mir selbst erzählt. Schon wieder vergessen?« Sie sah ihn lange an.

»Was geht mich mein Scheiß von gestern an.« Er lachte jetzt übertrieben laut.

»Warst du wirklich in München, heute früh?«

»Hab ich dir doch gesagt.« Jost zog verständnislos die Stirn kraus. Sein Tonfall wurde ernst. Er betrachtete sie abwartend.

»Du warst nicht eher zufällig am See?« Ihr Blick fraß sich wie Laserstrahlen in sein Antlitz.

»Nein.« Er setzte ein schiefes Grinsen auf. »Was soll die Frage? Glaubst du mir etwa nicht?«

»Du hast immer nur schlecht über den Willi geredet.«

»Na und?«

»Er war dir ein Dorn im Auge. Überall war er beliebter als du. Hier beim Mauro.« Sie zeigte im Raum umher. »Und auch beim Xaver Salzgeber und allen anderen wichtigen Leuten im Gau.«

»Und deswegen habe ich ihn erschossen. Hast du sie noch alle?« Er zeigte ihr den Scheibenwischer. Aus seinem Gesichtsausdruck sprachen blankes Entsetzen und Empörung. »Wir sind doch hier nicht im Kindergarten. Da könnte ich ja so gut wie jeden erschießen, der mir nicht passt.«

»Du warst eifersüchtig auf ihn«, beharrte sie. »Deshalb musste er weg.« Sie wagte es nicht, ihm in die Augen zu sehen, so ungeheuerlich fand sie ihren eigenen Verdacht gerade. Aber sie wusste selbst nicht, was gerade mit ihr geschah. Es kam einfach über sie und musste raus.

»Jetzt ist es aber gut, Laura«, wetterte er los. »Ich verstehe eine Menge Spaß, aber das hier wird mir langsam echt zu blöd. Du kannst mich nicht einfach so mir nichts, dir nichts des Mordes beschuldigen.«

»Warum nicht?« Sie zuckte die Achseln. Ihre Sturheit hatte sie bereits so manche Freundschaft gekostet. Aber das war ihr im Moment herzlich egal.

»Warum nicht?« Josts Charme war zur Gänze verflogen. Er ballte seine Hände zu Fäusten und stierte sie bedrohlich aggressiv an. »Erstens, weil ich es nicht war und zweitens, weil ich dir ohne Weiteres eine Verleumdungsklage an den Hals hängen kann. Was ich auch tun werde, wenn du mit diesem lächerlichen Scheiß nicht sofort wieder aufhörst.«

»Ich finde es gar nicht lächerlich. Beweise mir, dass du heute Morgen zur Tatzeit um sieben in München warst. Dann hör ich wieder auf.« Sie verschränkte die Arme vor der Brust und sah ihm fest in die Augen.

»Ja, du elendige Matz.« Er sprang von seinem Stuhl auf und beugte sich bedrohlich nahe zu ihr hinüber. »Dir schmier ich gleich eine. Dann wirst du schon sehen, was du von deinen Lügen hast.« Seine Stimme überschlug sich vor Aufregung.

»Nur zu, du Mörder.« Sie reckte ihm furchtlos ihr Kinn entgegen.

Was dann kam, sah sie allerdings nicht voraus.

Jost holte blitzschnell aus und gab ihr eine schallende Ohrfeige.

»Bist du wahnsinnig?« Sie starrte ihn ungläubig an. Tränen stiegen ihr in die Augen. Ihre linke Wange lief knallrot an.

»Treib mich nicht zur Weißglut«, schrie er kochend vor Wut. »Das überlebst du nicht, du dreckige Lügnerin.« Der Geifer lief ihm von den Mundwinkeln hinunter.

Laura sprang hektisch auf. Sie schnappte sich ihre Handtasche, die sie zuvor über ihre Stuhllehne gehängt hatte, drehte sich um und stakste mit schnellen Schritten der Tür entgegen.

Nichts wie weg. Der ist ja völlig irre. Ein Borderliner oder so was. Wieso hab ich das nicht früher gemerkt?

Als sie sich noch einmal umdrehte, um sicherzugehen, dass er sie nicht verfolgte, sah sie, wie er ihr, zur Salzsäule erstarrt, mit offen stehendem Mund hinterherstierte.

Offensichtlich konnte er sich selbst nicht erklären, was gerade geschehen war.

Im selben Moment kam Luigi mit ihren Getränken herein. Er lächelte Laura freundlich zu.

Sie lächelte nicht zurück, stellte sich ihm wortlos in den Weg, schnappte sich Josts Gin Fizz, trank ihn in einem Zug aus, stellte das leere Glas auf Luigis Tablett zurück, nickte ihm knapp zu und eilte hinaus.

15

Montag, 12.35 Uhr, Polizeiinspektion, Traunstein.

»Wir waren vor fünf Minuten verabredet, Frau Schmiedinger. Nicht erst jetzt.« Kriminaldirektor Harald Kreisler sah nicht von seinen Unterlagen auf.

Er demonstrierte vielmehr den Vielbeschäftigten. Las konzentriert. Machte sich hier und dort ausführliche Notizen. Alles ganz eindeutig nur deswegen, um ihr zu zeigen, wer hier wichtig und der Chef war und wer nicht.

»Sorry, Chef. Wir haben gerade sehr viel mit dem neuen Mordfall zu tun.« Hanna spürte sofort eine wohlbekannte Wut in sich hochsteigen.

Autoritäres Gehabe in all seinen Spielarten war ihr von Kindesbeinen an ein Gräuel. Der eingebildete Lackaffe sollte sich gefälligst nicht so haben, einfach sagen, was er zu sagen hatte und sie dann wieder in Ruhe ihre Arbeit machen lassen.

»Ein lapidar hingeworfenes ›Sorry, Chef‹ reicht mir da nicht, Frau Schmiedinger.« Er sprach weiterhin mit ihr, ohne sie dabei anzuschauen. »Eine anständige Entschuldigung wäre angemessen. Meinen Sie nicht auch? Ich habe meine Zeit schließlich nicht gestohlen.«

»Ist irgendwas Wichtiges oder wollen wir gemeinsam den Knigge durchgehen? Ich habe meine Zeit nämlich ganz sicher auch nicht gestohlen.« Hanna sah ungerührt zu ihm hinüber.

Sollte er wegen der läppischen fünf Minuten, die sie auf dem Weg hierher auf der Toilette verbracht hatte, ruhig weiter die beleidigte Diva spielen. Sie hatte einen Mordfall aufzuklären. Die Minderwertigkeitskomplexe eines alternden Pfaus hatten dabei nichts verloren.

»Setzen Sie sich.« Er zeigte, den Blick weiterhin fest auf seine Akten geheftet, mit der Hand auf den Besucherstuhl vor seinem Schreibtisch.

Hanna blieb stehen.

»Würde es Ihnen etwas ausmachen, mich anzusehen, wenn Sie mit mir reden?« Sie klopfte mit den Fingerknöcheln auf seine Schreibtischplatte. »Es ist unhöflich weiterzulesen, wenn jemand in den Raum kommt.«

»Noch unhöflicher ist es, zu spät zu kommen«, konterte er.

»Ich habe mich entschuldigt. Aber gut. Wenn Sie nichts wirklich Wichtiges haben, gehe ich eben wieder.« Sie drehte ihm demonstrativ den Rücken zu. »Melden Sie sich wieder, wenn Sie sich ernsthaft mit mir unterhalten wollen«, fügte sie hinzu.

»Hauptkommissarin Schmiedinger!«, bellte Harald. »Setzen Sie sich hin. Auf der Stelle!«

»Geht das auch etwas leiser?« Hanna nahm Platz. Provozierend langsam allerdings. Im Kasernenhofton herumkommandieren lassen musste sie sich schließlich von niemandem. »Nicht, dass ich noch einen Hörsturz bekomme von Ihrem Gebrüll.«

»Sie kosten mich den letzten Nerv, Schmiedinger.«

Harald bequemte sich doch noch, von seinen Unterlagen aufzuschauen.

Weit und breit war nicht die Spur eines Lächelns in seinem Gesicht zu erkennen. Dass er hasserfüllt dreingeschaut hätte, wäre allerdings auch übertrieben formuliert gewesen. Es war mehr der Blick eines bei der pubertierenden Tochter Strenge ausübenwollenden Vaters, mit dem er sie bedachte. Ungeduld lag darin, Resignation, Ärger, Unverständnis. Aber auch kleine Anzeichen von Milde und einer gewissen Zuneigung.

»Sie mich auch, Herr Kreisler. Glauben Sie mir.« Sie stöhnte genervt.

Hatte der rasierwassergebadete Schicki-Micky aus Regensburg wirklich immer noch nicht kapiert, wie man mit ihr und ihren Leuten umging? Er war doch immerhin bereits seit einem Jahr bei ihnen in der Abteilung. Lange genug, um es mitzukriegen.

»Wie weit sind Sie mit den Ermittlungen im Mordfall Berger?« Er schüttelte unmerklich in sich hineingrinsend den Kopf. Offenbar gab er seinen groß angelegten Belehrungsversuch gerade wieder auf.

Hanna registrierte es nicht ohne innere Zufriedenheit.

»Wir sind an einigen Spuren dran«, erwiderte sie. »Haben die Witwe verhört. Sie ist irgendwie verdächtig, andererseits aber auch wieder nicht.«

»Was noch?«

»Es gibt drei Jäger in der Gegend, die für den Besitz einer Waffe mit dem auf den Toten abgefeuerten Projektil infrage kämen. An einem bekannten Schützenverein sind wir ebenfalls dran.«

»Das ist gar nicht so schlecht, wie ich dachte, Frau Schmiedinger.« Haralds Miene hellte sich auf. »Da haben wir genug Futter, um die Medien erst mal zufriedenzustellen.«

»Sieht so aus.« Sie nickte. »Ich würde gerne so schnell wie möglich weitermachen, damit wir bald Konkreteres vorzuweisen haben.«

Hannas Smartphone machte sich bemerkbar. Sie sah aufs Display.

»Die KTU«, sagte sie. »Da muss ich schnell rangehen.«

»Nur zu.« Harald nickte.

»Also, es ist so«, sagte sie, nachdem sie aufgelegt hatte. »Die Taucher von der KTU haben jetzt doch noch eine Patronenhülse und ein Projektil gefunden. Kleinkaliber, wie bereits angenommen.«

»Großartig.«

»Der Täter hat beides anscheinend nicht weit vom Tatort entfernt in den See geworfen. Meinte wohl damit aus dem Schneider zu sein.«

»Das ist erfreulich. Dann ist der Fall bald gelöst.« Harald rückte geschäftig lächelnd seine Krawatte zurecht.

»Nicht ganz«, bremste Hanna seine Euphorie. »Es waren leider keine Fingerabdrücke darauf. Wahrscheinlich trug der Schütze Handschuhe oder er hat die Teile mit einem Tuch oder etwas Ähnlichem aufgehoben.«

»Oder die Abdrücke sind im Wasser verschwunden.« Haralds Miene verfinsterte sich.

»Das ist unwahrscheinlich in den paar Stunden. Aber falls wir die dazugehörige Mordwaffe finden und mit dem Projektil und den Schussverletzungen am Toten abgleichen, können wir sie auf jeden Fall eindeutig zuordnen.« Hanna schüttelte unmerklich den Kopf. Eigentlich sollte ein Kriminaldirektor wissen, dass man Fingerabdrücke, auch nach einem Wasserbad des entsprechenden Gegenstandes, noch einige Tage später nachweisen konnte. Das war schließlich nicht erst seit gestern so.

Wie war der eingebildete Schönling bloß in seine Führungsposition aufgestiegen? Hatte er sich hochgeschlafen? Allein die Vorstellung, ihn nackt zu sehen, erzeugte bei ihr einen leichten Würgereiz.

Nicht, dass er so abgrundtief hässlich gewesen wäre. Im Gegenteil. Sicher gab es viele Frauen, die ihn nicht von der Bettkante geschubst hätten. Aber sie mochte ihn einfach wirklich nicht. Alles an ihm schien ihr unpassend zu sein.

»Dazu müssten wir sie allerdings erst einmal haben, diese Waffe«, gab Harald zu bedenken.

»Ich würde mich liebend gerne sofort mit meinen Kollegen auf die Suche machen. Oder war sonst noch was Wichtiges, Herr Kreisler?« Hanna erhob sich von ihrem Stuhl.

»Nein.« Er schüttelte den Kopf. »Finden Sie die Waffe.«

»Alles klar, Chef.« Sie ging zur Tür und legte ihre Hand auf die Klinke. »Gehen Sie mal auf Knigge.de«, sagte sie, bevor sie hinausging. »Brauchbare Benimmregeln dort, wirklich. Da steht sicher auch drin, wie man sich seinen Untergebenen gegenüber angemessen verhält.«

»Schleichen Sie sich endlich, Schmiedinger!«, rief er ihr aufgebracht hinterher. »Sonst vergesse ich mich noch!«

Mit einem zufriedenen Grinsen im Gesicht schloss sie die Tür hinter sich.

16

Montag, 13.00 Uhr, Bergwald hinter Aschau am Chiemsee.

»Ob ich hier noch richtig bin?« Rainer hielt an. Er blickte in den dunklen Forst um sich herum. Dann schaute er auf sein Navi. Anschließend tat er dasselbe noch einmal, während er sich ratlos am Kopf kratzte.

Die Straße hatte vor ungefähr zwei Kilometern geendet. Stattdessen fuhr er seitdem auf einem engen Kiesweg steil bergauf. Hier standen längst keine Häuser mehr. An den Autospuren auf dem Weg konnte er jedoch erkennen, dass es irgendwo hinging, wo zumindest schon mal jemand vor ihm gefahren sein musste.

Ob es sich dabei allerdings tatsächlich um die Jagdhütte von Wilfried Herbst handelte, den er im Zusammenhang mit dem Schuss auf Wilhelm Berger befragen wollte, stand auf einem anderen Blatt.

»Schauen wir mal, dann sehen wir es schon.« Er legte den ersten Gang ein und fuhr weiter.

Die Schlaglöcher auf der unwegsamen Piste unter ihm wurden tiefer. Der Wagen schaukelte wild hin und her. Der Wald wurde noch düsterer und unheimlicher um ihn herum.

Ein lauter Knall ertönte.

Er stieg aus. Ging um das Fahrzeug herum. Blieb mit einem lauten Seufzer stehen.

Der rechte Hinterreifen war platt.

Sollte er ihn gleich selbst wechseln oder den Pannendienst holen? Er könnte dort anrufen, sobald er irgendwo ein Netz hatte. Aber bis die hier hinauffanden, war er bestimmt verhungert und verdurstet. Bildlich gesprochen natürlich.

Er entschloss sich also dazu, erst einmal zu Fuß weiterzugehen und sich später um den Wagen zu kümmern. Möglicherweise bekam er unerwartete Hilfe von wem auch immer. Irgendwer musste ja hier oben sein. Zumindest Wilfried Herbst. Dem Navi nach war es nicht mehr weit bis zu dessen Jagdhaus.

Ein Wolf heulte ganz in der Nähe. Oder war es ein Hund?

Ein Schuss fiel.

Gleichzeitig vernahm Rainer ein lautes knackendes Geräusch neben sich. Es kam von dem Baum, an dem er gerade vorbeigegangen war. Keine zwei Meter von ihm entfernt. Die Kugel musste dort ins Holz eingeschlagen sein.

Er sprang hinter dem nächsten Stamm in Deckung. Blickte sich den Atem anhaltend um. Wer hatte es mitten in dieser trostlosen Einsamkeit auf ihn abgesehen? Und warum?

»Was haben Sie hier zu suchen?«, hörte er eine tiefe Männerstimme rufen.

»Wo sind Sie?«, fragte er zurück.

Herrgott noch mal. Das ist wie im wilden Westen.

Er ahnte, dass es gefährlich wäre, wenn er seine eigene Waffe aus seinem Achselholster holte. Sicher hatte ihn der Heckenschütze genau im Visier und bekam jede seiner Bewegungen mit.

»Wer sind Sie?«, kam es statt einer Antwort auf seine Frage aus dem kleinen Wäldchen rechts oberhalb von ihm zurück.

»Ich bin von der Polizei. Hauptkommissar Rainer Talgruber heiße ich. Ich habe einen Ausweis dabei.« Rainer überlegte, ob er in die moosbewachsene Mulde neben der Straße springen und von dort aus sein Glück mit der Dienstwaffe versuchen sollte. »Wer sind Sie?«

»Ich bin der Wilfried, Jäger auf der Jagd.« Ein imposanter dunkelhaariger Mann im grünen Jägeroutfit samt befiedertem Hut trat hinter einer Fichtengruppe in gut 20 Metern Entfernung bergaufwärts hervor. Er musste um die 60 Jahre alt sein. Langsam senkte er sein Gewehr. »Was suchen Sie hier? Das ist Privatbesitz.«

»Schießen Sie immer gleich auf jeden, der sich hierher verirrt?« Rainer atmete erleichtert auf. Nix mehr wilder Westen und Indianer im Hinterhalt.

Aber auf jeden Fall war weiterhin Vorsicht angesagt.

»Nur auf Wilderer und Menschen, die mir Böses wollen. Außerdem habe ich nicht auf sie geschossen, sondern auf den Baum neben ihnen. Hätte ich Sie treffen wollen, hätte ich das getan, glauben Sie mir.«

»Das beruhigt mich ungemein.«

»Wollen Sie mir Böses?«

»Ich möchte Sie lediglich etwas fragen.« Rainer schüttelte den Kopf.

»Nur zu.« Wilfried nickte ihm zu.

»Sind Sie Wilfried Herbst?«

»Der und kein anderer.« Wilfried näherte sich mit langsamen Schritten. Er ließ Rainer dabei keine Sekunde lang aus den Augen.

»Und Sie wohnen hier oben in einem Jagdhaus?«

»Auch das ist richtig, kleiner Polizeimann.«

»Haben Sie ein Kleinkalibergewehr?«

»Sicher.« Wilfried zuckte die Achseln. Er blieb gut zwei Meter vor Rainer auf dem Kiesweg stehen. »Für die Fuchsjagd oder wenn ich auf Hasen gehe.«

»Wo ist es?«

»In meinem Haus oben, warum?«

»Ich müsste es mir für eine Zeit lang ausleihen.«

»Was wollen Sie damit?«

»Kennen Sie eine Laura Obermeier aus Prien?«, fragte Rainer weiter anstatt zu antworten.

»Kaum.« Wilfried schüttelte den Kopf. »Ich kenne ihren Vater, den Hubsi. Ein Tagträumer wie aus dem Bilderbuch. Die Laura habe ich ein paarmal gesehen, vor allem als Kind. Das war's.«

»Aha. Und einen Wilhelm Berger. Kennen Sie den?« Rainer beobachtete Wilfrieds Gesicht. Er war sich sicher, dass er merken würde, wenn der grüne Riese vor ihm log.

»Nie gehört.« Wilfried stand da wie der Watzmann höchstpersönlich. Ruhig und unerschütterlich. »Warum fragen Sie das alles?«

»Sagen wir mal so. Ich möchte sichergehen, dass Sie nichts mit dem Mord an diesem Berger, einem zugezogenen Bürger von Gstad zu tun haben.«

»Ich hätte etwas mit einem Mord zu tun?« Wilfried blickte überrascht drein. »Noch dazu an einem Fremden, den ich nicht einmal kenne. Sie schauen wohl zu viele Kriminalfilme im Fernsehen?«

»Ich gehe nicht davon aus, dass Sie etwas damit zu tun haben.« Rainer senkte seine Stimme. Er schüttelte den Kopf. »Aber wir müssen alle möglichen Kleinkalibergewehre von erfahrenen Schützen in der Gegend überprüfen. Reine Routine.«

»Dann sind Sie bloß froh, dass wir nicht in Amerika sind.«

»Wieso?« Rainer sah ihn fragend an.

»Dann würden Sie mit der Waffensuche nicht fertig werden. Dort hat jeder mehrere davon. Nicht nur die Jäger.« Wilfried lachte dröhnend.

»Stimmt auch wieder.« Rainer nickte nachdenklich.

»Kommen Sie mit. Ich mache uns einen Kaffee. Danach

können Sie das Ding von mir aus mitnehmen. Aber Wiedersehen macht Freude.«

Wilfried ging voran den Kiesweg bergauf.

Rainer folgte ihm. Er atmete erleichtert auf. Das hätte gerade auch ganz anders ausgehen können, sagte er sich.

17

Montag, 13.10 Uhr, Grassau am Chiemsee.

Ralf hatte das Haus des 45-jährigen Werner Mehrfeld auf Anhieb gefunden. Es lag etwas außerhalb von Grassau auf einer Anhöhe. Wenn er Glück hatte, war der Hausherr sogar daheim.

Er parkte seinen Dienstwagen seitlich des Hauses und ging zur Eingangstür, um zu läuten. Auf dem Weg staunte er über den großartigen Blick, den man von hier aus auf den See hatte. Wie ein riesiger Spiegel lag er im gleißenden Sonnenlicht da, umgeben von den roten Dächern der Häuser und Kirchen der umliegenden Dörfer und vom Braun und Grün der Felder und Wälder.

Als Ralf auf sein zweimaliges Läuten hin von niemandem geöffnet wurde, ging er um das Haus herum. Womöglich arbeitete der Hausherr irgendwo in seinem Garten und konnte ihn deshalb nicht hören.

»Herr Mehrfeld!«, rief Ralf, nachdem der die Rückseite erreicht hatte. Der weitläufige Garten dahinter mündete nach gut 100 Metern in den Wald. Davor befanden sich Obstbäume, Kräuterbeete und Sträucher.

»Was machen Sie hier?«

Die männliche Stimme kam von hinter ihm. Ralf drehte sich um und hielt mit offenem Mund staunend inne.

Was war das?

Ein verspäteter Aprilscherz?

Ein übrig gebliebenes Faschingskostüm?

Ein mittelgroßer Mann, ganz in Weiß mit einem breitkrempigen Hut, stand keine zwei Meter entfernt vor ihm. Von seiner Kopfbedeckung hingen rundherum durchsichtige Gardinen bis zu seinen Schultern herab.

Tragbare Moskitonetze? Wozu soll das gut sein? Irgend so ein Transendings? Soll ich meine Dienstwaffe ziehen? Oder ist der Kerl etwa ein Imker? Für Halloween ist es jedenfalls eindeutig zu früh.

»Ich bin von der Polizei«, sagte Ralf. »Hauptkommissar Schneider.« Er zückte seinen Dienstausweis statt seiner Pistole und hielt ihn wachsam in Richtung der seltsamen Erscheinung vor ihm. »Sind Sie Herr Mehrfeld?«

»Ich bin Werner Mehrfeld, richtig.«

Werner setzte seinen Hut ab. Er legte ihn seitlich von sich auf den Boden. Darunter kamen ein kurz geschorener dunkelhaariger runder Kopf und leuchtend blaue Augen unter buschigen Augenbrauen zum Vorschein. Die letzte Rasur seines stoppeligen schwarzen Bartes lag offenbar einige Tage zurück. Ralf schätzte, dass er um die 40 Jahre alt gewesen sein musste. Eher etwas älter als jünger.

»Ich dachte für einen Augenblick schon, Sie wären eine Art Waldgeist.« Ralf zeigte auf den am Boden liegenden Hut.

»Darf ich fragen, was Sie in meinem Garten zu suchen haben?«, fragte Werner. »Ich erinnere mich nicht daran, Sie eingeladen zu haben.«

»Entschuldigen Sie mein Eindringen. Aber auf mein Läuten hat niemand geöffnet. Da dachte ich, ich finde Sie vielleicht hier hinten.«

»Und was wollen Sie von mir?« Werner kniff die Augen zu Schlitzen zusammen. Das grelle Sonnenlicht schien ihm direkt in die Augen.

»Wir untersuchen einen Fall am Chiemsee. Da wollte ich Sie nach einem Kleinkalibergewehr fragen. Sie sind doch Jäger?« Ralf blieb nach wie vor wachsam. Er beobachtete jede Bewegung seines Gegenübers.

»Ich habe einen Jagdschein, richtig.« Werner nickte. »Aber wozu brauchen Sie ein Kleinkalibergewehr von mir? Hat die Polizei nicht genug eigene Waffen?«

»Nein, nein.« Ralf winkte mit einem verlegenen Lächeln ab. »Da haben wir uns falsch verstanden. Ich wollte Sie lediglich fragen, ob Sie ein Kleinkalibergewehr besitzen. Das ist alles.«

»Ach so.« Werner lächelte. »Ich hatte früher mal eins.« Er nickte. »Hab meine Waffen aber verkauft und die Jägerei an den Nagel gehängt.«

»Sie gehen also gar nicht mehr auf die Jagd?«

»Nein.« Werner schüttelte den Kopf. »Ich züchte seit geraumer Zeit Bienen.«

»Deshalb die Verkleidung.« Ralfs Miene erhellte sich für einen Moment. »Logisch.«

Also doch ein Imker.

»Richtig.« Werner nickte erneut.

»Wissen Sie noch, an wen Sie Ihre Waffen verkauft haben?«

»Ich habe sie an das Geschäft zurückgegeben, in dem ich sie erworben hatte.«

»Wo war das?«

»In Tschechien drüben.«

»Haben Sie die Papiere zu den Waffen noch?«

»Hab ich auch dort abgegeben.«

»Quittungen?«

»Die Quittungen, … hm, weiß nicht, wo ich die hingetan hab. Da müsste ich das ganze Haus auf den Kopf stellen. Ich habe es nicht so mit der Ordnung, seit meine Frau vor fünf Jahren gestorben ist, wissen Sie.« Werner senkte den Kopf. Er blickte geradewegs auf die Wiese zu seinen Füßen.

»Das tut mir leid für Sie.«

»Ich vermisse sie jeden Tag.« Er sah wieder vom Boden auf, direkt in Ralfs Gesicht.

»War sie krank?«

»Autounfall. Sie kam von der Straße ab und fuhr direkt in einen großen Baum. War auf der Stelle tot. Jetzt gibt es nur noch mich und meine Bienen.«

»Haben Sie tatsächlich all Ihre Waffen verkauft?«

»Ja.« Werner nickte.

»Können Sie mir Name und Adresse des Ladens in Tschechien geben?«

»Kann ich. Muss ich aber erst nachschauen. Ich kann sie später anrufen und es Ihnen durchgeben.«

»Bitte.« Ralf reichte ihm eine seiner Visitenkarten. »Mein Diensthandy. Da erreichen Sie mich so gut wie immer.«

»Klar, gerne.« Werner nickte. »Wussten Sie übrigens, dass wir alle sterben werden, wenn es keine Bienen mehr gibt?«

»Nein, wieso?« Ralf sah ihn erstaunt an.

»Keine Pollenübertragung mehr, keine Landwirtschaft mehr. Keine Landwirtschaft mehr, keine Nahrung mehr für uns. So einfach ist das.«

»Dann sind Sie wohl eine Art Menschenretter?«

Auf jeden Fall ist er ein Grüner.

»Kann man so sehen.« Werner nickte. »Gefällt mir irgendwie, wie Sie das sagen.« Er grinste geschmeichelt. »Sie sehen übrigens gar nicht aus wie ein bayrischer Polizist.«

»So? Wie dann?« Ralf schaute ihn neugierig an.

»Eher wie ein griechischer Reeder, mit Ihren braunen Haaren und den dunkelbraunen Augen.«

»Da schau her, wie ein Reeder. Drunter geht's nicht?«

»Auf jeden Fall sehen Sie nicht wie so ein billiger Mittelmeermacho aus. Das merkt man gleich. Ihnen müssen die Weiber doch in Scharen nachlaufen.«

»Sie wollen mich aber nicht gerade anmachen, oder?«

Warum versucht er mich bloß so einzuseifen? Hat er mich etwa belogen und will davon ablenken?

»Nein, um Himmels willen.« Werner lachte. »Nur so. Ich finde es einfach gut, wenn jemand gut aussieht.«

»Griechische Vorfahren habe ich tatsächlich.« Ralf lachte nun ebenfalls. »Sagt Ihnen der Name Wilhelm Berger etwas?«

»Nein. Sollte er?« Werner schüttelte den Kopf.

»Laura Obermeier?«

»Laura? Die Fitnesstrainerin aus Prien.«

»Genau die.«

»Die kenn ich. Hab mal ein paar Stunden bei ihr genommen. Wollte abnehmen.«

»Das war alles?«

»Ja, war mir zu anstrengend.« Werner nickte. »Dann lieber meine Bienen und einfach weniger essen wegen der Figur. Was ist mit ihr?«

»Nichts weiter.« Ralf winkte ab.

»Okay ...«

»Na gut, Herr Mehrfeld«, sagte er dann. »Das war's auch schon. Viel Erfolg mit den Bienen.«

»Danke.« Werner reichte ihm die Hand. »Wollen Sie ein Glas Honig mitnehmen? Garantiert Bio.«

»Ich weiß nicht recht. Ist er teuer?«

»Ich schenke ihnen eins. Was sagen Sie dazu?« Werners Augen leuchteten beseelt. Offenkundig liebte er seine neue Berufung tatsächlich.

»Da sage ich, vergelt's Gott.«

»Tu ich gerne. Falls Sie jemand deswegen fragt, weil er so gut schmeckt, schicken Sie ihn ruhig her.«

Werner ging ins Haus.

Wenig später kam er mit dem Honig in der Hand zurück. Er überreichte ihn Ralf und gab ihm auch noch einen Zettel mit einer Adresse darauf.

»Der Ort heißt Storni, das Waffengeschäft Jiris Laden«, sagte er. »Dort habe ich meine Waffen verkauft.«

18

Montag, 13.15 Uhr, Anwesen der Hallers, bei Prien.

Sabrina fuhr von der Hauptstraße in das große Anwesen der Familie Haller vor den Toren von Prien hinein. Sie stellte ihren Dienstwagen auf dem Parkplatz vor dem Haus ab und ging zur Eingangstür hinüber.

Jost Haller hatte hier offensichtlich einen alten Bauernhof renoviert und aufs Feinste ausgebaut. Als Bauunternehmer wohl weiter kein Kunststück. Trotzdem war Sabrina beeindruckt von dem Ort, der ihr in seiner auf alt getrimmten Perfektion wie aus der Zeit gefallen erschien.

Nachdem sie geläutet hatte, öffnete ihr eine schlanke blonde Frau in ihrem Alter. Sie sah eigentlich sehr hübsch aus, wirkte aber kränklich. Hatte dunkle Ringe unter den blauen Augen. Bewegte sich vorsichtig, so als würde sie unter Schmerzen leiden.

»Was kann ich für Sie tun?«, fragte sie dennoch freundlich.

»Hornsteiner, Kripo Traunstein«, stellte sich Sabrina vor. »Ich wollte gern mit Herrn Jost Haller sprechen. Das ist doch sein Wohnsitz und gleichzeitig sein Büro?«

»Sie sind schon richtig. Ich bin die Evi Haller. Aber der Jost ist leider unterwegs, wie meistens.« Evi lächelte bedauernd. »Außerdem haben wir noch unser großes Büro in Prien drinnen, in dem auch unsere Baufirma untergebracht ist.«

»Ist er dort?« Sabrina zog fragend die Brauen hoch.

»Ich glaube nicht. Er hat am Vormittag angerufen und gesagt, dass er mit einem wichtigen Kunden in Salzburg beim Essen wäre.«

»Könnten Sie ihm bitte ausrichten, dass er mich anruft, wenn er zurück ist?« Sabrina überreichte ihr ihre dienstliche Visitenkarte.

»Hat er etwas angestellt?« Die Antwort auf ihre Frage schien Evi nicht besonders zu interessieren. Zumindest sah sie nicht so aus.

»Nein.« Sabrina winkte ab. »Ich muss ihm nur wegen seines Jagdscheins einige Fragen stellen.«

»Auf der Jagd war er lange nicht. Höchstens auf menschliche Hasen. Hinter denen ist er am liebsten her.« Evi klang resigniert und frustriert zugleich. Hier schien es eine Ehekrise und Redebedarf zu geben.

»Dann hat er gar kein Jagdgewehr mehr?«

Sabrina verkniff sich einen Kommentar in Richtung, untreuen Männern gäbe man am besten so schnell wie möglich den Laufpass, sonst würde man nur unglücklich werden. In persönlichen Dingen gab man besser keine ungebetenen Ratschläge.

»Ich hoffe nicht.« Evi schüttelte den Kopf. »Hier im Haus ist jedenfalls keine Waffe. Ich wollte keine hier haben, da hat er sie verkauft. Hat er mir jedenfalls erzählt. Es ist natürlich auch möglich, dass er sie irgendwo versteckt hat.«

»Wissen Sie zufällig, was für ein Gewehr es war?«

»Ich glaube, es war so eins, wie sie die auch im Schützenverein benützen. Kleinkaliber, kann das sein? Ein Freund von ihm, der bei den Alpenschützen ist, und Jost haben sich einmal bei einem Abendessen bei uns ausführlich über die Vor- und Nachteile unterhalten. Ich musste alles mitanhören.«

»Nachdem Sie gekocht hatten?« Sabrina lächelte mitfühlend.

»Woher wissen Sie das?«

»Nur so eine Ahnung.«

»Ihre Ahnung stimmt. Ich koche meistens, obwohl wir genug Geld für Hauspersonal hätten. Aber Jost meint immer, wir müssten sparen. Wohl, damit er sich seine teuren Sportwagen leisten kann.« Evi lächelte zurück. »Wollen Sie auf einen Kaffee reinkommen?«, fragte sie dann überraschend.

»Ich muss leider weiter. Wir ermitteln in einem Mordfall.«

»Deshalb die Frage nach dem Gewehr?«

»Ja.« Sabrina nickte.

»Hat Jost etwas damit zu tun?«

»Wohl eher nicht.« Sabrina schüttelte langsam den Kopf. »Das heißt, ich weiß es nicht. Aber wir sind verpflichtet, selbst der kleinsten Spur nachzugehen. Kennen Sie und Ihr Mann eine Familie Berger aus Gstad?«

»Sicher.« Evi nickte. »Wer kennt die nicht. Man trifft sich auf Partys und so weiter. Warum fragen Sie?«

»Herr Berger wurde heute Morgen erschossen.«

»Der Willi?« Evi riss schockiert die Augen auf.

»Ja, leider. Mit einem Kleinkalibergewehr.«

»Oh Gott.« Evi schlug die Hand vor den Mund. »Ich frage Jost, wo er das Gewehr hingeschafft hat, und dann soll er sich gleich bei Ihnen melden. Aber er war es bestimmt nicht. Erstens hat er keinen Grund und zweitens könnte er so etwas nicht. Das weiß ich einfach.«

»Das wäre super. Danke, Frau Haller.«

»Nichts zu danken. Ich könnte Ihnen einen Espresso machen. Dann sind Sie in zehn Minuten wieder unterwegs.«

»Na gut, einen schnellen Espresso.« Sabrina nickte. »So viel Zeit muss einfach sein.«

Evi Haller schien etwas auf dem Herzen zu haben, das keinen Aufschub duldete. Sabrina folgte ihr ins Innere des Hauses. Manche Dinge tat man intuitiv, wusste sie. Ohne groß nachzufragen oder zu überlegen.

»Nehmen Sie Platz.« Evi deutete auf die ultramoderne weiße Polstersitzgruppe in ihrem großen Wohnzimmer, das auch im Übrigen mit ausgefallenen Designermöbeln eingerichtet war. »Ich bin gleich wieder bei Ihnen.«

Sabrina setzte sich und sah sich um. Dabei kam ihr der Gedanke, dass am Chiemsee alle in einem sehr privilegierten Landstrich wohnten. Viele Leute hatten viel Geld.

»So, Ihr Espresso.« Evi war aus der Küche zurück. Sie reichte Sabrina eine kleine Tasse und einen Teller mit einem Stück Kuchen darauf. »Den Bienenstich hab ich selbst gemacht. Müssen Sie unbedingt probieren.«

»Danke.« Sabrina aß und trank. »Schmeckt prima.« Sie kaute mit vollen Backen.

»Ist bestimmt interessant, Ihr Beruf als Polizistin.« Evi sah sie neugierig an. »Auf jeden Fall bestimmt interessanter, als in einem großen Haus zu sitzen und immer kränker zu werden.«

»Was haben Sie denn? Mir ist schon an der Tür aufgefallen, dass Sie etwas blass sind.«

»Die Ärzte finden nichts.« Evi schaute starr zum Fenster hinaus ins Grüne. »Sie verschreiben mir irgendwelche Tabletten, aber es geht mir immer schlechter statt besser.«

»Und da hat Ihr Mann nichts Besseres zu tun, als sich mit anderen Frauen herumzutreiben?«

»Er ist schwach. Es überfordert ihn, sich um andere kümmern zu müssen. Aber im Grunde ist er ein anständiger Kerl. Ich weiß hundertprozentig, dass er zum Beispiel niemanden erschießen könnte.«

»Das ehrt Sie, Frau Haller. Aber ehrlich gesagt, würde ich an Ihrer Stelle mal kräftig auf den Tisch hauen. Denn so geht es schließlich auch wieder nicht.«

Jetzt hab ich mich doch eingemischt. Egal, sie tut eh, was sie will. Da bin ich mir sicher. Sonst hätte sie das ganze Theater ihres Mannes nicht bis hierher mitgemacht.

»Ich habe es oft versucht. Aber sobald ich ihn zum Beispiel darauf anspreche, dass wir mal wieder etwas gemeinsam unternehmen könnten, rennt er aus dem Zimmer oder fährt irgendwo hin.« Tränen stiegen Evi in die Augen.

»Dann passen Sie mal auf.« Sabrina legte ihren Teller beiseite. »Haben Sie irgendeine Lieblingsbeschäftigung?«

»Ich gehe gerne schwimmen.« Evi schniefte.

»Samstagvormittag, ich hole Sie ab.«

Warum tust du das gerade?

»Und dann?« Evi sah Sabrina neugierig an.

»Dann gehen wir schwimmen.«

Warum nicht. Sie ist nett.

»Oh mein Gott. Das wäre wunderbar.« Evi bekam glänzende Augen. Diesmal allerdings nicht wegen ihrer Tränen, sondern aus reiner Vorfreude. »Darf ich Ihnen noch einen Bienenstich bringen?«

»Ich bin die Sabrina«, sagte Sabrina.

»Evi«, erwiderte Evi.

»Und ja, ich esse noch einen Bienenstich. Sehr gerne sogar. Er ist köstlich. Aber dann muss ich wirklich weiter.«

»Na klar. Kein Problem.« Evi eilte in die Küche.

Ihr Schritt wirkte dabei viel beschwingter als zuvor.

19

Montag, 13.30 Uhr, Zug von Salzburg nach Rosenheim.

Laura hatte ein ganzes Abteil für sich allein. Das war ihr einerseits recht, weil niemand sie mit lauten Gesprächen nervte. Andererseits hätte sie im Moment auch gerne etwas Gesellschaft gehabt, um sich von ihrer inneren Unruhe abzulenken.

In Gedanken war sie immer noch bei ihrer Auseinandersetzung mit Jost. Sie konnte es einfach nicht fassen, dass er sie tatsächlich geschlagen hatte. War sich fast sicher, dass sie den richtigen Verdacht gehabt hatte und dass er Wilhelm tatsächlich umgebracht hatte. Einer, der sich so wenig im Griff hatte wie Jost, der ging eben auch mal bis zum Äußersten. Sie hatte Angst.

Der Zug hielt in Prien.

Wie bereits in Salzburg sah sie sich auch jetzt immer wieder nach ihm um. Hoffte inständig, dass er nicht irgendwo auf dem Bahnsteig stand.

Als er auch diesmal Gott sei Dank nirgends zu entdecken war, holte sie ihr Handy aus der Handtasche und wählte die Nummer ihrer Eltern.

»Mama«, sagte sie, nachdem ihre Mutter Martha abgehoben hatte.

»Servus, Kind. Was gibt's?«

»Ich wollte bloß Bescheid geben, dass ich die Irmi in Kufstein besuche und erst spät in der Nacht nach Hause komme. Nicht, dass ihr euch Sorgen macht.«

In Prien und Umgebung wollte sie sich heute auf keinen

Fall blicken lassen. Vielleicht morgen, wenn sich Jost wieder beruhigt hatte.

»Hast du heute gar keine Sportstunden zu geben?« Martha klang ähnlich inquisitorisch wie vor vielen Jahren, wenn Laura einmal die Schule schwänzen wollte oder ihre Hausaufgaben nicht gemacht hatte.

Manche Dinge änderten sich wohl nie.

»Ein Kunde von mir ist gestorben. Ich mache heute gar nichts.«

»Ein guter Kunde?«

»Der Willi. Ich hab euch von ihm erzählt.«

»Der Millionär? Um Himmels willen. Was ist ihm denn passiert?«

»Er wurde ermordet.«

»Hör mit den blöden Witzen auf, Kind. Mit so etwas scherzt man nicht.«

»Kein Scherz.«

»Ach, du lieber Gott. Pass bloß auf dich auf, Kind.« Martha klang auf einmal gar nicht mehr so forsch und selbstsicher wie zuvor. Eher besorgt und verängstigt.

»Mach ich, Mama. Mach dir keine Sorgen. Von mir will bestimmt keiner was.«

Außer Jost möglicherweise. Aber das musste ihre Mutter nicht wissen. Sie würde ihr sowieso nicht glauben.

»Na gut, Kind. Sag deiner Cousine Irmi einen schönen Gruß vom Papa und von mir. Sie soll sich bald mal wieder bei uns blicken lassen.«

»Mach ich.«

»Sonst geht es dir gut?«

»Alles gut, ja.« Laura nickte, obwohl ihr im Moment eher danach zumute war, vor Angst loszuweinen.

»Pass auf dich auf.«

»Mach ich. Ach, Mama. Wenn der Jost Haller nach mir fragt, sag ihm bitte, dass du nicht weißt, wo ich bin.«

»Aber warum?« Martha klang verwundert. »Der Jost wäre eine gute Partie für dich. Er hat Geld wie Heu.«

»Er ist verheiratet, Mama.« Laura verdrehte die Augen. *Bitte nicht schon wieder diese leidige Diskussion.*

»Na und? Die meisten Ehen werden heutzutage geschieden. Dein Vater und ich sind nur zu faul dazu.«

»Red keinen Schmarrn, Mama. Du liebst den Papa, das weiß ich genau und du weißt es auch. Und umgekehrt ist es genauso.«

»Da bin ich mir gar nicht mehr so sicher. Er hat nur noch Augen und Ohren für seine bescheuerten Modellflugzeuge. Nichts anderes interessiert ihn mehr.«

»Übertreib nicht so.«

»Ich übertreibe nicht, Kind.«

»Wie du meinst.« Laura schüttelte den Kopf. Die Sturheit ihrer Mutter war von nichts und niemandem zu schlagen. Bis sie in irgendetwas einmal nachgab, waren alle um sie herum längst gestorben. »Auf jeden Fall sagst du ihm nichts, dem Jost, versprochen?«

Ein heißer Blitz durchfuhr Laura von oben bis unten.

War er das nicht, da vorn auf dem Bahnsteig? Jost?

Sie ballte ihre freie Hand zur Faust, bis die Knöchel weiß hervortraten. Ihr Mund trocknete blitzschnell aus. Es fiel ihr schwer zu schlucken. Panische Angst hatte sie im Würgegriff. Sie bekam kaum noch Luft.

Jost drehte sich zu ihr um.

Sie rutschte vom Fenster weg und beobachtete ihn nur noch mit einem Auge.

Er kam auf sie zu.

Gott sei Dank, ein Irrtum. Er war es nicht.

Es war ein dunkelhäutiger junger Mann. Er hatte ihm nur von hinten zum Verwechseln ähnlich gesehen.

Sie atmete lange aus. Wischte sich mit dem Handrücken den Angstschweiß von der Stirn. Entspannte sich ein wenig.

»Von mir aus«, erwiderte Martha. »Wenn es dir so wichtig ist, sag ich ihm halt nicht, wo du bist, falls er fragt. Kein Problem.«

»Danke, Mama. Mach's gut.«

20

Montag, 13.30 Uhr, Alpenschützen, außerhalb von Gstad.

»Jetzt, wo Sie es sagen. Eins von den Kleinkalibergewehren fehlt.« Der akkurat frisierte und frisch rasierte Schützen- und Waffenmeister und gleichzeitig zweite Vorsitzende der Alpenschützen Gstad, Horst Rumpliger, sah Sabrina erstaunt an.

Sie standen nebeneinander in der weitläufigen Waffenaufbewahrungskammer, die man hier vor zwei Jahren extra für die Mitglieder eingerichtet hatte, damit sie jederzeit und ohne große Umstände zum Training herkommen konnten.

Viel Nut- und Federholz, Tierköpfe an den Wänden, keine Fenster. Von draußen hatte der Raum, der durch eine feste Stahltür geschützt war, viel kleiner ausgesehen.

Sabrina war nach ihrem Kaffee bei Evi Haller direkt hierher gefahren. Rainer und Ralf mussten ebenfalls jeden Moment eintreffen. Sie hatten sich vorhin mit ihr am Handy verabredet. Wollten später gemeinsam mit ihr in einen Biergarten zu einem späten Mittagessen gehen.

Man hätte ihnen dabei womöglich einen gewissen Schlendrian oder Freizeitgenuss während der Arbeitszeit vorwerfen können. Aber auch Polizisten im Einsatz mussten sich ernähren. Und für das herrliche Wetter konnten sie schließlich nichts.

»Wem gehört es?«, fragte sie, während sie ihren Blick über die lange Reihe der Vitrinen voller Schusswaffen gleiten ließ. *Herr im Himmel. Die haben bald mehr Schießprügel als wir auf der ganzen Inspektion.*

»Dem Fridolin.« Horst lächelte unbestimmt.

»Fridolin, wie noch?« Sie runzelte die Stirn. Schon wieder einer, dem man jedes Wort aus der Nase ziehen musste. Sie hasste es, wenn sich Befragungen derart mühsam hinzogen.

»Fridolin Hüller. Seines Zeichens langjähriges Mitglied bei uns und wohlhabender Alleinerbe. Er wohnt in Übersee.«

»In Amerika?« Sabrina lachte über den uralten Scherz, der hier am Chiemsee immer wieder gerne gemacht wurde.

»Nein, in unserem kleinen Übersee am Chiemsee. Drüberhalb der Autobahn.« Horst machte ein ernstes Gesicht. Anscheinend kannte er den Witz nicht und wunderte sich bestimmt, warum sie lachte.

»Ach, tatsächlich?« Sabrina stöhnte innerlich auf. *Du lieber Gott, humorlos war er auch noch, der grauhaarige Waldschrat im Trachtenjanker.* »Haben Sie seine genaue Adresse für mich?«

»Seine Adresse steht sicher im Mitgliederverzeichnis.« Er zuckte die Achseln. »Hab ihn noch nie besucht. Aber fragen Sie dort in Übersee. Ist einfacher als in unseren Akten herumzukramen. Jeder kennt ihn. Sagt er zumindest.«

»Wer kommt alles an die Waffen hier drinnen ran?«

»Nur Vereinsmitglieder, die da die Schützen selbst wären, der erste Vorstand und ich.« Horst hob drei Finger in die Luft.

»Hat jeder der Schützen seinen eigenen Schlüssel zu seiner Vitrine?«

»Ja, und ich als Waffenmeister habe zu jeder Vitrine einen Zweitschlüssel für den Fall der Fälle.«

»Falls mal jemand einen erschießen will?«

»Ich versteh nicht, was Sie meinen.« Horst kratzte sich ratlos am Hinterkopf.

»Nichts, schon gut.« Sabrina winkte ab.

Der hat echt keinen Humor. Typischer Fall von einem, der zum Lachen in den Keller geht.

»Aha.«

»Könnte jemand anderes außer Ihnen Fridolin Hüllers Gewehr genommen haben?« Sabrina musterte ihn prüfend.

»Nur, wenn er an seinen oder meinen Schlüssel kommen würde. Und er müsste in unserem Verein sein, sonst käme er gar nicht erst hier in die Waffenkammer hinein.«

»Verstehe.« Sabrina nickte nachdenklich. »Gehen wir vor die Tür? Meine Kollegen müssen jeden Moment da sein.«

Als sie draußen waren, sperrte Horst sorgfältig ab. Dann hängte er ein stabiles Vorhängeschloss in die dafür vorgesehene Halterung ein und sperrte es ebenfalls ab.

»Narrensicher wie Fort Knox«, meinte er zufrieden.

»Fort Knox? Das hat was mit den alten Winnetoufilmen zu tun, stimmt's?« Sabrina konnte sich ihre Provokation nicht verbeißen. Sie war einfach zu neugierig, ob er überhaupt wusste, wovon er sprach.

»Das sagt man bloß so. Mein Chef in der Arbeit sagt es immer gern.«

»Und was heißt es?«

»Keine Ahnung.« Horst zuckte die Achseln.

»Da schau her. Soll ich es Ihnen verraten?«

Der Herr liebt die Schlichten im Geiste.

»Gern.« Horst nickte wissbegierig.

»Es hat tatsächlich etwas mit den alten Winnetoufilmen zu tun. Das Fort Knox ist eine Art unterirdischer Felsenkeller.«

Und es gefällt ihm, manche von ihnen dumm sterben zu lassen.

»Aha. Hab ich ehrlich nicht gewusst.«

21

Rainer hatte Wilfrieds Kleinkalibergewehr ohne große Umstände von ihm bekommen. Wobei er natürlich nicht genau wusste, wie viele andere Kleinkalibergewehre der Jäger er eventuell vor ihm verbarg. Einen konkreten Verdacht hatte er nicht. Aber möglich war alles bei solchen Ermittlungsarbeiten. Das zeigte die Erfahrung immer wieder.

Der versprochene Kaffee war hervorragend gewesen. Wobei das angebliche einfache Jagdhaus, in dem er vom Gastgeber persönlich bedient wurde, eher an ein veritables Jagdschlösschen erinnert hatte. Bis hin zur Sauna und zum Whirlpool modern und gleichzeitig gemütlich eingerichtet.

Nach dem Kaffee hatte ihm Wilfried auch noch dabei geholfen, seinen kaputten Reifen zu wechseln. Rainer hatte die Unterstützung dankend angenommen. Zumal er selbst mit Reparaturarbeiten an Fahrzeugen wenig am Hut hatte. Er war schon immer eher der Mann für den Computer und den Schreibtisch als fürs Grobe und Schmutzige gewesen.

Als sie sich verabschiedeten, hatten sie abgemacht, sich einmal in Traunstein im Wirtshaus zu treffen. Am besten an einem Sonntag um die Mittagszeit herum. Da hätte jeder genügend Zeit zum Ratschen und für ein schönes kühles Bier.

Jetzt kam Rainer bei den Alpenschützen in Gstad an. Vorher hatte er noch seine Mutter angerufen, um sich zu erkundigen, ob daheim bei ihr alles in Ordnung wäre.

»Alles bestens, mein Junge«, hatte sie knapp erwidert und ohne Umschweife aufgelegt.

»Hoffen wir mal das Beste«, hatte er gemurmelt.

Er fuhr nahezu zeitgleich mit Ralf auf den Parkplatz des Schützenvereins.

Sabrina wartete bereits vor dem Haus auf sie. Neben ihr stand ein kleiner Mann im Trachtenjanker.

Rainer stieg aus. Er wartete auf Ralf.

Dann gingen sie gemeinsam zu ihnen hinüber.

»Alles in Ordnung bei euch?«, begrüßte sie Sabrina, während sich Horst mit einem Gruß in die Runde ins Haus verabschiedete.

»So weit, so gut. Ich hab das Gewehr von Wilfried Herbst.« Rainer schaute entspannt drein.

»Werner Mehrfeld hat seins in den Karpaten verkauft«, meinte Ralf. »Er züchtet jetzt lieber Bienen, anstatt zu jagen, sagt er. Ich überprüfe das natürlich noch auf der Inspektion.«

»Perfekt. Dann könnten wir gleich gemeinsam zu Fridolin Hüller nach Übersee fahren. Sein Gewehr fehlt in der Waffenkammer.«

»Dann nichts wie hin«, sagte Rainer. »Aber vorher müssten wir noch im Hotel Jagerhof in Prien vorbei. Liegt sowieso auf dem Weg.«

»Was machen wir dort?«, erkundigte sich Ralf.

»Dort sind drei Jäger zum Jagdurlaub abgestiegen, wie ich von der zentralen Zimmervermietung weiß. Mal sehen, wer sie sind und ob sie auch Kleinkalibergewehre dabei haben.«

»Klingt interessant.« Sabrina nickte. »Die haben da im Jagerhof glaube ich auch sehr gutes Essen und einen netten kleinen Biergarten.« Immerhin waren Kaffee und Bienenstich bei Evi Haller schon wieder eine Weile her.

»Das passt doch perfekt«, meinte Ralf. »Dann stärken wir uns dort, bevor es auf große Fahrt nach Übersee geht. Hoffentlich haben wir keine zu großen Wellen.«

»Genau.« Sabrina nickte begeistert darüber, dass Ralf denselben Witz über Übersee machte wie sie vorhin, und das, obwohl er aus der Oberpfalz stammte. Zu seinem guten Aussehen verfügte er auch über einen zu ihr passenden Humor. Auf jeden Fall durfte er so weitermachen, dann hatte er ernsthafte Chancen auf eine engere Verbindung mit ihr. Dass er das wollte, meinte sie zu wissen. Wenn doch nicht, hätte sie sich schwer getäuscht.

22

Montag, 13.50 Uhr, Bauernhof der Schmiedingers bei Palling, nahe Trostberg.

Hanna hatte mit Rainer am Telefon abgemacht, dass sie sich alle zur Lagebesprechung am Nachmittag im Büro treffen würden. Sie müsse aber zuerst dringend nach Palling zu ihren Eltern auf den Hof. Ihre Mutter habe angerufen. Es gäbe ein spätes Mittagessen und etwas sehr Wichtiges zu besprechen, was nicht am Telefon besprochen werden könne. Sie würde sich aber beeilen.

Jetzt parkte sie vor dem Haus.

Ihre Mutter Rosa öffnete nur Sekunden später die Tür und winkte ihr fröhlich zu. Wie immer in ihrer täglichen Uniform, der unvermeidlichen blauen Kittelschürze.

»Grüß dich, Kind«, rief sie ihr zu. »Komm schnell herein in den Schatten, bevor du einen Sonnenstich bekommst. Man soll die erste Sommersonne nicht unterschätzen.«

»Es hat gerade mal 20 Grad, Mama. Heute Morgen war es sogar richtig kalt. Außerdem sind inzwischen jede Menge Wolken am Himmel.«

»Trotzdem.« Rosa hielt ihr die Tür auf. »Sonne ist Sonne.«

»Ist recht, Mama.« Hanna stöhnte schicksalsergeben.

Sie wusste, dass es sinnlos gewesen wäre weiterzudiskutieren. Wenn ihre Mutter der Meinung war, dass man einen Sonnenstich bekam, wenn man nicht aufpasste, dann war das so. Egal, welches Wetter tatsächlich war.

Rosa ging vor in die Küche.

»Ich bin gleich fertig mit dem Kochen. Magst du dich zu mir stellen, solange ich die Knödel einlege?«

»Sicher, Mama. Ich helfe dir dabei.«

»Passt schon. Mach dir deine Hände nicht schmutzig. Ich bin eh gleich fertig.«

»Was gibt es denn so Wichtiges, Mama?« Hanna stellte sich neben Rosa an die altmodische Küchenzeile der großen Wohnküche mit der niedrigen Zimmerdecke und sah sie neugierig an. »Seid ihr bankrott? Muss das Haus verkauft werden?«

»Nein, Kind. Etwas ganz anderes.« Rosa schüttelte den Kopf, während sie einen Semmelknödel nach dem anderen ins sprudelnd heiße Wasser eines großen Kochtopfes fallen ließ. »Richtig kochen müssen sie, hat neulich ein ganz bekannter Fernsehkoch gesagt, damit sie fluffig werden.«

»Hast du sie früher nicht gekocht?« Hanna blickte zu dem Ecktisch hinüber, an dem sie früher jedes Mal vor der Schule ihren Kakao getrunken hatte.

Manche Dinge ändern sich nie. Diese Küche hier auch nicht. Gott sei Dank. Schön ist es hier und gemütlich.

»Nein, ich hab sie einfach ziehen lassen.«

»Ach darum waren sie bisher immer so bockhart?« Hanna grinste in sich hinein. »Jetzt weiß ich es endlich.«

»Waren sie wirklich so hart?« Rosa bekam einen roten Kopf.

»Nein, Mama. Ich mach bloß Spaß. Deine Semmelknödel sind schon immer perfekt.«

»Auch fluffig genug?«

»Auch fluffig genug.« Hanna nickte. »Sehr fluffig sogar.«

»Gott sei Dank.« Rosa atmete erleichtert auf.

»Was ist denn jetzt so Wichtiges? Sagst du es mir oder soll ich gleich wieder gehen?«

»Sei doch nicht so ungeduldig.« Rosa ließ in aller Seelenruhe den nächsten Knödel ins Wasser plumpsen. »Schon als Kind warst du so ungeduldig. Ich dachte damals immer, das würde sich im Alter legen. Anscheinend habe ich mich getäuscht.«

»Im Alter? Geht's noch?« Hannas Empörung war teils gespielt, teils aber auch echt. »Ich bin noch nicht einmal 40.«

»Mit dem Älterwerden, meine ich.«

»Das hört sich schon anders an. Also? Ich warte.« Hanna verschränkte die Arme vor der Brust. Sie trommelte mit den Fingern der rechten Hand auf ihrem linken Unterarm herum.

»Es ist wegen Opa Karl senior.«

»Was ist mit ihm? Hat er wieder laute Marschmusik im Kuhstall aufgedreht? Geben die Kühe deshalb inzwischen tatsächlich nur noch Joghurt statt Milch, wie wir es schon befürchtet haben?« Hanna lachte.

»Das war noch harmlos. Nein, es ist schlimmer.« Rosa machte ein bedeutungsschwangeres Gesicht.

»Ist er krank? Muss er sterben? Jetzt red halt endlich, Mama.«

»Wenn du mich mal ausreden lassen würdest, wärst du längst gescheiter.« Rosa blickte von ihren Knödeln im Topf auf.

»Also gut.« Hanna verbiss sich ihre nächste Antwort, die in Richtung »dann musst du halt schneller reden« gehen sollte. Sie sah Rosa stattdessen erwartungsvoll an.

»Er muss, glaube ich, endgültig in ein Heim.«

»Wieso denn? Er ist doch nicht erst seit gestern ein wenig, sagen wir mal, seltsam.«

»Aber so wie jetzt geht das nicht weiter.«

»Was geht nicht weiter? Und was heißt, so wie jetzt? Herrschaftszeiten, Mama.«

Hannas Geduld war tatsächlich nahezu erschöpft. Sie hatte es noch nie gut ausgehalten, wenn Menschen nur bröckerlweise mit ihren Informationen rüberkamen und sich dabei auch noch jede Menge Zeit ließen.

»Stell dir vor, was er gemacht hat.«

»Was hat er denn gemacht, Herrgott noch mal?« Hanna verlor endgültig die Beherrschung. Sie wurde laut. »Jetzt red endlich, Mama. Das gibt es ja gar nicht.« Ihre Mutter hatte schon immer das Zeug dazu gehabt, sie wahnsinnig zu machen. Bereits, als sie noch ein Kind war. Heute trieb sie es mal wieder gekonnt auf die Spitze.

»Er hat heute Vormittag alle Kühe auf die Bundesstraße hinaus getrieben.« Rosa machte große Augen und ein sehr ernstes Gesicht, während sie die Bombe platzen ließ.

»Was hat er?« Hanna meinte sich verhört zu haben.

»Die Kühe. Dein Großvater Karl senior hat sie auf die Bundesstraße getrieben«, wiederholte Rosa in von Tragik und Entsetzen getränktem Tonfall.

»Aber warum?« Hanna blickte zugleich verwirrt und belustigt drein. Sie konnte sich keinen rechten Reim auf Rosas Bericht machen. Was hatte das alles damit zu tun, dass der alte schrullige Herr in ein Heim musste?

Karl senior war schon immer sonderlich gewesen. Aber viele Dinge, die sich zunächst niemand erklären konnte, hatte er bewusst und absichtlich getan. Zum Beispiel seine Idee mit dem Einsatz von Musik im Kuhstall. Eigentlich genial. Er hatte bereits damit experimentiert, als andere noch nicht einmal ahnten, dass dies die Milchproduktion tatsächlich ankurbeln konnte.

»Er wollte sie nach Italien treiben. Genauer gesagt nach Neapel. Sagte er zumindest zur Polizei.«

»Ausgerechnet Neapel. Aber warum?« Na gut. Das war

etwas anderes. Hierfür gab es nun wirklich keinen nachvollziehbaren Grund. Zudem war es immens gefährlich, was er getan hatte. Für die Kühe und für die Autofahrer, die unterwegs waren.

»Was weiß denn ich.« Rosa zuckte hilflos die Achseln. »Jedenfalls geht es so nicht weiter. Morgen zündet er uns vielleicht das Dach über dem Kopf an.«

»Sind die Kühe wenigstens alle heil geblieben?« Hanna kicherte albern. Sie konnte einfach nicht anders. »Oder gibt es die nächsten zwei Jahre Steaks und Ochsenbackerl?« Sie prustete laut los, hielt sich den Bauch vor Lachen.

»Gott sei Dank ist den Tieren nichts passiert.« Rosa lachte nicht. Sie schien sich ernsthaft Sorgen zu machen. »Dein Vater und deine Schwester haben sie eingefangen und auf die Weide gebracht.«

»Sind Julia und Papa noch draußen oder kommen sie auch gleich zum Essen?« Hanna kriegte sich wieder ein. So witzig war das Ganze im Endeffekt auch wieder nicht. Es hätten sowohl Menschen als auch Tiere dabei ums Leben kommen können.

»Sie müssten jeden Moment hier sein. Sind gerade erst fertig geworden mit den Kühen. Deshalb gibt es heute so spät Essen.«

»Ach, wie schön. Ich kann nämlich nicht lange bleiben. Wir haben einen mysteriösen Mordfall zu klären. Jeden Moment kann einer meiner Leute auf dem Handy anrufen.«

Sie freute sich darauf, ihre Schwester wieder einmal zu sehen, die auf dem Hof geblieben war und ihn gemeinsam mit ihrem Vater Karl junior betrieb. Die Idee, ihn zum Biohof umzugestalten, war von Julia gewesen.

»Mord? Erzähl, Kind.« Rosas Augen funkelten vor Neugierde. Sie liebte nichts mehr als spannende Kriminalgeschichten. Egal, ob in Buchform oder im Fernsehen. Die wahren Fälle ihrer Tochter waren natürlich noch viel interessanter.

»Ein Millionär wurde beim Joggen erschossen. Mehr darf ich dir leider nicht verraten. Wie immer.«

»Kenne ich den Mann?«

»Ein gewisser Wilhelm Berger aus Norddeutschland.«

»Ein Zugereister? Sagt mir jedenfalls nichts, der Name.« Rosa schüttelte den Kopf. »Die Erika Berger kenne ich. Ist leider schon gestorben. Aber die hat früher im Fernsehen immer so schön über Sex und Liebe geredet.«

»Reden allein hilft da auch nicht viel. Man muss es tun.« Hanna grinste anzüglich.

Na bravo, das sagst ausgerechnet du, die Florian so gut wie nie zum Zug kommen lässt. Er könnte einem fast leidtun. Na ja, fast.

»Aber Kind, ich bitte dich. Wenn uns der Herrgott im Himmel hört.« Rosa errötete.

»Der ist zurzeit in Rom, hat man mir gesagt.«

»In Rom? Was macht er dort?«

»Dienstbesprechung mit dem Papst.« Hanna lachte laut. »Reingefallen!«, fügte sie hinzu.

»Mein Gott, Kind. Und ich glaub dir deinen Schmarrn natürlich immer wieder.« Rosa schüttelte zum wiederholten Mal den Kopf. Diesmal mit deutlicher Missbilligung im Gesicht. Sie bekreuzigte sich mit einem kurzen Blick in Richtung der Zimmerdecke beim Eingang, wo ein Marterl im oberen Eck hing.

Jesus am Kreuz als farbenfrohe Miniatur. Karl hatte ihr die in den schrillsten Rottönen blutende Leidensfigur einmal aus Altötting mitgebracht, als er dort andere Biobauern bei einer Art Kongress getroffen hatte.

Erfahrungsaustausch mit selbst gebrautem Weißbier und Weißwürsten vom Biometzger war das Motto gewesen. Drei Tage lang hatte es gedauert, bis er endlich wieder nüchtern genug gewesen war und den Heimweg antreten konnte.

»Habt ihr den Mörder schon erwischt?« Rosa sah Hanna gespannt an.

»Leider nicht, Mama. Deswegen muss ich auch so bald wieder weg. Der Täter muss dringend gefunden werden. Wer weiß, wer sonst noch alles sterben muss?«

»Oh Gott.« Rosa zuckte erschrocken zusammen. »Ist es für uns auch gefährlich?«

»Nicht, wenn der liebe Gott aus Rom zurückkommt.« Hanna grinste breit.

»Warum musst du mich eigentlich immer veräppeln, Kind?« Rosa stöhnte leicht enerviert.

»Weil es Spaß macht.« Hanna grinste noch etwas breiter. »Aber im Ernst, Mama. Ihr müsst keine Angst haben. Es gibt keinen Grund dazu.«

»Na gut.« Rosa nickte beruhigt. »Und was mache ich jetzt mit dem Opa?«

»Dem nimmst du den Schlüssel zum Stall weg, drückst ihm einen Rechen in die Hand und lässt ihn erst mal die Blätter vom letzten Jahr im Hof und drum herum wegschaffen.«

»Und danach?«

»Danach ist Herbst. Dann lässt du ihn die neuen Blätter wegräumen.«

»Und danach?«

»Danach ist Winter. Dann lässt du ihn Schnee schaufeln.«

»Du meinst also, nicht ins Heim?« Rosa blickte Hanna sehr ernst und sehr lange ins Gesicht.

»Glaubst du ehrlich, dass du ihn nicht mehr unter Kontrolle hast?« Hanna schaute mindestens genauso lange zurück. »Ist er tatsächlich eine echte Gefahr für sich selbst und andere?«

»Na ja.« Rosa zögerte. »Das mit den Kühen war schon krass. Aber so schlimm ist es genau bedacht wohl auch wieder nicht mit ihm. Da magst du recht haben, Kind.«

»Also alles halb so wild.« Hanna winkte ab.

»Schon.« Rosa nickte. »Meistens ist er inzwischen eigentlich brav.«

Sie schaute zum Fenster hinaus, wo sich gerade eine Schar Spatzen über irgendetwas anscheinend Essbares auf dem Boden hermachte. Möglicherweise Reste vom Schweinefutter, die auf dem Weg in den Stall von der Schubkarre gefallen waren. »Na gut, dann soll er halt hier bleiben, bis es wirklich nicht mehr geht.«

»Na siehst du.« Hanna nickte erfreut. Gelöste Probleme waren ihr mit Abstand die liebsten. »Wo sind übrigens meine Nichte und mein frecher Enkel?«, fragte sie fröhlich.

»Die kommen auch zum Essen. Die ganze Familie mal wieder zusammen. Sogar Urgroßoma Babette wollte aus ihrem Zimmer kommen.«

»Sind die Knödel langsam nicht fertig? Ich habe einen riesen Hunger.«

»Die brauchen noch. Setz dich schon mal ins Esszimmer zu den anderen.«

»Soll ich was mit rübernehmen? Teller? Besteck?«

»Passt schon. Schick mir Julia und die Kinder. Die wollten mir sowieso helfen.«

»Aber ich helfe dir gern. Julia muss die ganze Woche den Tisch decken.«

»Dafür wohnt sie auch umsonst.«

»Also, Mama. Ich wusste gar nicht, dass du so materiell gepolt bist.«

»Was bin ich?«

»Nichts. Schon gut.«

23

Montag, 14.00 Uhr, Hotel Jagerhof, Prien.

Rainer stellte seinen Dienstwagen auf dem hoteleigenen Parkplatz ab. Sabrina und Ralf waren bei ihm. Da sie alle denselben Weg hatten, ließen die beiden ihre Autos bei den Alpenschützen stehen, wo er sie später absetzen würde.

Nachdem sie sich am Empfang nach den Jägern aus Norddeutschland erkundigt hatten, gingen sie geradewegs hintereinander in den Biergarten des Hotels, wo die drei ein opulentes Mahl verspeisten. Ihre Teller waren bis an den Rand mit Fleisch, Knödeln und Kraut gefüllt.

Das Essen roch köstlich.

»Die Portionen hier sind echt nicht schlecht«, raunte Ralf Sabrina und Rainer zu. »Wenn es auch noch genauso gut schmeckt, haben wir ins Schwarze getroffen.«

»Schaut so aus«, bestätigte Sabrina.

Dann begrüßte Rainer die Männer in ihren echt bayrischen kurzen Lederhosen und stellte sich selbst und seine beiden Begleiter vor.

Er fragte sie, wo sie heute Morgen zwischen 6.00 Uhr und 8.00 Uhr waren und ob sie Kleinkalibergewehre dabei hätten.

»Kleinkaliber ist was für Weicheier«, erwiderte der Dickste von ihnen. Ein rotgesichtiger Kerl mit Schnauzbart und kleinen Schweinsäuglein.

Seine beiden Jagdgesellen nickten gleichzeitig.

»Und heute Morgen saßen wir hier beim Katerfrühstück«, fügte der kurz geschorene Grauhaarige rechts vom feisten Schnauzbartträger hinzu. »Danach sind wir direkt ins Bett gegangen wegen körperlicher und geistiger Erschöpfung aufgrund diverser konditionsraubender Ereignisse des Vorabends. Wenn Sie verstehen, was ich meine, Herr Hauptkommissar.«

»Ich ahne es.« Rainer grinste. »Kann das Hotelpersonal Ihre Aussage bestätigen?«

»Aber natürlich«, erwiderte der Grauhaarige. »Sie können jeden im Hotel fragen. Nur zu.« Er zeigte auf den Eingang zur Empfangshalle.

»Danke, meine Herren. Werden wir tun.«

»Sagt Ihnen der Name Wilhelm Berger etwas?«

»Nie gehört.« Der Rotgesichtige schüttelte den Kopf.

Seine Jagdkameraden taten es ihm gleich.

»Noch mal danke und auf Wiederschauen.« Rainer nickte ihnen geschäftsmäßig zu.

Dann führte er Sabrina und Ralf an einen etwas weiter entfernten Tisch am Rand des Biergartens, wo sie sich alle drei setzten, um ebenfalls Mittagessen zu bestellen.

»Meinst du, er hat die Wahrheit gesagt?« Sabrina sah Rainer erwartungsvoll an. Ihr Magen knurrte bereits deutlich hörbar vor Hunger.

»Warum nicht«, sagte er lapidar. »Außerdem haben sie nicht mal Kleinkalibergewehre dabei.«

»Wenn das mal stimmt.«

»Sie sahen für mich nicht wie Lügner aus. Eher ziemlich alkoholgeschädigt. Aber ich gehe trotzdem zum Empfang und überprüfe das Alibi der drei Hübschen. Bestellt ihr solange schon mal. Für mich einen Schweinsbraten bitte und ein Spezi.«

»Kein Bier?«

»Nein.«

»Machen wir«, meinte Sabrina mit gerunzelter Stirn. »Aber schau dir bloß mal ihre blassen Steckerlbeine in ihren kurzen Lederhosen und ihre kugelrunden Bierbäuche darüber an. Hübsch ist wirklich was anderes, Rainer.«

»War auch ironisch gemeint.«

»Ich bin hübsch«, mischte sich Ralf ins Gespräch. Der ansonsten eher schweigsame Oberpfälzer setzte sich in eine gekünstelt vorteilhafte Fotografenpositur und schnitt ein albernes Gesicht dazu. »Schaut mich an.«

»Und wie.« Sabrina lachte.

Als Rainer zum zweiten Mal am Empfangstresen des im modernen Landhausstil eingerichteten Hotels ankam, wurde er von einer attraktiven jungen Frau im Dirndl begrüßt. Offenbar hatte der junge Mann von vorhin Pause oder Schichtende.

Sie hatte ihre dunkelblonden Haare zu langen Zöpfen geflochten, die ihr zu den Seiten ihres Kopfes bis über die Schultern hinabhingen.

Eigentlich mochte er es nicht, wenn sich einheimische Frauen oder Mädchen gewollt bayrisch folkloristisch gaben, vor allem, wenn es eindeutig nur dem Zweck diente, die vielen Touristen, die an den Chiemsee kamen, einzuseifen.

Aber ihr stand der Look. Sie sah aus, als wäre sie darin auf die Welt gekommen.

»Grüß Gott, junge Frau. Hauptkommissar Talgruber, Kripo Traunstein.«

»Grüß Gott. Was kann ich für Sie tun?« Sie strahlte ihn ausnehmend freundlich mit ihren hellblauen Augen an.

»Ich hätte eine Frage.«

Eigentlich hätte Rainer viele Fragen an sie gehabt. Sehr viele sogar, wenn er es genau nahm. Und sehr persönliche. Aber zum einen war er schon immer schüchtern, wenn es um die Kontaktaufnahme zum anderen Geschlecht ging. Zum anderen galt es im Moment erst einmal, von ihr zu erfahren, ob die drei verkaterten Jagersbrüder im Biergarten die Wahrheit gesagt hatten und wirklich zur Tatzeit in ihren Betten lagen.

»Nur zu.« Sie lächelte bezaubernd, so als wäre sie die amtierende Miss Chiemsee persönlich.

Rainers Begeisterung für sie steigerte sich ins fast schon Verliebte. Seit langer Zeit wünschte er sich eine nette Freundin. Doch weder der Beruf noch seine zunehmend demente Mutter ließen ihm Zeit, diese Baustelle endlich gezielt anzugehen. Wenn man das so überhaupt sagen konnte. Letztlich hatte Liebe auch mit Romantik und Gefühlen zu tun und nicht nur mit dem Vorsatz, nicht mehr alleine sein zu wollen.

»Die drei Jäger aus Norddeutschland, die in Ihrem Biergarten sitzen …«

»Was ist mit ihnen?«

»Waren die Herren heute den ganzen Morgen über hier im Hotel. So ab 6.00 Uhr?«

24

Montag, 14.00 Uhr, Haus der Obermeiers, nahe Prien.

Es läutete an der Tür.

Martha erhob sich von ihrem Kreuzworträtsel, um zu öffnen. Sie wusste, dass sie ihren Mann in Tausend Jahren nicht dazu bringen würde, auch nur einmal vor ihr aufzustehen und etwas zu erledigen, was sie beide betraf. Schon gar nicht, wenn er wie gerade wieder mal in seine leidige Modellflugzeugbastelei vertieft war.

»Grüß Gott, Frau Obermeier.« Jost stand vor ihr, nachdem sie die schwere Eingangstür aufgezogen hatte.

Auf seiner Stirn standen Schweißperlen. Sein weißes Sporthemd hatte dunkle Flecken unter den Achseln. Ihm schien richtiggehend heiß zu sein, obwohl es nicht sonderlich warm war und das Verdeck seines Sportwagens, der gleich hinter ihm in der Einfahrt parkte, offen stand.

»Grüß Gott, Herr Haller«, erwiderte Martha. »Das ist aber mal eine Überraschung. Wollen Sie zu meinem Mann?«

»Nein, Frau Obermeier.«

»War auch bloß ein Spaß.« Sie lachte albern wie ein Teenager. »Ich ahne natürlich schon, zu wem Sie wollen.«

»Richtig, ich möchte gern zu Laura.« Jost blieb ernst.

»Zu wem sonst.« Martha hob bedeutungsvoll die Brauen. »Ich bin ja wohl etwas zu alt für Sie. Stimmt's, junger Mann?« Sie lachte erneut.

»An ihr Handy geht sie nicht.« Jost ignorierte ihren erneuten Scherz. Er blickte weiterhin humorlos drein. »Und weil bei Ihnen auf dem Festnetz andauernd besetzt ist, bin ich kurz selbst hergekommen, um nach ihr zu sehen.« Er wirkte gehetzt und besorgt zugleich. »Ist sie da?«

»Hubsi!«, plärrte Martha über ihre Schulter hinweg ins Haus hinein. »Hast du schon wieder das Telefon danebengelegt?«

»Schuldig«, kam es aus dem Inneren zurück.

»Der macht mich noch wahnsinnig mit seinen andauernden Ticks. Neulich hat er den Zucker für meinen Kaffee vor mir versteckt, weil er gelesen hat, wie ungesund der sein soll.« Martha verdrehte genervt die Augen. »Die Laura ist leider nicht hier, Herr Haller.« Sie zuckte bedauernd die Achseln.

»Wissen Sie zufällig, wo sie ist? Es wäre wirklich sehr dringend.« Jost sah sie mit einem flehenden Blick an. »Wir hatten einen kleinen Streit, nichts Schlimmes. Aber ich möchte mich unbedingt bei ihr entschuldigen.«

»Ich hätte da vielleicht so eine Ahnung.«

Martha dachte nach. Einerseits war ihr klar, dass sie Laura versprochen hatte, Jost nicht zu sagen, wo sie war. Andererseits, wenn er sich so dringend bei ihr entschuldigen wollte, konnte sie ihn doch unmöglich weiter völlig im Dunkeln tappen lassen. Noch dazu, weil er wirklich eine so wunderbare Partie für Laura wäre, wenn er sich erst einmal scheiden ließe. Wie man unten in Prien munkelte, stand es mit seiner Ehe in letzter Zeit tatsächlich nicht mehr zum Besten. Die Frau Leitinger zum Beispiel, die Kassiererin aus dem Supermarkt, hatte neulich sogar etwas von einer möglichen Trennung erwähnt. Und die Eva Geldinger, die Friseurin, zu der Martha seit 20 Jahren ging, wollte etwas Ähnliches gehört haben. Laura sollte sich also am besten auf jeden Fall gut mit dem Jost stellen. Es wäre ganz sicher nicht zu ihrem Nachteil. Davon war Martha überzeugt.

Hubsi, der eigentlich Hubert hieß, war es natürlich wieder mal einerlei gewesen, als sie ihm von Josts zerrütteter Ehe und Lauras somit steigenden Chancen auf das große Glück berichtet hatte. Das Kind solle sein Glück selbst finden, meinte er immer, sobald die Sprache auf das Thema kam. Man befände sich schließlich im Chiemgau und nicht auf einem orientalischen Basar, wo junge Mädchen und Frauen verkauft wurden. Im dunkelsten Mittelalter befände man sich ebenfalls nicht mehr, obwohl man es dem Benehmen so mancher Zeitgenossen nach durchaus meinen könnte. Gewisse Frauen und Mütter durften sich hierbei gerne in vorderster Reihe angesprochen fühlen. Sollten sie sogar.

»Bitte sagen Sie mir, wo die Laura ist, Frau Obermeier. Sie werden es nicht bereuen, ehrlich.« Josts Stimme zitterte merklich. Er schien von seinen Gefühlen überwältigt zu sein.

»Genau verraten darf ich ihren Aufenthaltsort niemandem«, erwiderte Martha zögernd. »Das musste ich ihr versprechen. Aber weil Sie es sind, Herr Haller …« Sie blinzelte ihm verschwörerisch zu. »Passen Sie auf. Wenn sie nach Kufstein fahren und in einer halben Stunde da sind, könnten Sie sie vielleicht noch am dortigen Bahnhof erwischen.«

»Vielen Dank, Frau Obermeier. Ich gebe Vollgas. Das werde ich Ihnen nie vergessen.« Jost atmete erleichtert auf.

»Aber sagen Sie ihr nicht, dass Sie es von mir haben.«

»Niemals.« Mit einem hoffnungsfrohen Lächeln auf den schweißnassen Lippen drehte er sich um, sprang in seinen Wagen und raste mit durchdrehenden Reifen davon.

Martha blieb noch eine Weile lang nachdenklich in der Tür stehen.

Hatte sie zu viel verraten und ihr Versprechen Laura gegenüber damit gebrochen? Und wenn schon. Das Kind war offenkundig nicht in der Lage, seinen Vorteil zu suchen, also musste es jemand anderes tun.

Sie ging hinein, um Hubsi wegen des Telefonaushängens die Meinung zu geigen. Schließlich wusste sie genau, warum er das tat. Nur aus dem einen und immer selben Grund, nämlich dass ihn niemand beim Basteln seiner bescheuerten Modellflugzeuge stören konnte. Herrschaft noch mal, die ganze verflixte Küche war inzwischen mit unterschiedlichsten Bauteilen und Plastikverpackungen übersät.

In der Garage könne er es nicht machen, erklärte er ihr jedes Mal, wenn sie sich über die unhaltbaren Zustände im Haus beschwerte. Dort wäre es viel zu kalt. Wie es ihr bei der ganzen Angelegenheit ging, interessierte ihn scheinbar nur sehr am Rande.

Sollte er sich halt einen Ofen in die verdammte Garage einbauen und seine kindischen Albernheiten dort treiben. So konnte es doch nicht weitergehen. Eine reine Zumutung war das.

25

Montag, 14.20 Uhr, Fridolin Hüllers Haus, Übersee.

Rainer, Ralf und Sabrina kamen nach kurzer stauloser Fahrt beim Haus von Fridolin Hüller an.

Die junge Frau mit den Zöpfen am Empfangstresen des Jagerhofs hatte ihm vorhin bestätigt, dass die drei feisten norddeutschen Jagdgesellen zur Tatzeit im Hotel gewesen waren. Drei der Zimmermädchen könnten das eindeutig bezeugen.

Rainer hatte nicht weiter nachgefragt, wieso dies denn so eindeutig möglich gewesen wäre. Er konnte es sich denken. Stattdessen hatte er mit Hanna telefoniert, um sie über den momentanen Stand der Dinge zu informieren.

Sie hatte gemeint, sie sollten auf der Stelle zu Fridolin Hüller fahren. Der sei im Zusammenhang mit seinem aus dem Schützenverein verschwundenen Kleinkalibergewehr nun der momentane Hauptverdächtige und dürfe ihnen auf keinen Fall durch die Lappen gehen. Zumindest, bis alle Fragen im Zusammenhang mit seinem Gewehr geklärt waren. Ihr Mittagessen müssten sie eben kurzfristig auf später verschieben. Essen würde generell sowieso überbewertet.

Rainer hatte es den anderen im Biergarten draußen ausgerichtet und sie waren, noch bevor ihre Getränke serviert wurden, alle drei meckernd und murrend aufgebrochen.

Jetzt parkte Rainer vor Fridolins Garagentor. Er stellte den Motor seines Dienstwagens aus. Dann gingen sie zu dritt zur Haustür des eleganten Neubaus mit den großen Panoramafenstern hinüber.

Rainer läutete.

»Ja, bitte.« Ein mittelgroßer schwarzhaariger Mann um die 40 sah sie neugierig an, nachdem er die Tür geöffnet hatte.

»Herr Fridolin Hüller?« Rainer lächelte freundlich.

»Richtig. Hüller, nicht Müller, sag ich immer.« Fridolin nickte. Er war straßenfertig gekleidet. Offensichtlich wollte er gerade das Haus verlassen.

»Gut, dass wir Sie noch antreffen. Wir sind von der Kripo, Herr Hüller«, sagte Rainer. Alle drei zeigten ihre Dienstausweise hervor. »Mein Name ist Talgruber.«

»Hab ich falsch geparkt?« Fridolin strich sich verwirrt über seinen üppigen Dreitagebart.

»Es geht um Ihr Kleinkalibergewehr.«

»Um was?«

»Ihr Gewehr? Kleinkaliber?«

»Ich fürchte, ich stehe gerade auf dem Schlauch, Herr Kommissar.« Fridolin sah Rainer erwartungsvoll an. Er kratzte sich ausgiebig am Hinterkopf.

»Sie sind doch Mitglied bei den Alpenschützen?«

»Ach so. Jetzt verstehe ich Sie.« Fridolins Miene hellte sich auf. »Bin noch nicht so ganz fit. Hab ein Mittagsschläfchen gehalten. Was ist mit meinem Gewehr?«

»Wir suchen es.«

»War es nicht an seinem Platz?«

»Leider nein. Haben Sie es mit nach Hause genommen?«

»Nein.« Fridolin schüttelte den Kopf. »Sie dürfen gerne nachsehen, wenn Sie mir nicht glauben. Kommen Sie herein.« Er hielt ihnen die Eingangstür weit auf und zeigte mit einer einladenden Geste hinein.

»Ich glaube Ihnen.« Rainer winkte ab. »Kennen Sie einen Wilhelm Berger?«

Wenn er unser Täter ist und obendrein nicht ganz blöd, hat er es sicher gut versteckt. Eine Hausdurchsuchung ist daher bestimmt sinnlos. Noch dazu, wenn er sie uns so freiwillig anbietet. Außerdem haben wir gar keinen Durchsuchungsbefehl.

»Nie gehört.« Fridolin schüttelte erneut den Kopf.

»Laura Obermeier? Klingelt es da?«

»Logisch.« Fridolin nickte abwechslungsweise. »Die Laura kenn ich gut. Sie ist die hübscheste Fitnesstrainerin in ganz Bayern, wenn nicht in ganz Deutschland. So viel ist sicher.«

»Wie gut kennen Sie Frau Obermeier?« Rainer fixierte Fridolins Gesicht.

Manchmal erkannte er darin, ob ein Verdächtiger oder Zeuge log. Dazu musste man aber ganz genau wissen, worauf zu achten war. Er hatte etliche Bücher darüber gelesen und inzwischen eine Erfolgsquote von 60 Prozent damit, was beileibe nicht wenig war. Im Verhörraum oder an den Bildschirmen dahinter war seine Anwesenheit deswegen inzwischen begehrter als die jedes anderen Kollegen.

Bei Fridolin war er sich im Moment nicht sicher.

»Mei, schon ziemlich gut.« Fridolin zuckte die Achseln. Er schien verlegen zu sein. »Sie ist eine Granate, wie man bei uns so sagt.«

»So, sagt man das?«

»Ja.« Fridolin nickte. »Aber wieso wollen Sie das alles wissen? Ist der Laura etwas passiert oder diesem Berger?« Er blickte neugierig und besorgt zugleich drein.

»Wo waren Sie heute Morgen zwischen 6.00 Uhr und 8.00 Uhr?«

»Im Bett, wie jeder normale Mensch, der keinen Beruf hat, bei dem er besonders früh aufstehen muss.«

»Darf man fragen, was Sie beruflich machen?«

»Natürlich. Das ist kein großes Geheimnis. Ich lebe sozusagen als Privatier.« Fridolin räusperte sich. »Meine Eltern haben mir genug Geld hinterlassen, sodass es bis an mein Ende reicht. Da schläft man dann eben auch gerne aus.«

»Beneidenswert.« Rainer lächelte flüchtig. »Gibt es Zeugen dafür, dass Sie heute Morgen zur fraglichen Zeit in Ihrem Bett waren?«

»Nein. Aber was geschah denn zu dieser Zeit? Jetzt sagen Sie es schon endlich. Ist der Laura etwas passiert? Schlimm?« Fridolin trat unruhig von einem Bein aufs andere.

»Bitte kommen Sie mit uns auf die Inspektion. Dort erklären wir Ihnen alles.« Rainer setzte ein offizielles Gesicht auf.

Fridolins Kleinkalibergewehr war verschwunden. Er schien in Laura Obermeier verknallt zu sein, die mit dem Toten ein Techtelmechtel hatte. Was wiederum möglicherweise Eifersucht als Mordmotiv im Fall Wilhelm Berger nahelegte. Außerdem hatte er kein Alibi für die Tatzeit.

Sie mussten ihn einfach mitnehmen und auf der Inspektion gründlicher ausquetschen. Es blieb ihnen gar keine andere Wahl.

»Ist das wirklich nötig?« Fridolin klang unwillig. »Ich wollte gerade in meinen Stammbiergarten gehen.«

»Der muss leider warten. Aber das Bier schmeckt später sicher auch noch.«

»Ja, aber wieso das alles?« Fridolin schien die Welt nicht mehr zu verstehen. »Das Gewehr wird sich sicher wiederfinden. Vielleicht hat es sich jemand ausgeliehen. Unser zweiter Vorstand hat zu jeder Waffe den passenden Schlüssel.«

»Das wissen wir.« Rainer lächelte unbeteiligt. »Trotzdem wäre es besser, wenn Sie mitkommen und den Sachverhalt auf der Inspektion mit uns gemeinsam klären.«

»Bin ich verhaftet?«

»Nein.« Rainer schüttelte den Kopf. »Wir bitten Sie im Moment lediglich, zu einer wichtigen Aussage mitzukommen.«

Verhaften geht gar nicht mit den paar Indizien, oder? Natürlich nicht.

»Nur, wenn Sie mir sagen, was passiert ist.« Fridolin verschränkte trotzig die Arme vor der Brust.

»Wilhelm Berger wurde heute Morgen umgebracht.«

»Aber was hab ich damit zu tun?« Fridolin sah die drei Beamten vor ihm fassungslos an. »Sie glauben doch nicht, dass ich … Ich kannte den Mann nicht einmal.«

»Wir glauben nur, was wir wissen.« Rainer hob den Zeigefinger. »Aber es wäre gut, wenn Ihre Waffe schnell gefunden werden würde. Dann könnten unsere Spezialisten nachprüfen, ob heute früh daraus geschossen wurde oder nicht. Außerdem wollen wir Sie nach Schmauchspuren absuchen. Sind keine vorhanden, können Sie gleich wieder gehen. Versprochen.«

»Dieser Mann wurde also erschossen? Mit einem Kleinkalibergewehr?«

»Richtig.«

»Und was ist mit Laura?«

»Nichts. Sie ist mit einem Kunden unterwegs.«

»Gott sei Dank. Woher wissen Sie das?«

»Wir wissen es, das genügt.«

»Na gut.« Fridolin nickte. »Gehen wir. Ich ziehe nur schnell eine wärmere Jacke an. Falls es länger dauert. Die Abende sind kühl.«

Er ging ins Haus und zog die Tür hinter sich zu.

26

Montag, 14.35 Uhr, Zug nach Kufstein.

Laura hatte die ganze Zeit bis zur Abfahrt weiter den Bahnsteig in Prien beobachtet. Gott sei Dank war Jost nicht aufgetaucht.

In Rosenheim war es dasselbe gewesen, bis der erlösende Pfiff des Schaffners zur Abfahrt ertönte.

Ein sympathisch aussehender älterer Herr in Tracht hatte sich wenig später zu ihr ins Abteil gesetzt.

»Auch zu den Schluchtenscheißern?«, hatte er sie laut lachend gefragt.

»Zur Verwandtschaft, ja«, hatte sie erwidert.

»Oh, entschuldigen Sie bitte. Ich dachte, Sie wären eine Deutsche.«

»Kein Problem. Bin ich auch.«

»Und die Verwandtschaft?«

»Meine Cousine ist auch eine Deutsche.«

»Gott sei Dank. Dann habe ich wenigstens nicht alles Porzellan im Porzellanladen zertrümmert.«

Er hatte erneut dröhnend gelacht.

Sie hatte sich davon anstecken lassen.

Vor dem Fenster waren die Bäume und Sträucher an der Strecke nur so vorbeigeflogen. Anscheinend hatte der Lokführer mit allen Mitteln versucht, die Verspätung hereinzuholen, die er sich auf dem Weg von Prien nach Rosenheim wegen Gleisbauarbeiten eingehandelt hatte.

Sie hatten danach über dieses und jenes geredet und gescherzt. Er wusste eine Menge Geschichten aus den Bergenden zu erzählen. Schien in seiner Jugend eine Art Luis Trenker gewesen zu sein und jeden Gipfel nicht nur in der umliegenden Gegend bestiegen zu haben.

Seine unbekümmerte offene Art hatte sie ein wenig von ihrer Angst vor Jost abgelenkt.

Willi Berger kam ihr in den Sinn. Je länger sie über ihn nachdachte, umso mehr wurde ihr bewusst, wie wertvoll er für sie gewesen war. Ein wundervoller Mensch.

Sie hätte ihn nicht so übergehen dürfen, nur weil der feschere und jüngere Jost sich an sie rangemacht hatte. Woran sie natürlich selbst nicht ganz unschuldig gewesen war. Schließlich hätte sie nur Nein zu sagen brauchen.

Wie auch immer. Sie mussten gleich ihr Ziel erreichen. Das berühmte Städtchen Kufstein am grünen Inn. Die Perle Tirols. Mit seiner schönen Burg.

»Ich freue mich schon auf das Gesicht von meinem Spezi Rüdiger in der Schlosswirtschaft«, sagte Beppo, der sich ihr in der Zwischenzeit vorgestellt hatte.

»Soso. Und warum?« Sie sah ihn einigermaßen neugierig an.

»Ich bringe ihm etwas mit.«

»Das ist aber nett von Ihnen.« Sie lächelte zurückhaltend. »Was ist es denn, wenn man fragen darf?«

»Soll ich es Ihnen zeigen?« Beppo grinste verschmitzt.

»Gerne.« Sie nickte.

»Tata!« Er zog das Tuch von der Kiste, die er die ganze Fahrt über auf seinem Schoss balanciert hatte.

Darunter kam ein Vogelkäfig zum Vorschein. Darin befand sich ein kleiner Papagei, der Laura eine Weile lang ausführlich und neugierig mit schief gehaltenem Kopf anblickte.

»Blödmann!«, krächzte er sodann.

»Haben Sie das gehört?« Beppo hielt sich den Bauch vor Lachen. »Das ist das Fritzchen.«

»Da wird sich Ihr Freund aber sehr freuen über dieses nette Geschenk.« Sie musste ebenfalls lachen.

»Sackgesicht!«, kreischte Fritzchen.

Beppo lachte erneut lauthals los.

Während Laura ebenfalls erneut kichern musste, meinte sie, ein altbekanntes Gesicht vor der Abteiltür vorbeigehen zu sehen.

»Moment mal«, sagte sie sich. »Das war doch der …«

27

Montag, 14.40 Uhr, Fridolin Hüllers Haus, Übersee.

Rainer, Sabrina und Ralf warteten nun schon seit gut zehn Minuten vor Fridolins Haus. Schließlich wurde es Rainer zu dumm. Ein Mann brauchte erfahrungsgemäß nicht lange, um sich eine Jacke anzuziehen. Zehn Minuten waren da mehr als genug.

Er läutete erneut an der Tür.

Niemand öffnete.

Er versuchte es ein weiteres Mal.

Keine Reaktion. Nicht das geringste Geräusch ertönte aus dem Inneren.

»Verdammt«, rief Rainer, während ein böser Verdacht in ihm aufkeimte. »Der Kerl ist abgehauen. Schnell. Ihr rennt links ums Haus, ich rechts.«

»Okay.«

»Hinter dem Haus treffen wir uns wieder. Und zieht eure Waffen raus. Vielleicht hat er sein Gewehr bei sich.«

Sie spurteten mit vorgehaltenen Pistolen los.

»Ich bin so ein Depp.« Rainer machte sich leise gemurmelte Vorwürfe, während er um die erste Ecke bog. »Wie konnte ich den Kerl nur alleine reingehen lassen? Hoffentlich finden wir ihn gleich wieder. Sonst reißt uns Hanna den Kopf ab, und das auch noch zu Recht.«

An der Sache mit den Erkennungsmerkmalen für Lügen würde er unbedingt gründlich weiterarbeiten müssen. Perfektion war etwas anderes.

Wenig später trafen sie sich alle drei hinter dem Haus auf einer mit großen quadratischen Terrakottafliesen ausgelegten Terrasse wieder. Ein alter Gartentisch mit drei klapprigen Campingstühlen drum herum stand darauf.

Am Rand hatte jemand einen Pizzaofen hingemauert. Alles war von einer dicken Staub- und Schmutzschicht überzogen. Offenkundig hatte hier sehr lange niemand mehr geputzt. Hüller schien sich gehen zu lassen. Fragte sich nur, ob es im Haus genauso verwahrlost aussah.

»Auf unserer Seite war keine Spur von ihm zu sehen«, sagte Ralf. »Da ist außerdem ein hoher Zaun zum Nachbargrundstück. Mit seiner Bierwampe ist der da niemals drübergeklettert.«

»Er kann nur da hochgerannt sein.« Rainer zeigte auf das

Wäldchen, das sich hinter Fridolins Garten einen steil ansteigenden Hügel hinauf erstreckte.

»Dann nichts wie hinterher.« Die bestens durchtrainierte Sabrina stürmte los.

Die beiden anderen folgten ihr so schnell sie konnten.

28

Montag, 14.45 Uhr, Bauernhof der Schmiedingers bei Palling, nahe Trostberg.

Hanna stieg in ihr Auto. Sie startete den Motor. Ihre Familie hatte sich vor der Haustür versammelt, um ihr zum Abschied zu winken.

»Servus, ihr Lieben«, rief sie zum offenen Seitenfenster hinaus, als sie die Hofeinfahrt passierte.

Dann war sie wieder allein.

Sie war froh, dass sich alle letztlich dafür entschieden hatten, weiter gemeinsam unter einem Dach zu wohnen. Es war am besten so für die alten Leute. Besonders für die ganz alten wie Urgroßoma Babette und Urgroßvater Karl senior.

Rosa hatte gemeint, dass sie weiterhin ein Auge auf sie haben würde und dass sich niemand sorgen müsse in der nächsten Zeit. Auch nicht um Karl seniors Eskapaden. Man müsse bei ihm halt zweimal hinschauen, was er wieder Ausgefallenes und Unerwartetes im Sinn habe. Aber das wäre schon in Ordnung.

Karl senior selbst war sich keiner Schuld bewusst gewesen. Er habe die Rinder lediglich auf die Weide treiben wollen, hatte er gesagt. Keine Ahnung, wie er auf der Landstraße gelandet war.

Wie würde es Hanna wohl selbst später einmal ergehen, fragte sie sich, während sie auf die Straße einbog. Dann, wenn sie in Pension ging. Würde es jemanden geben, der sich um sie kümmerte, wenn sie zum Beispiel einmal krank wurde? Florian möglicherweise?

Sie war sehr neugierig darauf, was er ihr heute Abend so Großartiges verkünden wollte. Spannend genug hatte er es gemacht.

Ein Hase überquerte direkt vor ihr die Fahrbahn.

Sie bremste scharf.

Der Wagen geriet ins Schlingern.

Dann kam sie zum Stehen.

Das Tier hoppelte unverletzt davon.

Gott sei Dank. Nichts passiert.

So schnell konnte es gehen. Nur ein winziger Augenblick der Unachtsamkeit im falschen Moment und alles Mögliche geschah. Bis hin zum tödlichen Unfall.

Sie atmete ein paar Mal kräftig durch.

Wartete, bis ihre Hände nicht mehr zitterten.

Dann fuhr sie in moderatem Tempo weiter.

29

Montag, 14.50 Uhr, Fridolin Hüllers Haus, Übersee.

»Stehen bleiben oder ich schieße!« Sabrina gab einen Warnschuss in die Luft ab.

»Hören Sie auf. Ich ergebe mich.« Fridolin blieb zehn Meter über ihr neben einer riesigen Fichte stehen. Er hob die Hände über den Kopf und drehte sich langsam zu ihr um. »Ich bin unbewaffnet. Bitte erschießen Sie mich nicht.«

»Drehen Sie sich wieder um.« Sabrinas Stimme klang, als wäre mit ihr im Moment nicht im Geringsten zu spaßen.

Während sie Fridolin weiter mit ihrer Waffe in Schach hielt, eilte Rainer an ihr vorbei und legte ihm Handschellen an.

Dann führten sie ihn zu dritt den Hügel hinunter.

»Was ist nur los mit Ihnen, Herr Hüller?«, fragte Rainer den bedrückt dreinblickenden Fridolin, während sie über unwegsames Gelände bergab stolperten. »Sie machen doch alles nur schlimmer, wenn Sie davonlaufen. Das sieht für uns doch jetzt eindeutig so aus, als hätten Sie etwas mit dem Mord an Berger zu tun. Ist Ihnen das nicht klar?«

»War dumm von mir.« Fridolin nickte einsichtig. »Saudumm.«

»Da gebe ich Ihnen hundertprozentig recht.« Rainer nickte ebenfalls.

»Ich auch«, sagte Sabrina.

»Aber ich war es nicht. Ich habe mit dem Tod dieses Mannes nichts zu tun. Das schwöre ich.«

Fridolin strauchelte aus heiterem Himmel. Er kippte nach

vorne um, rollte ein Stück weit den steilen Hang hinunter und blieb auf der Bauchseite liegen.

»Haben Sie sich verletzt?« Rainer stand in Sekundenschnelle neben ihm.

»Bin über eine scheiß Wurzel gestolpert. Meine Nase.«

»Was ist damit?« Rainer zog ihn hoch.

Ralf half ihm dabei.

»Ich glaube, sie blutet. Ist sie überhaupt noch dran?«

»Sie haben sich nur ein wenig aufgeschürft.« Rainer betrachtete ihn eingehend. »Scheint nicht weiter schlimm zu sein. Ich habe Papiertaschentücher im Auto unten. Gehen wir.« Er packte Fridolin fest am Oberarm, um so eine erneute Flugeinlage von ihm zu verhindern.

»Okay.«

Sie gingen weiter. Diesmal schaute Fridolin genau, wo er hintrat.

»Wenn Sie es nicht waren, warum sind Sie dann davongerannt?«

»Ich bin in Laura verliebt«, Fridolins Stimme zitterte. Angst und Tränen standen ihm in den Augen. »Trau mich aber nicht, es ihr zu sagen. Jeder weiß das. Außerdem hatte ich mich einmal mit Wilhelm Berger in der Wolle. Meine Waffe, mit der vielleicht jemand erschossen wurde, ist verschwunden, außerdem habe ich kein Alibi für die Tatzeit.«

»Sie kannten Wilhelm Berger also doch?«

Fridolin nickte langsam.

»Ich dachte, ich sage es Ihnen besser nicht«, meinte er. »Alles in allem bin ich doch so was wie ein Paradeverdächtiger für Sie. Was hätten Sie denn an meiner Stelle getan?«

»Ich hätte mehr Vertrauen in unsere Arbeit gehabt«, erwiderte Rainer. »Wenn Sie unschuldig sind, finden wir das auf jeden Fall heraus.«

»Na, da bin ich aber mal gespannt. Es hat Gott sei Dank noch nie einen Justizirrtum gegeben auf dieser Welt. Noch gar nie nicht.« Fridolins Stimme triefte vor Ironie. Er schien an alles Mögliche zu glauben, nur nicht an die Fähigkeiten der Polizei, seine Unschuld zu beweisen.

Rainers Smartphone meldete sich. Es war Hanna. Er ging ran.

»Was gibt's, Chefin?«

»Wie weit seid ihr?«

»Wir bringen gerade Herrn Hüller zum Verhör auf die Inspektion. Er hat versucht zu fliehen.«

»Dann ist er unser Mann?«

»Er sagt Nein. Aber das können wir alles nachher herausfinden. Im Moment müssen wir ihn erst einmal heil einen steilen Abhang hinunterbringen.«

»Du und Bergsteigen?« Irgendetwas an dem Gedanken schien sie zu belustigen.

»Stell dir vor.« Rainer schüttelte empört den Kopf. Er wusste, dass er sportlicher als sie war. Allein schon sein wöchentliches Karatetraining trug dazu bei. Es gab also keinen Grund für sie, ihn zu verarschen. Umgekehrt würde eher ein Schuh daraus werden. »Wir sind in einer Dreiviertelstunde in der Inspektion.«

»Ich auch. Bin schon unterwegs. Bis dann.«

»Nicht so schnell«, fügte er eilig hinzu. »Du bezahlst die Pizza für alle. Wegen unserer ausgefallenen Mittagspause im Jagerhof. Das ist dir schon klar. Sonst gibt es einen Generalstreik.«

»Okay, ich bestell sie gleich schon mal. Keiner will, dass meine besten Leute verhungern.« Sie lachte gutmütig.

»Dreimal scharfe Salami und Oliven?« Rainer sah Sabrina und Ralf fragend an.

Sie nickten.

»Also, du hast es gehört.«

»Dreimal scharfe Salami und Oliven«, wiederholte Hanna. »Geht klar.«

»Ich bitte auch«, sagte Fridolin, der das Gespräch wie die anderen beiden mitgehört hatte.

»Unser Verdächtiger hat auch Hunger. Mach vier draus.«

Rainer legte auf.

»Komme ich jetzt eigentlich ins Gefängnis?«, erkundigte sich Fridolin bei ihm.

»Kann ich Ihnen im Moment leider nicht sagen.«

Rainer wollte sich diesbezüglich wirklich nicht festlegen. Ob Untersuchungshaft für Fridolin Hüller angezeigt war, sollte Hanna entscheiden. Schließlich war sie der Boss.

30

Montag, 14.55 Uhr, Bahnhof Kufstein.

Jost parkte vor dem Bahnhof in Kufstein. Er sperrte seinen neuen Flitzer ab und rannte zu den Gleisen hinüber.

Doch er war zu spät. Lauras Zug war bereits vor zehn Minuten eingefahren und längst Richtung Innsbruck verschwunden. Von ihr selbst war weit und breit keine Spur zu entdecken.

»So ein Mist«, fluchte er.

Er hatte es bereits vorhin befürchtet, dass ihm der Stau in Kiefersfelden einen Strich durch die Rechnung machen würde.

Was sollte er jetzt tun? In der ganzen Stadt nach ihr suchen? Sinnlos. Da wäre er sicher in zwei Wochen noch unterwegs. Es sei denn, Lauras Mutter sagte ihm doch noch wohin sie wollte.

Einen Versuch war es wert.

Er rief kurzentschlossen bei den Obermeiers an. Irgendwie würde er die alte Dame schon weichkriegen. Charme war das Zauberwort, und wenn er wollte, hatte er jede Menge davon.

Besetzt.

Bestimmt hatte ihr Mann schon wieder das Telefon danebengelegt oder es lag immer noch dort.

Himmelherrgott noch mal. Es war zum Aus-der-Haut-fahren. Die Menschen der Region um den Chiemsee waren zum großen Teil sehr eigen. Fast schon exzentrisch wie die Engländer.

Das war ihm seit seiner Kindheit bekannt.

Es mochte an der Umgebung liegen oder an der teils mangelnden Fähigkeit, sich mit dem Hier und Jetzt anzufreunden und stattdessen lieber wie in den angeblich so guten alten Zeiten zu leben. Am besten auch noch ohne die modernen Medien und ohne den Stress, den sie erzeugen konnten.

Man konnte sie dafür lieben oder hassen.

Oder beides. Je nachdem.

Jost hasste sie gerade dafür. Besonders Hubsi Obermeier, der anscheinend nicht einmal das Klingeln seines Telefons aushielt.

Er ging zu seinem Auto zurück und setzte sich hinein, ließ den Motor aber nicht an. Stattdessen überlegte er, was als Nächstes zu tun wäre.

In ein Café gehen und einen Verlängerten mit einem schönen Stück Kuchen bestellen, wäre eine Option. Wenn er schon mal hier war. Er hatte Hunger. Sein Essen bei Mauro hatte er vorhin stehen gelassen, um Laura zu suchen. Zeit genug hatte er außerdem.

Bis 15.00 Uhr hatte er sich heute Vormittag vorsorglich von allen Terminen freigeschaufelt, um mit Laura nach dem Mittagessen noch einen schönen Liebesnachtisch dranhängen zu können. In einem kleinen, aber sehr exklusiven romantischen Hotel, nicht weit von Mauros Restaurant.

Diese Chance hatte er natürlich verpasst. Womöglich für immer.

Herrgott noch mal. Hoffentlich lief sie nicht herum und erzählte jedem von ihrem Verdacht, dass er Wilhelm Berger erschossen hätte. Es könnte ihn seine Existenz kosten.

Wusste sie überhaupt, was sie tat? Der hellste Stern am Firmament war sie bereits zu Schulzeiten nicht gewesen. Eher fröhlich, aber schlicht im Geiste.

Er ließ die Idee mit dem Kuchen gleich wieder sausen. Stattdessen stieg er in seinen Wagen und fuhr langsam die Straßen um den Hauptbahnhof herum ab.

Er musste sie einfach finden. Die Sache duldete keinen Aufschub. Weit konnte sie nicht sein. Er wählte erneut die Nummer der Obermeiers. Vielleicht hatte er jetzt Glück.

31

Montag, 15.30 Uhr, Polizeiinspektion Traunstein.

»Wenn Sie es nicht waren, warum sind Sie meinen Kollegen dann davongelaufen?« Hanna sah Fridolin, der ihr und Rainer im Verhörraum gegenübersaß, erwartungsvoll an.

»Das sagte ich Ihrem Kollegen bereits.« Er zeigte auf Rainer. »Ich hatte Angst, dass mir keiner glaubt, dass ich unschuldig bin.«

»Gab es in letzter Zeit Streit zwischen Ihnen und Herrn Berger? Waren Sie eifersüchtig auf ihn? Sicher waren Sie das. Geben Sie es doch zu.« Hannas Blick ruhte ruhig auf ihm.

»Ich war tatsächlich eifersüchtig. Aber deswegen bringe ich niemanden um. Ich bin ein gläubiger Christ. Wir ermorden niemanden.« Fridolin blickte flehentlich von einem zum anderen. »Das müssen Sie mir einfach glauben.«

»Das sah zu Zeiten der Kreuzzüge aber noch ganz anders aus«, mischte sich Rainer ins Gespräch. Ihm war jedwede Religion schon immer ein Gräuel. Egal, ob Buddhismus, Islam oder Christentum. Alles nur Opium fürs Volk, sagte er immer, wenn die Sprache darauf kam.

Hanna wusste natürlich davon und ihr selbst ging es nicht viel anders, wenn sie ganz ehrlich war.

»Längst Vergangenheit.« Fridolin schüttelte den Kopf. »Heute sind die Islamisten dabei alles kaputt zu machen. Die Mistkerle bringen uns noch alle um, wenn es so weitergeht.«

»Wäre die Welt doch nur so einfach wie mein kleines Gehirn.« Rainer lächelte vielsagend.

»Sie hatten die Gelegenheit.« Hanna trommelte mit den

Fingern auf der Tischplatte herum. »Sie hatten ein Motiv und Sie besitzen ein Kleinkalibergewehr, das ganz zufällig gerade nirgends aufzutreiben ist. Finden Sie das nicht auch, sagen wir mal, ziemlich merkwürdig?«

»Glauben Sie mir doch, Frau Schmiedinger. Ihr Vater kannte meinen Vater und wir beide kennen uns aus Schulzeiten. Trauen Sie mir wirklich einen Mord zu?« Fridolin klang fast weinerlich. »Jemand muss das Gewehr gestohlen haben. So gut wie jeder kommt an den Schlüssel unseres zweiten Vorsitzenden, Horst Rumpliger. Zum Beispiel im Vereinslokal der Alpenschützen, wenn er einen über den Durst getrunken hat. Man kann sich sogar überall so einen Schlüssel nachmachen lassen und wieder zurücklegen, wenn man damit fertig ist.«

»Das werden wir überprüfen, Herr Hüller.«

Hanna blieb beim Nachnamen und beim Sie. Natürlich hätte sie ihn auch Fridolin nennen können und er sie Hanna. Wie früher als Schulkinder. Aber sie wollte in keinen Konflikt geraten, sobald sie Persönliches in den Fall einfließen ließ.

»Außerdem waren Herr Berger und ich nicht die Einzigen, die in Laura verschossen waren.« Fridolin blickte drein, als hätte er gerade eine wichtige Erkenntnis gehabt.

»Logisch. Sie ist attraktiv.« Hanna runzelte die Stirn. Wenn es danach ginge, würde man die Leichen der Männer auf dieser Welt gar nicht mehr zählen können.

»Ich meine es anders.« Er schüttelte diesmal noch heftiger als zuvor den Kopf. »Sie hatte nicht nur etwas mit Herrn Berger, sondern hat auch etwas mit Jost Haller, dem Bauunternehmer aus Prien.«

»Woher wollen Sie das wissen?«

»Jeder weiß das. Bis auf Hallers Frau. Die ahnt es aber bestimmt.« Fridolin schaute betreten zu Boden. »Er macht kein großes Geheimnis daraus in der ganzen Gegend. Nimmt Laura in seinem Auto mit, macht immer mal wieder Ausflüge nach Österreich mit ihr, geht mit ihr Essen und was sonst noch alles. Einen Jagdschein hat er ebenfalls, samt Gewehr.«

»Das ist doch sicher nur Tratsch.«

Hanna wusste bereits von Sabrina, dass Josts Frau ausgesagt hatte, dass das Jagdgewehr ihres Mannes aus ihrem Haus verschwunden wäre. Doch wo es sich letztlich befand, wusste wohl niemand außer Jost. Er hätte für die Tat also nicht einmal Florians Gewehr stibitzen müssen. Was die ganze Sache allerdings auch nicht gerade einfacher machte.

»Wahrer Tratsch«, erwiderte Fridolin. »Vielfach bestätigt. Außerdem wusste er sicher genau wie ich von Laura und Helmut Berger. Das war nämlich ebenfalls solch ein offenes Geheimnis wie seine eigene Beziehung zu Laura.«

»Laura Obermeier scheint ein ganz schönes Früchtchen zu sein«, raunte Rainer Hanna leise zu. »Sie machte gar nicht den Eindruck, als wir bei ihr waren.« Er lächelte sie fragend an. »Aufgetakelt war sie«, fügte er hinzu. »Aber irgendwie wirkte sie auch nett und natürlich. So wie früher an der Schule.«

»Jeder schaut, wo er bleibt.« Hanna lächelte nicht, als sie zurückflüsterte. Sie dachte an sich selbst und Florian. »Es tut mir leid, Herr Hüller«, fuhr sie laut an Fridolin gewandt fort. »Aber die belastenden Indizien sind zu stark. Bis wir die Sache mit der Tatwaffe und den Schmauchspuren eindeutig geklärt haben, müssen wir Sie leider als Mordverdächtigen in Untersuchungshaft nehmen.«

»Na gut.« Fridolin ließ resigniert den Kopf hängen. »Sie wollen mir eben nicht glauben. Dann sperren Sie mich halt ein. Ich hoffe nur, dass Sie Ihre Arbeit gut machen.«

»Wenn Sie tatsächlich unschuldig sind, finden wir das heraus, versprochen.«

»Klar.« Er lächelte ungläubig.

»Ich glaube nicht, dass er es war«, sagte Hanna zu Rainer, nachdem Fridolin von zwei Uniformierten aus dem Raum geleitet worden war. »Der Fridolin ist kein Mörder. Er war schon als Kind total gutmütig.«

»Er wirkt tatsächlich nicht wie einer, der andere umbringt. Aber wer tut das schon.« Er zuckte ratlos die Achseln. »Trotzdem scheint er klar antiislamistisch eingestellt zu sein.«

»Kann man es ihm verdenken bei den ganzen Horrormeldungen in den Medien?« Hanna zuckte ebenfalls die Achseln. »Kann man es da überhaupt jemandem verdenken?« Sie stand auf und ging Richtung Tür. »Nur mal so gefragt.«

»Man muss kritischer und bewusster mit solchen Meldungen umgehen. Da wird viel manipuliert.«

»Stimmt. Aber vieles ist wohl auch wahr, leider.«

»Schwierige Zeiten.« Rainer strich sich langsam über die Haare, bevor er mit dem Mittelfinger seine Brille ein Stück den Nasenrücken hinaufschob. So wie er es immer tat, wenn er nachdenklich wurde. »Aber keine Zeiten für vorschnelle Urteile.«

32

Montag, 20.00 Uhr, Nobelitaliener Traunstein

Die Vorspeise war grandios gewesen. Jakobsmuscheln in einer raffinierten Soße, die den zarten Muschelgeschmack noch mehr hervorhob. Dazu ein Glas Champagner und kleine salzige, aber nicht zu salzige Kekse mit Kaviar und Sauerrahm obendrauf.

»Heiliger Strohsack! Das sieht wahnsinnig gut aus.« Hanna bestaunte den Hummer, der gerade von ihrem kleinen dunkelhaarigen Kellner an den Tisch gebracht und fachgerecht zerlegt wurde. »Aber nötig gewesen wäre es nicht«, raunte sie Florian zu. »Spaghetti alla marinara hätten mir genauso gut geschmeckt.«

»Die kannst du überall und jederzeit essen. Aber der Hummer hier ist absolute Weltklasse.« Florian nahm sein Glas in die Hand und stieß mit ihr an. »Wollen wir Wein dazu bestellen?«

»Lieber noch ein Glas Champagner.« Sie grinste. »Ich meine, wenn schon, denn schon, richtig?«

»Richtig.« Florian richtete seine dunkelbraunen Augen mit einem zärtlichen Blick auf sie. »Für meine Hanna nur das Beste.«

Er orderte gleich eine ganze Flasche.

»Was wolltest du mir eigentlich so Wichtiges sagen?«, fragte sie, nachdem Mario, ihr ausnehmend höflicher und zuvorkommender Ober in der bodenlangen weißen Schürze, verschwunden war. »Du hast es sehr spannend gemacht am Telefon.«

»Später.« Florian hob die Hand wie ein Verkehrspolizist, der den Verkehr aufhielt. »Lass uns erst in Ruhe essen. Außerdem muss ich mir noch etwas Mut antrinken.«

»Mut? Zu was? Willst du auswandern? Sehen wir uns nie wieder?« Hanna war viel zu sehr Polizistin, um einfach so mit ihren Fragen aufzuhören. Sie rutschte unruhig auf ihrem Stuhl hin und her, während sie ihn von oben bis unten in Augenschein nahm.

Sie mochte ihn. Sehr sogar.

Von Anfang an war er ihr ins Auge gestochen mit seinen dichten dunklen Haaren, dem selbstbewussten, aber gleichzeitig sensiblen Lächeln, mit seinem lässigen Dreitagebart, der durchtrainierten Figur und seinem Knackarsch.

Wenn er von heute auf morgen verschwand, würde das ein großes Loch in ihre Seele reißen. Es durfte nicht passieren. So viel war sicher.

»Lass uns bitte erst essen, Hanna.« Er spießte ein Stück weißes Hummerfleisch auf seine Gabel.

»Na gut. Wie du meinst. Aber albern finde ich so ein Betragen schon.« Sie begann ebenfalls zu essen.

»Mag sein. Geht aber gerade nicht anders. Wie steht es mit eurem Mordfall?«

»Schwierig.«

»Was heißen soll?«

»Sollen wir nicht lieber erst essen?« Sie grinste flüchtig.

»Retourkutschen sind altmodisch.« Er grinste ebenfalls.

»Also gut. Ich will mich schließlich nicht mit dir auf eine Stufe stellen.« Hanna schob eine große Gabel Salat in ihren Mund. Kaute gründlich darauf herum.

»Und?« Er sah sie neugierig an. »Sprich weiter.«

»Ein reicher Zugezogener aus Norddeutschland wurde erschossen. Gleich unten am Chiemsee. Beim Joggen. Wir haben aber weder eine Tatwaffe noch einen wirklich überzeugenden Tatverdächtigen. Es kämen einige Leute dafür infrage, inklusive der Frau des Toten.«

»Wie geht es weiter?«

»Wir brauchen dringend die Tatwaffe. Erst dann wissen wir mehr. Projektile, Fingerabdrücke und so weiter.«

»Ich bewundere dich dafür, wie du das alles immer schaffst. Es ist ein harter Job, den du da machst. Ein Wunder, dass du dabei so nett geblieben bist.«

»Ich nett?« Sie schüttelte den Kopf. »Frag mal meine Mitarbeiter, was die zu diesem Thema sagen.«

»Ist mir egal.« Er winkte ab. »Ich finde dich jedenfalls nett. Sehr nett. Total nett. Mega nett.«

»Hör schon auf, Spinner.« Sie musste lachen. Fehlte nur noch, dass er sie niedlich fand.

»Stimmt aber.« Er bedachte sie mit einem verliebten Blick.

»Schon klar. Verarschen kann ich mich selbst.«

Welpen waren nett oder kleine Mädchen mit Zöpfen, die artig einen Knicks machten, wenn man ihnen die Hand gab. Aber sie doch nicht. Sie war einfach nur eine Frau, die einen harten Beruf ausübte, deren Menschlichkeit dabei aber nicht gänzlich auf der Strecke blieb. Nicht mehr und nicht weniger. Nett war wirklich etwas anderes.

»Ich verarsche dich nicht.« Florians Stimme klang sehr ernst.

»Umso besser.« Sie warf ihm leichthin eine Kusshand zu. »Dann haben sie mir auch noch diesen selbstverliebten Pfau aus Regensburg als Chef vor die Nase gesetzt. Der hält sich für den Schönsten überhaupt. Von seinen Aufgaben hat er meiner Meinung nach aber nicht den geringsten Schimmer.« Sie trank einen großen Schluck Champagner.

»Bei manchen Leuten fragt man sich wirklich, wie sie in ihre Position gekommen sind.«

»Das kannst du laut sagen. Aber lass uns jetzt wirklich essen. Es schmeckt viel zu gut, um dabei über die Arbeit zu reden.«

Sie aßen in aller Ruhe weiter.

Hanna erzählte von ihrem Großvater und seiner Aktion mit den Kühen, was in allen beiden einen nicht enden wollenden Lachanfall auslöste.

Florian berichtete danach von seinem Golfhotel. Er hatte vier Zimmer völlig neu einrichten lassen. Für seine sehr exklusive Kundschaft, die in letzter Zeit vermehrt aus dem arabischen Raum und aus Russland zu ihm vor die Tore von Burghausen kam.

Nachdem sie die Nachspeise, Limonenparfait und Profiteroles mit Schokolade und Sahne, genossen hatten, setzte er ein offizielles Gesicht auf.

»Liebe Hanna«, sagte er.

»Ja, lieber Florian?« Sie sah ihn neugierig an.

»Wir haben uns hier versammelt …«

»Was haben wir?« Sie prustete albern los.

»Wir sind hier zusammengekommen.«

»Stimmt. Darauf trinken wir noch einen.« Hanna nahm einen Schluck Champagner.

Sie hatten bereits die zweite Flasche in der Mache. Gott sei Dank wohnte sie nicht weit von hier, würde zu Fuß gehen, und morgen früh würde eine Tablette den Kater besiegen. Also alles im grünen Bereich.

Florian sollte auch nicht mehr fahren. Auf jeden Fall konnte er nachher auf ihrer Wohnzimmercouch übernachten. Ihr Bett brauchte sie für sich allein. Ein Mensch, der neben ihr atmete und schlimmstenfalls auch noch schnarchte, das ging gar nicht. Natürlich konnten sie dort vor dem Schlafengehen ein wenig gemeinsame Zeit verbringen. Aber danach gab es getrennte Schlafplätze.

»Liebe Hanna«, versuchte er erneut, seine Botschaft an sie zu formulieren.

»Ja, lieber Florian.« Sie lachte abermals.

»Jetzt lass mich doch mal.«

»Na gut.« Sie bemühte sich ernst zu bleiben, während er den nächsten Anlauf nahm.

»Hanna, willst du meine Frau werden?«, platzte es aus ihm heraus.

»Was?«

»Du hast richtig gehört.« Er überreichte ihr einen Diamantring. Weißgold mit einem riesigen Klunker. Bestimmt mindestens ein Zweikaräter. Beileibe nichts Billiges.

»Aber wie, was …« Hanna blieb die Spucke weg.

»Ich würde dich sehr gerne heiraten. Was sagst du?« Florian strahlte über das ganze Gesicht.

»Das, äh … das geht nicht.« Sie schüttelte langsam den Kopf.

»Wieso nicht?«

»Weil ich noch nicht bereit dafür bin.« Sie sah ihn mit einer Mischung aus Hilflosigkeit und Zärtlichkeit im Blick an.

»Aber wann denn dann? Wir haben doch schon so oft darüber geredet.«

»Später … auf jeden Fall später.«

»Das sagst du jedes Mal. Aber den Ring kannst du doch wenigstens anstecken.«

»Der ist viel zu teuer, Florian. Behalte ihn.« Sie schob seine Hand mit dem wertvollen Kleinod darin zurück.

»Du lehnst ihn ab?«

Sie nickte.

»Und meinen Antrag, den lehnst du auch ab? Wirklich?«

Sie nickte wieder.

»Gut, dann bezahle ich jetzt unsere Rechnung und verschwinde aus deinem Leben.« Florian hörte sich nicht so an, als würde er einen schlechten Scherz machen. Er schien es wirklich ernst zu meinen.

»Lass uns morgen noch mal drüber reden.« Sie sah ihn bittend an. »Wir haben beide zu viel getrunken.«

Wenn er jetzt endgültig geht, bist du wieder ganz allein. Das ist dir schon klar, Hanna Schmiedinger. Willst du das?

»Mach's gut, Hanna.« Florian steckte seinen Ring wieder ein. »Ich wünsche dir ein schönes Leben.«

Er erhob sich und ging zum Tresen, um dort zu bezahlen.

Dann verließ er ohne einen weiteren Blick in ihre Richtung das Lokal.

»Er wollte mir ja nicht glauben, dass ich nicht nett bin.« Hanna leerte ihr Glas in einem Schluck, stand ebenfalls auf und ging nach Hause.

Der Boden unter ihr schwankte leicht. Hoffentlich kein Erdbeben.

33

Dienstag, 10.00 Uhr, Polizeiinspektion Traunstein.

Hanna saß nachdenklich an ihrem Schreibtisch. Vor ihr stapelten sich die Akten des aktuellen und der unerledigten Fälle. Es war ihr egal. Sie ließ den gestrigen Abend mit Florian noch einmal vor ihrem inneren Auge Revue passieren. Immer wieder fragte sie sich dabei, warum sie seinen Antrag abgelehnt hatte. Letztlich war er doch alles, was sie immer wollte. Zuverlässig, humorvoll, verständnisvoll, gut aussehend und auch noch reich, also finanziell unabhängig.

Sie kam auf keine Antwort. War er möglicherweise zu perfekt? Was machte ihr nur solche Angst vor einer festen Beziehung mit ihm? Ihr Diensttelefon riss sie aus ihren Überlegungen. Sabrina war dran.

»Das Gewehr von Fridolin Hüller hat sich wieder an seinem Platz im Schützenverein eingefunden«, sagte sie. »Der dortige Zeugwart, Horst Rumpliger, hat mich gerade angerufen.«

»Die Waffe ist über Nacht wieder aufgetaucht?« Hanna stutzte. »Obwohl Fridolin Hüller hier bei uns in einer Zelle sitzt?«

»Schaut ganz so aus, Chefin.«

»Dann ist Fridolin tatsächlich unschuldig. Jemand muss es entwendet haben. Er hat also die Wahrheit gesagt.« Hanna lächelte. Sie war froh darüber, wie sich die Angelegenheit gerade entwickelte. Schließlich hatte sie nichts gegen Fridolin. Im Gegenteil. Er war bereits als Schulkind und Jugendlicher ein netter Kerl gewesen. Eher immer etwas zu schüchtern als zu forsch für ihren Geschmack.

»Oder er hat einen Komplizen.«

»Für einen Mord aus Eifersucht? Macht wenig Sinn.«

»Warum? Kann doch sein.«

»Wenn ich jemanden aus privaten Gründen umbringe, weihe ich doch nicht noch andere Leute in meine Pläne ein. Wäre mir viel zu riskant, dass derjenige sich verplappert und ich erwischt werde.«

»Was hat das mit privat oder nicht privat zu tun?«

»Ich meine privat für eine Beziehungstat, wie sie uns möglicherweise vorliegt, und im Gegensatz dazu beispielsweise Terroristen oder Gangs oder die Mafia. Professionelle Hintergründe sozusagen.«

»Stimmt. Wäre wirklich zu riskant. Außer dein Bruder ist dein Komplize oder jemand anderes, dem du hundertprozentig vertrauen kannst.«

»Hüller hat keinen Bruder. Seit seine Eltern vor vier Jahren gestorben sind, ist er verwandtschaftlich gesehen alleine auf der Welt.« Hanna straffte ihren Oberkörper.

Neue Spuren und eine neue Wendung. Jetzt hieß es, die ganze Sache noch mal von vorne anzuschieben. Florian und seinen Antrag hatte sie bereits fast vergessen. Es würde später noch Zeit genug sein, sich damit zu beschäftigen. Der Mordfall ging erst einmal vor.

»Dann lassen wir ihn laufen?«, fragte Sabrina.

»Wurde mit seiner Waffe geschossen?«

»Schaut so aus. Die KTU ist noch dran.«

»Wann sind die fertig?«

»Moment. Gerade kommt eine E-Mail von Holger rein. Aha …«

»Was aha?«

»Es wurde daraus geschossen.«

»Fingerabdrücke?«

»Moment, Hanna.« Sabrina zögerte. »Nein, keine Fingerabdrücke. Aber eins scheint außerdem sicher zu sein. Das Projektil vom Tatort wurde nicht aus Hüllers Waffe abgefeuert.«

»Seine Waffe hatte also nichts mit unserem Mord zu tun?«

»Richtig. Auch die Spuren an der Eintrittswunde des Toten lassen auf diesen Sachverhalt schließen.«

»Also auch kein etwaiger Komplize im Spiel?«

»War wohl ein reiner Zufall, dass Hüllers Gewehr zur Tatzeit nicht an seinem Platz war. Schmauchspuren wurden bei ihm selbst auch keine entdeckt.«

»Gut für ihn. Schlecht für unseren Fall.«

Hanna war trotzdem erleichtert. Sie freute sich für Fridolin. »Aber wer leiht sich über Nacht ein Gewehr?«

»Gute Frage. Jemand, der üben will und selbst keins hat. Ein Wilderer. Oder ist gestern noch jemand erschossen worden in der Gegend?«

»Nein. Zumindest, soweit wir es wissen.« Hanna schüttelte den Kopf. »Wir dürfen Fridolin nicht länger festhalten. Bitte veranlasse sofort seine Entlassung. Machst du das für mich?«

»Sicher, gern.« Sabrina legte auf.

Es klopfte.

»Herein.«

Jost Haller steckte seinen Kopf zur Tür herein.

»Grüß Gott. Bin ich hier richtig bei Frau Hauptkommissarin Schmiedinger?«, erkundigte er sich.

»Die bin ich. Kommen Sie herein. Wer sind Sie?«

»Jost Haller«, stellte er sich vor, als er an ihren Schreibtisch trat. »Bauunternehmer aus Prien. Meine Frau meinte, ich sollte mein Kleinkalibergewehr vorbeibringen. Wegen einer Überprüfung.«

»Sie kennen Frau Laura Obermeier?« Hanna ließ ihm kaum Zeit, sich auf den Besucherstuhl zu setzen.

»Die Laura? Sicher.« Er nickte. »Aber was hat das mit meinem Gewehr zu tun?«

»Kennen Sie einen Wilhelm Berger ebenfalls?«

»Schon.« Jost nickte erneut. »Wenn Sie den Preißn meinen, der immer mit der Laura flirtet.«

»So wie Sie?«

»Woher wissen Sie das?« Er machte ein erschrockenes Gesicht.

»Ich bin die Polizei.« Hanna verzog keine Miene.

Also hat Fridolin die Wahrheit gesagt. Er hat etwas mit ihr.

»Aha.«

»Wann wurde das letzte Mal aus Ihrer Waffe geschossen?«

»Das muss Wochen her sein.«

»Bitte lassen Sie sie hier. Wir überprüfen das.«

»Sicher.« Jost legte das Gewehr, das er die ganze Zeit über in der Hand gehalten hatte, auf Hannas Schreibtisch.

»Danke, Herr Haller.« Sie nahm es vorsichtshalber schnell an sich. Nicht, dass er damit noch auf dumme Ideen kam.

»Na gut. Dann gehe ich mal wieder.« Jost stand auf. »Oder gibt es sonst noch was?«

»Wo waren Sie gestern früh zwischen 6.00 Uhr und 8.00 Uhr?«

»In München bei einer beruflichen Besprechung. Wir haben dort eine Großbaustelle.«

»Gibt es dafür Zeugen?«

Vielleicht hatte er mit einer anderen Waffe geschossen. Möglich wäre es allemal gewesen. Allerdings wäre es dann schon reichlich kaltschnäuzig von ihm gewesen, seine eigene unbenutzte Waffe auf der Inspektion vorzulegen.

»Sicher.« Jost zuckte die Achseln. »Meine Leute, die vor Ort arbeiten, und meine Auftraggeber.«

»Auch das werden wir natürlich überprüfen.«

»Nur zu. Warum fragen Sie das alles überhaupt?« Jost sah sie neugierig mit unschuldigen Augen an.

»Weil Herr Berger um diese Zeit erschossen wurde. Aber das wissen Sie bestimmt bereits von Frau Obermeier. Sie treffen sie doch gelegentlich, richtig?«

»Wir waren gestern in Salzburg beim Italiener.« Jost nickte. »Und ja, sie hat etwas in der Richtung erwähnt, dass er umgebracht wurde. Ich mochte den Willi nicht besonders. Aber leid tut es mir trotzdem um ihn.«

»Na gut. Dann war es das, Herr Haller. Danke, dass Sie hergekommen sind.«

»Bin ich jetzt verdächtig?« Er sah sie unsicher an. »Nicht, dass ich noch öffentlich mit der Geschichte in Verbindung gebracht werde. Sonst mache ich Sie wegen Rufschädigung verantwortlich. Vielmehr meine Anwälte machen das.«

»Wollen Sie mir etwa drohen, Herr Haller?« Sie sah ihn aus zusammengekniffenen Augen an.

»Ich will Sie nur auf Konsequenzen aufmerksam machen, falls Sie vorschnell oder fehlerhaft handeln.« Er setzte ein arrogantes Gesicht auf.

»Wenn Sie wirklich nichts getan haben, wird Ihnen auch nichts passieren. Wenn Sie allerdings doch etwas mit der Sache zu tun haben, wird Ihr Ruf das Geringste sein, um das Sie sich sorgen müssen.«

Hanna vermutete instinktiv, dass er nicht die ganze Wahrheit sagte. Aber wenn seine Zeugen sein Alibi bestätigten, konnte er Bergers Tod nicht selbst verursacht haben. Vorausgesetzt, sie sagten die Wahrheit und waren nicht von ihm gekauft oder wurden von ihm zu einer Falschaussage erpresst oder etwas Ähnliches. Noch dazu sprach für ihn, dass er freiwillig mit seiner Waffe hergekommen war. Er hätte auch sagen können, dass sie verschwunden wäre. Allerdings hätte er wie jeder andere Verdächtige einen Killer engagieren können. Das musste man ihm aber erstmal nachweisen.

Moment. Das hätte ihn aber wiederum verdächtig gemacht.

War er ein ausg'schamter Hundling und wusste genau, was er tat, um den Mord an Wilhelm Berger zu vertuschen oder war er tatsächlich unschuldig? Möglicherweise verbarg er aber auch etwas anderes, das nichts mit dem Mord an Berger zu tun hatte, und hatte Angst, dass es im Rahmen ihrer Untersuchungen ans Licht kam. Erfolgreiche Bauunternehmer wie er hatten rein von Berufs wegen gelegentlich Dreck am Stecken.

Das musste sie hier und jetzt aber nicht interessieren. Noch nicht zumindest. Bis und wenn überhaupt ein Zusammenhang zum Mord an Wilhelm Berger nachgewiesen war.

»Wie auch immer. Sie wissen Bescheid. Auf Wiederschauen, Frau Schmiedinger.« Er nickte ihr knapp zu, bevor er sich umdrehte, um zur Tür zu gehen.

»Wir melden uns bei Ihnen, wenn wir noch etwas brauchen«, rief ihm Hanna hinterher.

»Tun Sie das, Frau Schmiedinger«, erwiderte er. »Ich habe nichts zu verbergen.«

»Hoffentlich.«

34

Dienstag, 11.00 Uhr, Haus der Obermeiers nahe Prien.

»Servus, Irmi. Hier ist die Tante Martha.« Martha Obermeier setzte sich an den Esstisch, weil es sich im Sitzen besser sprechen ließ.

Das mit ihren Füßen wurde immer schlimmer. Inzwischen hatte sie sofort Schmerzen, sobald sie auch nur etwas länger stand. Die Ärzte fanden nichts. Also halfen ihr lediglich Sitzen oder Liegen, so oft es ging.

»Ja hallo, Tante. Wie geht es euch?« Irmi klang fröhlich wie immer.

»Gut, danke. Sag mal, ist die Laura zu sprechen?«

»Wie meinst du das?«

»Die Laura. Sie ist doch bei dir, oder?«

»Nein.« Irmi räusperte sich. »Wie kommst du darauf?«

»Mach keine blöden Witze. Sie wollte dich doch gestern besuchen.« Martha rutschte unruhig auf ihrem Stuhl hin und her.

»Ich weiß wirklich von nichts, Tante Martha.«

»Jetzt gib sie mir schon.« Martha wusste, dass Laura und ihre Cousine Irmi seit ihrer Kindheit zusammenhielten wie Pech und Schwefel. Egal, was sie ausgefressen hatten. »Ein wichtiger Kunde von ihr hat angerufen. Wegen eines Probetrainings. Den darf sie sich nicht durch die Lappen gehen lassen.«

»Pass auf, Tante Martha.« Irmi räusperte sich erneut. Diesmal etwas umständlicher als zuvor. »Ich lüge dich nicht an. Warum sollte ich auch. Laura ist nicht hier. Sie hat sich gestern für einen Besuch bei mir angesagt, ist dann aber doch nicht gekommen.«

»Und da rufst du uns nicht an und sagst Bescheid?«

»Warum sollte ich?« Irmis Stimme klang unwillig und ungeduldig. Offenbar wusste sie wirklich nichts von Laura oder es fiel ihr zunehmend schwer zu lügen. Das war natürlich auch möglich. »Sie wusste nicht genau, ob sie herkommt«, fuhr sie fort. »Wollte nur wissen, ob ich daheim bin. Für den Fall, dass sie kommt.«

»Aber es hätte ihr etwas passiert sein können.«

»Der Laura? Unserer Miss Fitness persönlich?« Irmi lachte. »Geh weiter, die läuft doch jedem, der etwas von ihr will, locker davon.«

»Aber wo ist sie dann?«, sagte Martha mehr zu sich selbst.

»Ich weiß es nicht«, sagte Irmi. »Wirklich nicht.«

»Ich mache mir Sorgen.« Martha legte ihre Stirn in Falten. Sie hatte auf einmal einen Kloß im Hals. Angst stieg in ihr auf. »Normalerweise sagt sie immer kurz Bescheid, wenn sie verhindert ist oder niemanden sprechen will. Dann sage ich für sie ihren Kunden ab.«

»Vielleicht hat sie jemanden kennengelernt oder sie wollte einfach ihre Ruhe haben.«

»Hat sich ein Jost Haller bei dir gemeldet?«

»Nie gehört. Wieso sollte er?«

»Er hat sie gestern gesucht und wollte sie in Kufstein am Bahnhof abholen.«

»Tut mir leid, Tante Martha. Er hat sich wirklich nicht bei mir gemeldet. Aber vielleicht sind sie ja zusammen auf einen Kurzurlaub nach Italien gefahren. Du kennst doch die Laura. Für solche Späße ist sie immer zu haben.«

»Na gut, Irmi. Danke.« Martha starrte brütend auf das Bücherregal an der Wand vor ihr.

»Wenn du was von ihr hörst, sagst du mir aber gleich Bescheid, ja?« Irmis Stimme klang jetzt ebenfalls besorgt.

»Natürlich. Servus, Kind.«

Martha legte auf.

Sie stellte das Telefon an seinen Platz zurück und ging zu Hubert in die Küche, der dort gerade ein neues Modellflugzeug in der Mache hatte. Irgendeine Militärmaschine aus dem Zweiten Weltkrieg.

»Dass dir bloß nicht einfällt, wieder das Telefon auszuhängen«, schimpfte sie unvermittelt los.

»Was ist denn mit dir?« Er sah erstaunt von seiner Arbeit auf.

»Die Laura meldet sich einfach nicht. Bei der Irmi war sie auch nicht, obwohl sie es gesagt hat.« Martha stiegen Tränen in die Augen.

»Die kommt schon wieder«, versuchte er sie zu beruhigen. »Bisher ist sie immer wieder heimgekommen.«

»Bisher hat sie aber auch immer Bescheid gesagt, wenn sie wegblieb.« Sie schnäuzte sich kräftig in ein Papiertaschentuch, von denen sie wegen ihres chronischen Heuschnupfens immer einen Vorrat bei sich trug. Sobald auch nur irgendein Pollen in ihrer Nähe umherflog, hatte sie die Nase voll.

35

Dienstag, 11.10 Uhr, Polizeiinspektion Traunstein.

Die Untersuchung der KTU hatte ergeben, dass in den letzten Monaten tatsächlich nicht aus Jost Hallers Waffe gefeuert wurde. Außerdem hatten seine Auftraggeber in München seine Anwesenheit auf der Großbaustelle dort bestätigt. Bereits vor der Tatzeit und darüber hinaus.

Damit fiel er wohl auch als Todesschütze mit einer anderen Waffe aus.

»Na wunderbar. Dann geht das Ganze wieder von vorne los«, murmelte Hanna schicksalsergeben. Sie bevorzugte immer eine schnelle Klärung ihrer Fälle. Aber wenn es gar nicht anders ging, mussten eben mehr Zeit und Aufwand investiert werden. Da halfen kein Jammern und kein Stöhnen.

»Wer hat mit welcher Waffe geschossen?« Sie kratzte sich ratlos am Hinterkopf. »Das ist hier die Frage.«

Ihr fiel ein, dass sie sich ihre erste Verdächtige, Juliane Berger, noch einmal vorknöpfen sollte. Die hatte bisher kein überzeugendes Alibi vorzuweisen gehabt, und die Schmauchspuren an ihren Armen konnten schließlich auch von zwei verschiedenen Waffen stammen. Die Tatsache allein, dass sie am Vortag des Mordes an ihrem Mann im Schützenverein mit einer Waffe geschossen hatte, schloss nicht aus, dass sie am Tatmorgen noch einmal geschossen haben könnte.

Also nichts wie hin. Manche Tatverdächtige musste man solange immer wieder verhören, bis sie sich entweder verplapperten oder ihren Widerstand ganz aufgaben. Beides war möglich. Vielleicht hatte sie Glück.

Hanna genoss das Bild, das sich ihr auf der Fahrt nach Gstad um sie herum bot. Fast kitschig wirkend, flog die wunderschöne oberbayrische Landschaft an ihr vorbei. Mit all ihren weitläufigen grünen Hügeln, Feldern und Wäldern.

Das in der Sonne funkelnde Wasser des Chiemsees strahlte heute wieder einmal etwas besonders Magisches aus. So als wären jahrtausendealte Geheimnisse auf dem Grund verborgen.

Sie erinnerte sich an die Sage von der versunkenen Stadt zwischen den Inseln Frauenchiemsee und Herrenchiemsee. Gott hatte sie im See untergehen lassen, weil die Bewohner sich lieber vergnügt oder gearbeitet hatten, anstatt in die heilige Messe zu gehen.

An nebligen Tagen konnte es vorkommen, dass man die Glocke der Kirche vom Seegrund her hörte, hieß es.

Wenig später parkte Hanna vor dem Haus der Bergers.

Sie stieg aus und läutete.

Eine junge, sehr große Frau in einer weißen Kittelschürze öffnete ihr.

»Ja, bitte?« Sie blickte humorlos drein.

»Ich möchte zu Frau Berger. Schmiedinger, Kripo Traunstein.« Hanna zeigte ihr ihren Dienstausweis.

»Da muss ich erst mal schauen, ob die gnädige Frau Sie empfangen will. Ich bin hier die Hausdame.« Der Tonfall der Hausangestellten triefte vor Arroganz. Die Herrschaft im Haus schien auf das Personal abzufärben.

»Wie heißen Sie?«, fragte Hanna.

»Was tut das zur Sache?«

»Sagen Sie mir einfach, wie Sie heißen.« Hanna klang sachlich und offiziell. Sonst nichts.

»Muss ich das denn?«

»Ich kann Sie zur Feststellung Ihrer Personalien auch gerne mit auf die Inspektion nehmen.«

»Können Sie nicht.« Die junge Frau lächelte überlegen.

»Kann ich doch.« Hanna nickte humorlos.

»Glaube ich nicht.« Die junge Frau schüttelte den Kopf.

»Glauben Sie es lieber. Es ist besser für Sie.« Hanna verzog keine Miene. Allein ihr Blick verriet, dass sie es ernst meinte.

»Also gut, in Gottes Namen. Barbara Leitner. Darf schließlich jeder wissen.« Barbara zuckte die Achseln.

»Na sehen Sie, Frau Leitner. Geht doch.« Hanna wusste sehr gut, dass sie ebenfalls arrogant rüberkommen konnte, wenn sie wollte. »Und jetzt holen Sie mir auf der Stelle die Frau Berger her oder ich nehme Sie doch noch mit. Hamma uns?«

»Schon.« Barbara nickte.

»Also dann. Worauf warten Sie?«

»Einen kleinen Moment, bitte.« Barbara schien sich eines Besseren besonnen zu haben. Sie klang längst nicht mehr so aufmüpfig wie zu Anfang ihres kleinen Geplänkels.

Sie drehte sich um und verschwand im Inneren des Hauses. Die Haustür ließ sie einen Spalt weit offen.

Kurze Zeit später war sie zurück und führte Hanna durch das Wohnzimmer auf die Terrasse hinaus, wo Juliane Berger auf ihrer Liege lag und sich sonnte. In der linken Hand ihr Handy. Ein halb gefülltes Champagnerglas in der Rechten.

»Kommen Sie näher, Frau Schmiedinger. Ich habe gerade meinen Anwalt angerufen. Er kommt auch gleich her.«

»Wie Sie wollen, Frau Berger. Ich dachte zwar, wir könnten die Angelegenheit unkompliziert unter uns klären. Aber der offizielle Weg ist natürlich auch möglich.« Hanna holte ihre Handschellen hervor. »Ziehen Sie sich bitte an und kommen Sie mit. Sie sind vorläufig festgenommen. Ihren Anwalt dürfen Sie gerne anrufen und auf die Inspektion in Traunstein bestellen.«

»Was? Aber …« Juliane setzte sich mit offen stehendem Mund in ihrem Liegestuhl auf. Diese Wendung der Ereignisse hatte sie offensichtlich nicht vorausgeahnt.

»Wird's bald.« Hanna hörte sich an wie ein Drillseargent der US-Marine. »Oder muss ich nachhelfen? Ihre Hausangestellte nehmen wir auch gleich mit. Sie scheint etwas vor mir zu verbergen.«

»Aber ich verberge nichts, ehrlich.« Barbaras Stimme zitterte. Sie trat unruhig von einem Bein aufs andere. Von ihrer anfänglichen Forschheit war nicht mehr das Geringste übrig.

»Lassen Sie uns doch vernünftig sein, Frau Schmiedinger.« Juliane lächelte entgegenkommend. »Passen Sie auf. Wir machen es so. Wir unterhalten uns hier in aller Ruhe. Ohne Anwalt. In Ordnung?«

»Das liegt ganz bei Ihnen, Frau Berger.«

»Also gut.«

Juliane telefonierte schnell. Sie sagte ihrem Anwalt ab.

Dann bot sie Hanna einen Platz auf der Liege neben sich an und schickte Barbara los, für den lieben Gast einen schönen Kaffee zu holen.

»Wie kann ich Ihnen helfen, Frau Hauptkommissarin?«, erkundigte sie sich anschließend ausgesucht höflich bei Hanna.

»Sie brauchen ein Alibi für die Tatzeit gestern Morgen. Sonst kann ich Ihre Inhaftierung nicht länger aufschieben.«

»Aber es war doch alles in Ordnung«, stammelte Juliane ungläubig.

»Wir hatten bis vorhin andere infrage kommende Verdächtige. Verdächtiger als Sie. Das hat sich aber geändert.«

»Aber wie soll ich …?« Juliane sprach den Satz nicht zu Ende.

»Haben Sie nun ein Alibi oder nicht?«

»Na ja.« Juliane war deutlich anzusehen, dass sie innerlich mit sich rang. Sie schien reden zu wollen, aber nicht zu können.

»Was heißt ›na ja‹?« Hanna blieb am Ball.

»Also gut.« Juliane stöhnte. »Ich war mit einem Mann zusammen.« Sie errötete. »Wie immer, wenn der Willi beim Joggen oder auf Ausflügen war.«

»Warum sagen Sie das denn nicht gleich?« Hanna staunte einigermaßen verwirrt. Warum machten sich die Leute ihr Leben bloß immer so schwer.

»Es darf niemand davon wissen.« Juliane senkte ihre Stimme. »Der Mann ist eine höhergestellte Persönlichkeit im Chiemgau und verheiratet. Wenn unser Verhältnis ans Licht kommt, gibt es einen riesigen Skandal.«

»Wenn nicht, auch.«

»Wie meinen Sie das?«

»Wenn Sie als Mordverdächtige ins Gefängnis gehen. Wollen Sie das wirklich?«

»Nein.« Juliane schüttelte den Kopf.

»Dann müssen Sie mir sagen, wie er heißt.«

»Aber kann man das nicht einfach dabei belassen?«

»Er muss uns Ihr Zusammensein zur Tatzeit bestätigen. Sonst nützt uns das alles nichts.«

»Bitte, Frau Schmiedinger. Sie zerstören nicht nur seine Existenz, wenn das rauskommt.« Juliane hob flehend die Hände. »Seine Frau kommt aus einer sehr angesehenen Familie. Seine Kinder. Da gehen etliche Leben kaputt.«

»Tut mir leid.« Hanna zuckte die Achseln. »Da hätten Sie auch mal früher drauf kommen können.«

»Wie meinen Sie das?«

»Früher oder später kommen solche Dinge immer ans Licht.«

»Glaube ich nicht.« Juliane schüttelte erneut den Kopf.

»Wir werden das Ganze auf jeden Fall so diskret wie möglich behandeln, gut?«

»Ich weiß nicht recht.« Julian kaute, nach wie vor unentschlossen, auf ihrer Unterlippe herum.

»Also gut. Ich gebe Ihnen hiermit eine letzte Gnadenfrist. Besprechen Sie das mit Ihrem Liebhaber und machen Sie beide Ihre Aussagen bis morgen. Ich werde dann versuchen, ihn so weit wie möglich aus der Sache herauszuhalten. Niemand hier möchte unnötigen Stress.«

Barbara kam mit dem Kaffee. Sie stellte ihn neben Hanna auf das Beistelltischchen. Dann entfernte sie sich wieder. Mit einem untertänigen Lächeln in Richtung beider Frauen auf den Lippen.

»Das würden Sie tatsächlich für mich tun?« Juliane sah Hanna ungläubig an.

»Wir haben da ein kleines bisschen bei Ihnen gutzumachen, glaube ich.« Hanna blickte demonstrativ auf das Wasser des Pools.

»Mein unfreiwilliges Bad?«

Hanna nickte.

»Ich red mit ihm, versprochen.« Juliane trank ihren Champagner aus. Dann schenkte sie sich aus der Flasche neben ihrem Liegestuhl nach.

Hanna ließ ihren Kaffee unberührt stehen.

Sie erhob sich, verabschiedete sich knapp und ging.

36

Dienstag, 14.00 Uhr, Polizeiinspektion Traunstein.

»Grüß Gott, Herr Talgruber.« Martha lächelte Rainer unsicher an. Sie hatte den Kopf leicht eingezogen. Anscheinend hatte sie gehörigen Respekt vor der ungewohnten Situation auf einer Polizeiinspektion.

»Frau Obermeier. Kommen Sie herein.« Er winkte sie zu sich her. »Was verschafft mir die Ehre?«

»Wir sind wegen der Laura hier.« Martha zeigte zuerst auf sich selbst und dann auf ihren Mann Hubert, der sie begleitete. Sie schloss die Tür von Rainers Büro hinter sich. Dann setzten sich alle beide auf die zwei freien Stühle vor Rainers Schreibtisch. »Der Hubsi meinte, es wäre besser, dass wir Ihnen Bescheid geben, als dass ich andauernd nur nervös daheim herumjammere.«

»Um was geht es denn? Ist etwas mit der Laura?« Rainer blickte sie interessiert und wach durch seine runden Brillengläser hindurch an.

»Sie ist seit gestern Mittag nicht mehr heimgekommen.«

»Sie ist eine erwachsene Frau.« Rainer lächelte. »Die tun so etwas gelegentlich.«

»Sie haben recht. Laura war natürlich schon öfter über Nacht fort. Aber sie hat immer Bescheid gesagt, wo sie ist und wie lange sie bleibt. Allein schon wegen ihrer Kunden. Falls einer von denen wegen eines Termins anruft.«

»Und das hat sie diesmal nicht getan?«

»Richtig.« Martha nickte.

Hubert nickte ebenfalls.

»Wann haben Sie sie zum letzten Mal gesehen?«

»Sie hat gestern Mittag angerufen, dass sie ihre Cousine Irmi in Kufstein besuchen will. Dort ist sie aber nie angekommen.«

»Das sagt ihre Cousine?«

»Richtig.« Martha nickte.

»Könnte es eine kleine Notlüge der beiden jungen Damen sein?«

»Wie meinen Sie das?«

»So, wie ich es sage.« Rainer lächelte. »Vielleicht will Ihre Tochter nicht, dass Sie über alles in ihrem Leben Bescheid wissen.«

»So ist die Laura nicht. Sie sagt uns immer, wann sie zurückkommt. Zwischendrin macht sie sowieso, was sie will.«

»Haben Sie denn irgendeine Ahnung, wo sie sein könnte?« Rainer machte sich Notizen. Er sah neugierig von einem zum anderen.

»Nicht die geringste.« Martha schüttelte den Kopf.

Hubert, der bisher noch gar nichts gesagt hatte, tat es ihr gleich.

»Hat jemand nach ihr gefragt?«

»Jetzt, wo Sie es sagen, Herr Talgruber, fällt mir etwas ein.« Martha hob den Zeigefinger.

»Und was?«

»Der Jost Haller hat sie gestern abgeholt. Sie wollten Essen gehen. Nach einer Stunde oder so kam er alleine wieder und wollte wissen, wo die Laura ist.«

»Kam Ihnen das nicht seltsam vor?«

»Nicht unbedingt. Die jungen Leute haben genauso einmal einen Streit wie wir Alten, stimmt's?« Sie bedachte Hubert mit einem abschätzigen Blick. »Außerdem wäre der Jost mit seinem Geld genau der Richtige für unsere hübsche Laura.«

»Aha.«

»Aber eins war schon merkwürdig«, fuhr Martha fort und zögerte.

»Was?«

»Die Laura hat bei uns angerufen, bevor er zu uns kam.« Sie hob erneut den Zeigefinger. Offenbar wollte sie zum zweiten Mal ankündigen, dass etwas Wichtiges kam. »Sie hat mich gebeten, ihm nicht zu verraten, wo sie hinfährt. Danach hat der Hubsi, der alte Esel, wieder mal den Hörer danebengelegt.«

»Aha.« Rainer wusste nicht so recht, was er mit der letzten Information ihren Mann betreffend anfangen sollte. Bestimmt etwas Privates. Er fragte nicht nach. »Jost Haller wusste also, wo sie hinwollte?«

»Nicht genau. Ich habe ihm nur geraten, am Kufsteiner Bahnhof zu versuchen, sie beim Aussteigen aus ihrem Zug zu erwischen.«

»Und?«

»Er rief noch mal an. Sagte, dass er die Ankunft ihres Zuges verpasst habe. Wollte wissen, ob sie sich inzwischen gemeldet hätte. Er kam mir irgendwie seltsam vor.«

»Wie meinen Sie das?«

»Es ist so ein Gefühl, dass ihr etwas passiert sein könnte. Ich weiß letztlich nur, dass die Laura weder bei ihrer Cousine ist, noch dass sie sich bei uns gemeldet hat. Und dass sich viele Männer mit Geld für sie interessieren. Das weiß ich auch.«

»Den Herrn Haller werden wir gleich kontaktieren. Vielleicht ist ihm inzwischen mehr eingefallen.« Rainer machte sich erneut Notizen. »Wollen Sie eine Vermisstenanzeige aufgeben?«

»Sollten wir das?«

»Ich fände es in Anbetracht der Umstände durchaus gerechtfertigt. Zumal Laura auch den Toten in unserem Mordfall kannte.«

»Sie meinen, sie wurde auch …« Martha sprach ihre ungeheuerliche Befürchtung nicht zu Ende.

»Um Gottes willen, nein. Aber in so einem Fall würden wir sofort die Fahndung nach Laura rausgeben und auch selbst nach ihr suchen.«

»Gut, dann wollen wir das. Stimmt's, Hubsi?« Martha sah ihren Mann fragend an.

Er nickte wortlos.

37

Dienstag, 14.15 Uhr, Irmis Wohnung, Kufstein.

Sabrina und Ralf klingelten bei Irmi. Sie wohnte in einem schönen zweistöckigen Haus am Stadtrand von Kufstein. Das viele Grün drumherum mutete ländlich an. Man hatte auf jeden Fall nicht das Gefühl, in einer Stadt zu sein. Selbst wenn sie die Perle Tirols hieß.

Irmi öffnete ihnen mit langem Druck auf den Türsummer und bat sie sogleich zu sich in den zweiten Stock hinauf.

Es gab keinen Aufzug, also nahmen sie die Treppe. Sabrina hängte ihren auch nicht gerade untrainierten Begleiter dabei locker im Laufschritt ab.

»Na komm schon, du faules Stück«, rief sie ihm nach unten zu, als sie die zweite Etage lange vor ihm erreichte.

»Warte es nur ab, wenn wir das nächste Mal mit einem Verdächtigen kämpfen«, erwiderte Ralf schwer atmend. »Dann darf ich dich wieder raushauen mit meinen Muskelpaketen.«

»Ich hör immerzu ›wieder‹ und ›Muskelpakete‹. Wann bitte willst du mich denn irgendwo rausgehauen haben, du Lauch?« Sie stemmte die Hände in die Hüften und sah ihn neugierig an.

»Hab ich nicht?«

»In deinen Träumen vielleicht.« Sie schüttelte grinsend den Kopf.

»Was nicht ist, kann ja noch werden.« Er kam mit leicht gerötetem Gesicht bei ihr an.

»Spinner, komm schon. Wir haben hier schließlich was zu tun.« Sie musste lachen.

»Ist ja gut, Chefin. Ein alter Mann ist kein D-Zug.«

Irmi führte sie in ihr mit hellen Möbeln im modernen alpenländischen Stil eingerichtetes Wohnzimmer mit viel Fensterfront und bot ihnen Espresso an.

Beide nahmen ihn dankbar an. Ein Kaffee während der Arbeitszeit war immer gut. Vor allem, wenn man vor lauter Stress schon wieder mal nicht zum Mittagessen kam.

Aber heute würden sie das nicht mit einer billigen Pizza im Büro ausgleichen. Nach der Befragung würden sie in einen schönen Landgasthof gehen und ausgiebig schlemmen. So viel war sicher.

Auf ihre Fragen wegen Laura sagte Irmi ihnen dasselbe, was Martha bereits Rainer gegenüber ausgesagt hatte.

Laura hätte sich zwar telefonisch angekündigt, sei aber nie bei ihr aufgeschlagen. Irgendwo zwischen dem Bahnhof und hier müsste sie verloren gegangen sein oder sie hatte sich anders entschieden, habe den nächsten Zug Richtung Süden genommen und saß gerade gemütlich irgendwo in der Sonne am Strand. Was absolut verständlich gewesen wäre, da ihr liebster Kunde, der Willi, gestorben wäre und ihre übergriffige Mutter Martha außerdem früher oder später wohl jeden zur Flucht trieb, der ein eigenes Leben außerhalb ihrer Kontrolle führen wollte.

Immer wieder hätte sich Laura am Telefon über ihre Situation daheim beschwert. Sie solle diesen und jenen heiraten, sie sei zu alt, sie zöge immer die falschen Klamotten an, sie sei nicht freundlich genug. Andauernd würde ihr Martha mit irgendetwas in den Ohren liegen. Wenn sie genug Geld hätte, wäre sie längst auf und davon, hätte sie nicht nur einmal gemeint.

»Aber sie hat doch so viel reiche Kundschaft als Fitnesstrainerin«, wandte Sabrina ein, die genau wie Ralf aufmerksam zugehört hatte.

»Aber geh.« Irmi winkte ab. »Die paar Stunden in der Woche reichen ihr hinten und vorne nicht.«

»Aber die Herren, die bei ihr trainieren, scheinen recht großzügig zu sein. Man siehe nur den toten Wilhelm Berger. Der war doch sogar mit ihr teuer Essen und so fort. Meinte sie zumindest zu unseren Kollegen.«

»Von den Ausflügen kann sie sich aber auch nichts kaufen, meint sie. Und da finde ich, hat sie auch recht.«

»Dann muss sie halt einen besser bezahlten regelmäßigen Job machen, wie jeder andere auch.« Ralf zuckte die Schultern. Letztlich ging ihn die Sache nichts an, und das wusste er auch. Jeder musste schauen, dass er nach seiner Fasson glücklich wurde.

»Hab ich ihr auch schon geraten. Aber bringen Sie mal einen Elefanten zum Fliegen.« Irmi schüttelte den Kopf. »Sie meint, dass der Fitnessunterricht nicht nur ein simpler Beruf für sie wäre, sondern ihre einzig wahre Berufung.«

»Klingt ein wenig unrealistisch bei dem geringen Einkommen.« Ralf trank einen Schluck Espresso.

»Meine Rede.« Irmi nickte heftig. »Aber meine oberbayrische Verwandtschaft ist im Allgemeinen, gelinde gesagt, sehr eigen.«

»Wie meinen Sie das?«, fragte Sabrina.

»Keiner von denen lässt sich von irgendwem etwas sagen, auch nicht untereinander. Das ist Sturheit in Reinkultur, die die drei da in ihrem Haus bei Prien leben.« Irmi verdrehte zur Decke blickend die Augen. »Allein schon Onkel Hubert, der jüngere Bruder meines Vaters, ist ein unvorstellbarer Sturschädel. Die beiden hatten, soweit ich weiß, nur Streit miteinander. Von der Politik bis zum Modellbau. Bis mein Vater letztes Jahr an einem Herzinfarkt starb.«

»Wegen des Streits mit Ihrem Onkel?«

»Eher wegen zu viel Schweinsbraten, Schnaps, Bier und Knödeln würde ich sagen.« Irmi brachte den Satz in sachlichem Tonfall hervor. Sie schien keinen Zweifel daran zu haben, dass ihr Vater seinen frühen Tod durch eine ungesunde Lebensweise selbst zu verantworten hatte.

»Aber Sie mögen die Laura trotz allem?« Sabrina lächelte.

»Wie meinen Sie das? Wir sind schon immer wie Schwestern.« Irmi schüttelte verständnislos den Kopf. »Wir lieben uns.«

»Hatten Sie in letzter Zeit einen Streit mit ihr?«, fuhr Sabrina fort. Ihr fiel zum ersten Mal auf, dass die dunkelhaarige Tirolerin sehr hübsch aussah mit ihren strahlend blauen Augen, der weiblichen Figur und dem fein geschnittenen Gesicht.

Laura und Irmi. Bestimmt hatten sie leichtes Spiel, wenn sie gemeinsam auf Männerfang gingen.

»Nein. Wie kommen Sie darauf?«

»Nun, Sabrina könnte gestern hier gewesen sein, obwohl Sie uns etwas anderes erzählen.« Sabrinas Lächeln fror ein. Sie fixierte Irmis Gesicht. »Vielleicht hatten nicht nur Ihre beiden Väter einen Streit miteinander.«

»Schmarrn. Laura und ich stehen über so etwas. Was wollen Sie eigentlich damit sagen? Dass ich etwas mit ihrem Verschwinden zu tun habe? Geht's noch?« Irmi langte sich an den Kopf.

»Wir sind verpflichtet, jeder Spur nachzugehen. Sei sie auch noch so abwegig.«

»Diese Spur endet aber gleich hier. Das kann ich Ihnen sagen.« Irmi baute sich wie eine uneinnehmbare Festung vor ihnen auf. »Ich habe nicht das Geringste mit Lauras Verschwinden zu tun und ich helfe ihr auch nicht dabei, etwas zu vertuschen.«

»Wie gesagt, wir müssen alles in Betracht ziehen.« Sabrina blickte humorlos drein.

»Suchen Sie lieber an geeigneterer Stelle weiter nach ihr«, meinte Irmi noch. »Und vor allem finden Sie sie, und zwar schnell.«

Der Landgasthof, in dem Sabrina und Ralf auf der Heimfahrt zu Mittag gegessen hatten, war ein grandioser Tipp von Rainer gewesen, der das Lokal seit Langem kannte.

Gleich nach der Grenze in Deutschland, abseits der Straße gelegen, hatten sie unter Kastanien gesessen und köstliche Rindsrouladen mit Apfelrotkraut und handgemachten Kartoffelknödeln genossen. Dazu ein Bier und als Nachspeise selbst gemachtes Vanilleeis mit heißen Blaubeeren, und ganz am Schluss einen Kaffee.

Der liebe Gott musste ein Bayer sein.

38

Dienstag, 14.30 Uhr, Jost Hallers Büro in Prien.

Hanna parkte ihren Dienstwagen vor dem Haus in Prien, in dem Jost Haller seine Baufirma untergebracht hatte. Ein imposanter Neubau, der sich dennoch hervorragend ins bestehende Stadtbild einfügte.

Rainer hatte sie über Josts Besuch und seinen Anruf bei den Hallers informiert. Jetzt wollte sie genauer wissen, was es mit der Sache auf sich hatte. Immerhin war Laura die Freundin eines Ermordeten gewesen und nun selbst verschwunden. Da musste dringend so schnell wie möglich Licht ins Dunkel.

Sie ließ sich von der jungen Frau am Empfang zu Josts Bürotür geleiten, klopfte an und trat, ohne seine Antwort abzuwarten, ein.

»Frau Schmiedinger, was verschafft mir die Ehre?« Jost sah überrascht von seinem PC-Bildschirm auf. Er errötete, als wäre er bei etwas Verbotenem ertappt worden. Offenbar hatte er konzentriert an etwas gearbeitet oder eine Pornoseite offen gehabt. Wie auch immer.

Es ging sie vermutlich nichts an.

»Keine Angst. Ich bin nicht von der Sitte.« Sie grinste anzüglich.

»Was?« Er sah sie verwirrt an.

»Nichts. Scherz.« Hanna lächelte flüchtig. »Warum haben Sie mir heute Vormittag nicht gesagt, dass Sie gestern am Kufsteiner Bahnhof nach Laura Obermeier gesucht haben?«

»Keine Ahnung.« Er zuckte die Achseln. »Warum hätte ich Ihnen das erzählen sollen? Woher wissen Sie das überhaupt?«

»Ihre Eltern waren vorhin bei uns.«

»Meine Eltern? Die sind längst tot.«

»Lauras. Also, warum haben Sie es nicht erwähnt?«

»Ich wusste nicht, dass Sie sich dafür interessieren.«

»Haben Sie Laura am Bahnhof angetroffen?«

»Nein.« Jost schüttelte den Kopf.

»Haben Sie, nachdem Sie am Bahnhof waren, weiter in Kufstein nach ihr gesucht?«

»Ja, ich suchte nach ihr. Aber leider erfolglos.«

»Wohin sie wollte, wissen Sie also nicht?«

»Nein.« Er schüttelte den Kopf. »Ihre Mutter wollte es mir nicht sagen. Ich rief von Kufstein aus noch mal bei den Obermeiers an. Daheim wäre sie auch nicht, sagte ihre Mutter nur, als endlich jemand ranging.«

»Warum sind Sie ihr gefolgt?« Hanna nahm ihn genau ins Visier.

»Wir hatten einen kleinen Streit, nichts Ernstes, und ich wollte mich wieder mit ihr vertragen. Hoffentlich ist ihr nichts passiert.«

Jost hob eine Schale mit Pralinen hoch. Er bot ihr eine davon an.

»Nein, danke. Ich geh gleich anschließend zum Essen.«

»Die sind aber ganz besonders gut. Nehmen Sie schon eine.« Er nickte ihr auffordernd zu.

»Wirklich nicht.« Sie schüttelte den Kopf.

»Sie ahnen nicht, was Sie versäumen.«

»Ich kann's mir denken.«

Der Kerl nervt.

»Wissen Sie schon, wo?«

»Was wo?«

»Wo Sie essen wollen?«

»Nein.« Sie schüttelte erneut den Kopf.

»Gehen Sie zum Seewirt. Der Fisch dort ist ganz vorzüglich. Ist gleich ums Eck.« Er zeigte nach Norden die Straße hinunter. »Geradeaus. Die Zweite rechts rein. Dann nach 50 Metern links.«

»Aha, äh. Ja, danke.« Hanna sah ihn erstaunt an. Ein Verdächtiger, der ihr Kneipentipps gab, war ihr lange nicht mehr begegnet. War er durchtrieben oder einfach nur hilfsbereit? Beides war möglich.

»Wegen was genau haben Sie und Laura gestritten?«, fuhr sie mit ihrer Befragung fort.

»Eine alberne Kleinigkeit wegen des Mittagessens.« Jost räusperte sich umständlich. Er errötete erneut. Allerdings weniger als zuvor.

»Wegen des Mittagessens?« Sie sah ihn unverwandt an. »Was gibt es da zu streiten?«

Der lügt doch. Warum wird er sonst schon wieder rot?

»Sie wollte als meine Fitnesstrainerin nicht, dass ich Kohlenhydrate esse, weil die so dick machen. Aber ich lass mir meine Pasta, meine Brezn und meine Knödel von niemandem schlechtreden. Dann gab ein Wort das andere. Am Ende stand sie wütend auf und ließ mich allein im Lokal sitzen.«

»Und das soll ich Ihnen glauben?« Sie fixierte ihn scharf.

»Warum nicht?« Jost reckte herausfordernd sein Kinn nach vorne.

»Was wäre denn, wenn es um den toten Wilhelm Berger ging bei Ihrem Streit?« Hanna schoss die Frage rein intuitiv ab.

»Das war nicht der Fall.«

»Nicht der Fall?«

»Nicht der Fall. Genau.« Er lehnte sich entspannt in seinem Stuhl zurück, schien seine übliche arrogante Selbstsicherheit wiedergefunden zu haben.

»Na gut, Herr Haller. Falls noch etwas sein sollte, kommen wir auf Sie zu.«

»Ist mir recht. Attraktive Hauptkommissarinnen sind hier immer gerne gesehen.« Er zwinkerte ihr plump vertraulich zu.

»Auf Wiederschauen, Herr Haller.« Hanna verließ kopfschüttelnd Josts Büro.

Was findet diese Laura bloß an dem Deppen? Geld allein macht doch auch nicht glücklich.

39

Dienstagnachmittag, 15.00 Uhr, Seestüberl, Prien.

Fridolin hatte vor Erleichterung einen Freudentanz aufgeführt, als er um Viertel vor elf entlassen wurde. Endlich hatten sie eingesehen, dass er niemandem etwas antun konnte.

Er war auf der Stelle mit dem Taxi nach Prien gefahren und ausnahmsweise früher als üblich ins Seestüberl gegangen, seinem erklärten Lieblingsbiergarten am Seeufer. Einer gemütlichen Mischung aus kleinem Biergarten und Kiosk.

Dort hatte er sofort erst einmal ein kühles Helles auf den Schreck bestellt.

Jetzt, gute drei Stunden später, saß er immer noch am selben Platz und war nach wie vor guter Dinge. Was in erster Linie wohl an den sieben Bier lag, die er bislang hintereinanderweg getrunken hatte, aber auch an der anhaltenden Freude über seine neu gewonnene Freiheit.

»Noch ein Bier, Kati«, sagte er. »Und einen doppelten Obstler machst' mir bitte auch. Damit Schwung in die Sache kommt.« Er lachte.

Fünf Minuten später stellte sie sein »Herrengedeck« auf seinem Tisch ab.

»Meinst du nicht, dass du ein bisserl übertreibst, so früh am Nachmittag?«, fragte sie ihn mit gerunzelter Stirn.

»Bist du neuerdings meine Mutter?« Fridolin runzelte ebenfalls die Stirn, als er zu ihr hinaufsah. Er und sie kannten sich seit etwas über zehn Jahren. Ein paar nette Worte hie und da. Nichts großartig Persönliches. So wie man sich halt gegenübertrat als Stammgast und Kellnerin.

»Lass dir's schmecken.« Sie schüttelte unmerklich den Kopf, machte auf dem Absatz kehrt und ging zurück ins Innere der Wirtschaft.

Fridolin trank seinen Schnaps und spülte ihn anschließend mit einem großen Schluck Bier herunter.

Er stellte sein Glas wieder ab.

Sein Kopf sank auf seine Arme, die er zuvor auf dem Tisch ineinander verschränkt hatte.

Er blinzelte ein paar Mal. Dann schlief er ein.

40

Dienstagabend, 19.00 Uhr, Haus der Talgrubers, Traunstein.

Natalia war das, was gemeinhin in aller Welt unter einer Naturschönheit verstanden wurde.

Blonde lange Haare, hohe Wangenknochen, türkisfarbene Augen, die ins Grün hineinspielten, Modelmaße. Sie trug dunkelblaue Jeans und ein blaues T-Shirt, darüber ein weißes Jackett.

»Kommen Sie herein.« Rainer hielt ihr die Tür auf. Ihm

wurde schlagartig warm ums Herz. Er hatte zwar ihr Bewerbungsfoto gesehen. Aber live und in Farbe übertraf sie seine Erwartungen noch um ein Vielfaches.

Eine wie sie will als Altenpflegerin arbeiten? Was ist los in Polen? Sind die Millionäre dort alle blind?

»Danke schön.« Sie hob ihren riesigen Koffer an und trug ihn über die Schwelle.

»Moment.« Rainer registrierte, dass sie selbstständig zu sein schien und sich nicht scheute anzupacken. Dennoch nahm er ihr ganz Gentleman alter Schule das unhandliche Ungetüm ab. Er zeigte in den Flur hinein. »Ganz hinten geht es ins Wohnzimmer, bitte sehr.«

»Danke.« Natalia zauberte ein betörendes Lächeln in ihr Gesicht.

Sie ging voran. Wobei das Wort »gehen« der Sache in Rainers Augen nicht ganz gerecht wurde. Sie schwebte eher wie ein Engel. Er konnte seinen Blick nicht mehr von ihr lassen.

Manchmal war das Leben überraschend gut zu einem.

Im Wohnzimmer wartete Hildegard schon gespannt neben dem Esstisch. Sie wusste nur, dass eine junge Frau zu Gast kam. Wer und warum, hatte sie vergessen. Aber es musste eine Bekannte von Rainer sein. Vielleicht hatte er endlich eine Freundin gefunden.

Zur Feier des Tages war sie am Nachmittag extra noch bei ihrem Lieblingsfriseur ums Eck gewesen und hatte das Lila ihrer Haare auffrischen lassen.

»Guten Tag, ich bin Natalia«, stellte sich Natalia vor, während sie sich die Hände gaben.

»Ich bin die Hildegard, Kindchen. Setzen wir uns doch. Sie haben sicher Hunger und Durst.« Hildegard zeigte auf die Brotzeitplatte, die sie für den Gast und natürlich auch für

Rainer und sich selbst vorbereitet hatte. »Rainer, gib unserem Gast etwas zu trinken.«

»Sicher, Mama.« Er stellte Natalias Riesenkoffer neben der Tür ab. »Wasser, Wein, Bier?«, fragte er.

»Sehr gerne ein Bier.« Sie setzte sich neben Hildegard.

»Kein Wein?« Rainer runzelte erstaunt die Stirn. Normalerweise tranken diese schlanken jungen Frauen heutzutage doch ausschließlich Wasser oder Weißwein. Schon allein wegen der Figur.

»Ein Bier wäre perfekt. Wir trinken es zu Hause auch gerne. Bei uns heißt es Piwo.«

»Da schau her, wie in Jugoslawien.«

Er öffnete eine Flasche Helles und schenkte ihr ein.

»Wie lange wollen Sie bleiben? Bis zum Wochenende?« Hildegard sah Natalia neugierig an.

»Vielleicht sogar etwas länger.« Natalia lächelte.

Sie tätschelte Hildegards Hand, die sich die spontane Berührung gerne gefallen ließ.

»Hier, Ihr Bier bitte, Natalia.« Rainer stellte ein volles Glas vor sie auf den Tisch.

Wie wunderbar. Sie hat sofort gemerkt, was mit Mama los ist und super reagiert. Oder habe ich ihr irgendwas vom beginnenden Alzheimer geschrieben? Gut möglich. Vergessen. Herrschaftszeiten, es scheint auch noch erblich zu sein.

»Danke sehr.« Natalia nahm ihr Glas in die Hand.

»Herzlich willkommen.« Rainer setzte sein charmantestes Lächeln auf.

Sie stießen alle drei miteinander an.

Natalia und Rainer mit Bier. Hildegard mit einem kleinen Schluck Wein.

»Und Sie sind also Kriminalbeamter?« Natalia sah Rainer erwartungsvoll an.

»Ja, den ganzen Tag lang.« Er lachte hölzern.

Alter Depp, nicht mit Gewalt lustig sein wollen. Das geht immer in die Hosen.

»Ist das nicht sehr gefährlich?« Sie machte große Augen.

»Ja, ja, schon. Also, manchmal sogar sehr oft.« Rainer nickte.

Versau es bloß nicht mit dem ganzen Schmarrn, den du daherstammelst. Am Ende packte sie gleich morgen ihre Siebensachen und verschwindet wieder.

»Sie müssen mir bei Gelegenheit davon erzählen. Ich liebe Kriminalromane.« Natalias Interesse an ihm schien ungebrochen. Trotz seiner offensichtlichen Unsicherheit.

»Logisch. Kein Ding.« Er hielt ihr den Brotkorb hin.

»Danke.« Sie sah ihm direkt in die Augen. Zwei bis drei Sekunden länger, als es bei einer so kurzen Bekanntschaft wie ihrer normalerweise üblich war.

»Gerne.« Ein heißer Blitz durchfuhr Rainer von den Haarspitzen bis zu den Zehen.

Er wurde rot.

Sein Mund blieb offen stehen.

Wie hieß das gleich wieder auf Neudeutsch? Schockverliebt?

Doch, doch, genau das war es. Es traf seinen Zustand auf den Punkt.

Er konnte sich ab sofort kein Leben mehr ohne Natalia vorstellen. Am besten fragte er sie auf der Stelle, ob sie ihn heiraten wolle. Noch besser wäre es allerdings wohl, er hielte seine Klappe. Sonst verscheuchte er sie tatsächlich noch, bevor sie überhaupt richtig angekommen war.

»Ihr kennt euch noch gar nicht?« Hildegard blickte verwundert von einem zum anderen. »Ist sie nicht deine Freundin?«

»Doch, Mama. Aber wir kennen uns halt noch nicht so

gut.« Rainer gab sich Mühe leichthin zu klingen. Dass Hildegard normalerweise keine Fremden im Haus mochte, wusste er natürlich genau. Ganz bestimmt erst recht keine Pflegerin, die ihr beispielsweise auch noch ihre Tabletteneinnahme vorschrieb. Das galt es ihr nun schonend beizubringen und zwar so, dass sie es nicht mehr vergaß.

»Aha.«

41

Dienstagabend, 19.15 Uhr, Hotel Kuschel, Salzburg.

»Bringst du mir noch einen Schluck Champagner mit, wenn du ins Bett kommst, Schlumpi?« Juliane Berger räkelte sich genussvoll auf dem schneeweißen Laken unter ihrem nackten braun gebrannten Körper.

»Gerne, Mausi.« Der erste Bürgermeister von Prien, Xaver Salzeder, machte sich gerade im Badezimmer frisch. »Bin gleich bei dir.«

»Lass dir Zeit. Du hast arg geschwitzt bei der Herfahrt. Da darfst du dich ruhig gründlich duschen.«

»Aber du hast dich auch nicht geduscht«, protestierte er durch die halb angelehnte Tür.

»Frauen schwitzen nicht. Sie duften. Außerdem habe ich zu Hause geduscht, bevor ich aus dem Haus ging.«

»Wie du meinst, Mausi.« Er drehte das Wasser in der Dusche auf.

»Meine ich.« Juliane war sich nicht sicher gewesen, ob sie so kurz nach Wilhelms Tod mit Xaver hierher in ihr kleines verschwiegenes Lieblingshotel fahren sollte. Letztlich hatte sie sich aber gesagt, dass schließlich niemand davon erfuhr und ihre Gefühle für Wilhelm sowieso längst erkaltet waren.

Sicher war es traurig, einen Menschen zu verlieren, den man so lange kannte. Andererseits war Wilhelm nun Geschichte, und es drängte sich ihrem Denken und Fühlen dabei bereits die ganze Zeit über immer wieder ein aus tiefstem Herzen empfundenes »Gott sei Dank« auf.

Nicht mehr lange und sie würde wieder einmal mit Mimi in die Karibik fliegen und das Leben dort zwei Wochen lang in vollen Zügen genießen. Das hatten sie erst gestern Abend am Telefon so abgemacht. Braune Männer mit großen dunklen Augen und durchtrainierten jungen Körpern. Natürlich nichts für länger, wie es mit Xaver der Fall war. Aber durchaus ein echter Traum, was die heißen Nächte während eines Urlaubs mit der besten Freundin betraf.

»Hier bin ich in ganzer Schönheit, Mausi.«

Xaver stand nackt in der Mitte des Raumes. Er nahm Arnold Schwarzenegger-Posen ein, was bei seinem kugelrunden Bierbauch und den dürren Beinen einigermaßen lächerlich aussah.

Ihr war klar, dass er keine Schönheit war, aber wenigstens machte er gute Stimmung, ganz im Gegensatz zu Willi, der immer so verbohrt ernsthaft gewesen war. Außerdem hatte

Xaver ein großes Herz, war der Bürgermeister, und letztlich war er auch noch ihr Alibi, was den Mord an Willi betraf.

Juliane schätzte das alles zusammen sehr an ihm.

»Komm schnell zu mir, mein Schlumpilein«, sagte sie und streckte lasziv lächelnd die Arme nach ihm aus. »Und vergiss den Champagner nicht. Darfst auch einen Schluck aus meinem Bauchnabel trinken.«

»Au ja. Spitzenidee, Mausi.« Er leckte sich voller Vorfreude mit der Zunge über seine immer noch vom Duschen feuchten Lippen.

Nachdem sie ihr Liebesspiel eine halbe Stunde später voller Lust hinter sich gebracht hatten, lagen sie nebeneinander auf dem Rücken und schauten schwer atmend zur Decke hinauf.

»Schlumpi …«

»Ja, Mausi.«

»Ich glaube, du musst mir helfen.« Juliane drehte sich zu ihm. Sie stützte sich auf ihren Ellenbogen und streichelte mit der anderen Hand seine dichten Brusthaare.

»Natürlich, Mausi.« Er nickte lächelnd. »Sag, was du brauchst, und ich helfe dir.«

»Die Polizei glaubt, dass ich den Willi erschossen haben könnte.«

»Diese Kommissarin hat mir gegenüber auch so was erwähnt, als sie wissen wollte, ob wir alle gemeinsam auf der Feier bei den Alpenschützen waren.« Xaver setzte sich ruckartig auf. »Aber ich dachte, es sei nur so ein ungefährer Verdacht. Natürlich habe ich ihr sofort gesagt, dass sie sich gewaltig irrt.«

»Da hast du es.« Sie nickte wissend.

»Sie hat aber wirklich gemeint, dass sie bloß sichergehen wollen, dass du den Willi nicht erschossen hast.«

»Mir hat sie etwas ganz anderes gesagt. Nämlich, dass ich verdächtig wäre.«

»Ja, spinnt die? Wir waren doch gestern früh zusammen, als der Mord geschah. Hast du ihr das denn nicht gesagt?«

»Ich wollte dir keine Schwierigkeiten machen.«

»Schwierigkeiten?« Er sah sie entsetzt an. »Die habe ich höchstens, wenn du im Gefängnis sitzt. Noch dazu für etwas, das du nicht einmal getan hast. Ich rufe sofort bei dieser Person an.«

»Morgen reicht es auch noch.« Juliane sah ihn zärtlich an. »Danke, Schlumpi. Das werde ich dir nie vergessen.« Tränen der Rührung stiegen ihr in die Augen.

Sie küsste ihn. Zuerst nur zärtlich. Dann immer gieriger.

42

Dienstagabend, 20.30 Uhr, Hannas Wohnung, Traunstein.

Hanna hatte sich Tee gemacht. Jetzt setzte sie sich nachdenklich mit ihrer Tasse in der Hand auf ihre kleine Eckcouch. Sie hatte Florian beim Italiener enttäuscht. Das war ihr klar. Dabei hatte er sich solche Mühe gegeben mit seinem Vorhaben, ihr einen Antrag zu machen.

Auch dass sie vor Kurzem so abrupt und ohne jede Erklärung bei ihm ausgezogen war, nachdem sie vier Monate unentgeltlich in seinem Luxushotel gewohnt hatte, war nicht gerade die feine englische Art gewesen.

Jetzt lebte sie wieder in ihrer alten Wohnung, stritt sich wie gewohnt mit den Nachbarn herum, und wenn sie ehrlich war, vermisste sie ihn sehr.

Sie wusste selbst nicht genau, was mit ihr los war. Einerseits wollte sie liebend gerne eine feste Beziehung mit ihm. Er war ihr Traumprinz. Andererseits hatte sie eine Heidenangst davor, sich fest an jemanden zu binden.

Saß die Enttäuschung über ihren Exmann Paul etwa immer noch so tief in ihr, dass kein anderer Zugang zu ihrem Herzen bekam? Als Kriminalbeamtin durfte sie doch ansonsten auch nicht so empfindlich sein. Offenbar hatte das Berufliche nichts mit ihrer privaten Gefühlswelt zu tun.

Paul hatte sie damals nach Strich und Faden belogen und betrogen, der verdammte Mistkerl. Obwohl sie ihn wie nichts auf der Welt geliebt hatte. Aber was brachte es jetzt noch großartig darüber nachzudenken. Im Grunde genommen, war das Ganze doch schon verdammt lange her.

Sie nahm zögerlich ihr Telefon zur Hand und begann Florians Nummer zu wählen. Doch bevor der erste Rufton erklingen konnte, legte sie wieder auf. Es ging einfach nicht. Warum auch immer. Vielleicht würde sie morgen einen erneuten Anlauf nehmen oder irgendwann später. Mal sehen.

Manche Dinge brauchten offensichtlich länger als andere.

Ihr Diensthandy machte sich bemerkbar. Florian? Hatte er gerade denselben Gedanken wie sie gehabt? Die berühmte

Telepathie unter Liebenden und eng miteinander verbundenen Menschen?

»Schmiedinger«, meldete sie sich mit einer Mischung aus Freude und Unsicherheit in der Stimme, ohne vorher genauer auf das Display zu sehen.

»Xaver Salzgeber hier, Frau Schmiedinger.«

»Herr Salzgeber. Grüß Gott. Was kann ich für Sie tun?« Hannas Tonfall wurde sofort geschäftlich.

Was will der denn noch so spät?

»Frau Berger ist auf jeden Fall unschuldig.« Xaver klang empört. »Eine Frechheit von Ihnen, sie zu verdächtigen.«

»Moment, wir müssen jeder Spur nachgehen.« Hanna ging nicht auf seine emotionale Schiene ein. Ihre Stimme klang weiterhin fest und bestimmt. »Fragen Sie gerne meinen Vorgesetzten. Den Kriminaldirektor Kreisler kennen Sie doch bestimmt vom Golfen, richtig?«

»Das ist allerdings richtig. Wir sind sozusagen sehr gut befreundet.«

»Dachte ich's mir doch.« Sie nickte, während sie sich ärgerlich auf die Unterlippe biss. Verdammte Spezlwirtschaft. »Haben Sie mir sonst noch etwas zu sagen?«

»Die Juliane und ich waren gestern in der Früh, als der Mord geschah, zusammen.«

»Würden Sie einen Eid darauf schwören?«

»Das würde ich, Frau Schmiedinger. Der Harald und ich wären Ihnen allerdings sehr dankbar, wenn Sie diese Information vertraulich behandeln. Es wird so viel geredet. Sie wissen schon.« Xaver klang um einiges freundlicher als zuvor.

»So, so, der Herr Kreisler und Sie wären dankbar.«

»Das wären wir, Frau Schmiedinger. Sehr dankbar. Es soll ganz sicher nicht Ihr Schaden sein.«

»Sie versuchen aber gerade nicht, mich zu bestechen?«

»Niemals, Frau Schmiedinger. Was denken Sie denn von mir?« Xaver plusterte sich in einem derart übertrieben lauten Tonfall als untadeliger Ehrenmann auf, dass Hanna ihr Smartphone unwillkürlich ein Stück von ihrem Ohr weghielt. »Ich spreche von zwischenmenschlichen Beziehungen«, fuhr er fort. »Da tut einmal der eine etwas für den anderen und dann geht es umgekehrt. Der Lauf der Welt, Sie verstehen?«

»Na gut, Herr Salzgeber. Bitte kommen Sie bei Gelegenheit bei uns vorbei und machen Sie eine schriftliche Aussage. Sie wissen schon, die gute alte deutsche Bürokratie.«

Fehlt nur noch, dass er mir einen geschenkten Porsche vor die Tür stellen will. Dann ist er aber dran, der alte Alpenmafiosi. Mitsamt dem Kreisler. So wahr ich hier stehe.

»Und Sie halten dicht?«

»Machen Sie sich keine Sorgen. Wenn ich Ihnen und dem Harald einen Gefallen tun kann, dann mache ich das. Solange alles im gesetzlich Rahmen bleibt, natürlich.«

»Natürlich. Danke verbindlichst, Frau Schmiedinger. Auf Wiederhören.«

»Auf Wiederhören.«

Hanna legte auf.

Sie dachte kurz daran, wie es wohl wäre, wenn sie ihren Job bei der Kripo an den Nagel hinge und mit Florian gemeinsam dessen Hotel führte. Als seine Ehefrau. Ohne korrupte Vorgesetzte oder deren Freunde, die ihr ihren Willen aufzwangen.

Dabei kam sie auf den Gedanken, dass im Leben möglicherweise auf jeden sowieso immer irgendwo irgendeine Art von Gefängnis wartete. Einmal konntest du es bereits vorher deutlich sehen, ein anderes Mal erst später, wieder ein anders Mal gar nicht.

Alles in allem war es dann aber wohl auch eher müßig zu versuchen vor Florian davonzulaufen. Sie würde an sich arbeiten müssen. So viel war sicher.

43

Dienstagabend, 20.30 Uhr, Florians Golfhotel, Burghausen.

»Bitte lassen Sie mir einen Pudding kommen, Beatrice.« Florian sah seine Hausdame nicht an, während er seine Bestellung bei ihr aufgab. Er starrte mit leerem Blick zum Fenster seines Zimmers hinaus in den Wald. Seine Gedanken waren bei Hanna. Wie meistens, sobald er nach getaner Arbeit alleine war.

»Was hab ich ihr nur angetan?«, murmelte er. »Am Anfang sah doch alles so gut aus mit uns beiden. Sogar bei mir gewohnt hat sie bis letzten Monat, Herrgott noch mal.«

Hatte sie Manschetten vor ihrer eigenen Courage bekommen? Er wusste, dass sie ursprünglich nicht zu ihm ziehen wollte. Zu keinem Mann, wie sie damals betonte. Sie wäre noch nicht so weit. Aber wann sollte es denn so weit sein?

In 20 Jahren, wenn sie alt und grau waren? Dann waren die besten Jahre längst vorbei. Da brauchten sie dann gar nicht mehr anzufangen mit einer festen Beziehung.

Vielleicht suchte er sich doch eine andere, die er erfolgreicher anhimmeln konnte. Beatrice zum Beispiel. Er wusste intuitiv, dass er ihr gefiel. Sie hatte Ahnung vom Hotelgeschäft und sah gut aus. Aber genügte das?

Was war der Reiz daran zu versuchen, an Hanna heranzukommen? Ihren Widerstand zu brechen? Ging es nur darum, das zu bekommen, was ihm bislang verwehrt war? War die Sache mit der Liebe tatsächlich so profan? Was kam danach?

Er ging tief im Innersten verunsichert zu seinem Kühlschrank und nahm sich ein kaltes Bier heraus. Seit ihn seine Frau Anne mit seinem besten Freund und früheren Geschäftspartner, Lothar Brinkmeier, betrogen hatte, kam er, was die Liebe betraf, offenbar nicht mehr so recht auf die Beine.

Da half es auch nichts, dass die beiden wenig später von Florians Schwester Maria ermordet wurden. Im Gegenteil. Es hatte alles nur noch schlimmer gemacht. Zumal sich Maria dann mit einer Überdosis Schlaftabletten selbst umbrachte.

Was für eine unfassbare Geschichte.

Ein Schluck Bier gegen den Schmerz. Er wusste, dass er ihm letztlich genauso wenig wirklich weiterhalf wie der geschäftliche Erfolg, den er seit der Eröffnung verzeichnen konnte. Das Hotel lief unfassbar gut. Hatte er vorher auch nicht gewusst, dass er anscheinend ein perfekter Gastgeber war.

Hanna. Wieso um alles in der Welt ließ sie ihn nicht an sich heran? Es war zum Wahnsinnigwerden. Sie brauchte doch einfach nur Ja zu sagen und er würde ihr jeden Wunsch von den Augen ablesen. Nie wieder müsste sie sich mit Verbrechern, Mord und Totschlag auseinandersetzen. Sich nie mehr über ihren Vorgesetzten Kriminaldirektor Kreisler ärgern. Er wusste, dass sie beides belastete, obwohl sie nach außen immer die starke Frau spielte, der niemand etwas anhaben konnte.

Wenn sie doch nur bei ihm anrufen würde. Er selbst konnte sich schließlich schlecht bei ihr melden, nach seiner dramatischen Szene beim Essen gestern Abend. Wie würde er vor ihr dastehen? Immerhin hatte er endgültig Schluss gemacht.

Seine neue Kellnerin, Sophie, ein fleißiges Mädchen aus dem österreichischen Braunau gleich über der Grenze, brachte ihm den Pudding, stellte ihn auf den Tisch und ging wieder.

Er ließ ihn unberührt stehen. Holte sich lieber noch ein Bier und starrte weiter zum Fenster hinaus.

Vielleicht war alles aber auch ganz anders und Hanna hatte einen anderen, und sie war nur zu feige, es ihm zu sagen.

Natürlich. Das musste es sein. Anders ließ sich ihr merkwürdiges Verhalten ihm gegenüber nicht erklären.

Oh Mann, dass er da nicht früher daraufgekommen war.

Er räumte ein, dass er möglicherweise einfach zu gutgläubig und zu fair für diese Welt war. Mitsamt ihren vielen egoistischen Bewohnern.

Andererseits hielt Hanna mit ihren Ansichten nie hinter dem Berg. Auch wenn es für ihr Gegenüber möglicherweise unbequem war. So jemand log doch nicht auf einmal.

44

Dienstagabend, 20.30 Uhr, Seestüberl, Prien.

»Fridolin, wach endlich auf.« Kati rüttelte ihren liebsten Stammgast seit bestimmt fünf Minuten an der Schulter.

Sie mochte ihn wirklich. Wenn er wollte, konnte er so ein feiner Kerl sein. Er hatte ihr sogar schon einmal mit einem größeren Betrag ausgeholfen, als sie knapp bei Kasse war.

Bis heute hatte er nicht auf einer Rückzahlung bestanden. Erst wenn sie es übrig habe, solle sie es ihm geben. Sie könne es aber auch gerne für immer behalten, wenn dies nicht der Fall sein sollte.

Ihm wäre Geld sowieso egal. Er hätte genügend davon von seinen Eltern geerbt. Die hätte er aber liebend gerne wieder zurück. Gute Menschen, alle beide. Die Besten. Auf das Geld wäre geschissen, auf Deutsch gesagt.

Ein Mensch mit einem guten Herz. Jawohl, das war er tatsächlich, der Fridolin.

Wenn er nur nicht immer so viel trinken würde. Die Hälfte hätte es auch getan.

»Was ist los, Kati? Polizeistunde?« Er hob langsam seinen Kopf und sah sie aus blutunterlaufenen Augen an.

»Soll ich dir ein Taxi rufen?« Sie nickte.

»Gerne. Aber geht vorher noch ein Schnaps? Bitte! Ich muss meinen Liebeskummer ertränken.«

»Wegen der Laura schon wieder?«

»Du sagst es.« Er zeigte mit dem Finger auf ihre Brust.

»Also gut, einer noch. Das ist dann aber wirklich der Letzte. Ich muss zusperren.«

Kati ging sein Getränk holen. Sie war überzeugt davon, dass Fridolin sich die Sache mit seinem Liebeskummer wegen Laura Obermeier nur einredete, damit er einen Grund zum Trinken hatte. Eher trauerte er noch immer um seine Eltern, die vor vier Jahren gestorben waren, als um die unerfüllte Liebe zu ihr.

Es reichte auch einfach nicht, jemanden aus der Ferne zu bewundern, wie er das bei Laura tat. Da musste ein Mannsbild schon konkret zur Sache gehen, wenn er es wirklich ernst meinte. Sonst verfolgte er lediglich eine fixe Idee, und die brauchte nun wirklich niemand.

Fridolin hatte ihrer Meinung nach nicht den Hauch einer Ahnung, was Liebeskummer wirklich bedeutete. Sie dagegen hatte diese unsägliche Seelenpein oft genug am eigenen Leib erfahren.

Viele unglückliche Begebenheiten mit den Männern hatte sie gehabt. Und immer war sie aus ihrem inneren Schlamassel nur herausgekommen, wenn sie offen und ehrlich ausgesprochen hatte, wie es ihr ums Herz war. Entweder hatte der jeweilige Traumprinz sie dann erhört oder eben nicht. Aber in beiden Fällen war zumindest jedes Mal schnell Klarheit da.

Sie brachte Fridolin seinen Schnaps.

Er trank ihn in einem Sitz aus.

Dann stand er auf und wankte neben ihr im fahlen Licht der Straßenlaternen zu dem Taxi hinüber, dass sie ihm vor fünf Minuten gerufen hatte. Natürlich stützte sie ihn wie jeden Abend dabei.

»Ich bin unschuldig!«, rief er zum Abschied laut in den Nachthimmel hinein.

Kati beobachtete, wie er sich umständlich auf den Beifahrersitz setzte, dem Fahrer lallend seine Adresse nannte und die Tür schloss.

Der Chauffeur wartete noch, bis sein Fahrgast sich angeschnallt hatte. Erst dann fuhr er los. Den Taxameter hatte er aber längst eingeschaltet. Seit er hier angekommen war. Logisch.

Kati winkte ihnen kopfschüttelnd nach.

Sie bedauerte Fridolin einerseits. Andererseits war er ein erwachsener Mensch und ein guter Kunde.

Morgen Nachmittag würde er erneut hier auftauchen und fröhlich sein erstes Bier bestellen. Pünktlich um 15.00 Uhr, wie gewohnt. Möglicherweise würde er unsicher nachfragen, ob er heute Abend auch alles bezahlt hätte, ob irgendetwas außer der Reihe vorgekommen wäre.

Wie immer in diesem Fall würde sie ihn dann beruhigen und ihm versichern, dass alles in Ordnung wäre. Er habe sich wie gewohnt nicht besonders auffällig benommen.

»Sehr gut«, würde er erwidern und beteuern, dass er diesbezüglich wohl eine kleine Erinnerungslücke habe. Er hätte momentan einfach zu viel um die Ohren.

Kurze Zeit später würde er guter Dinge sein zweites Bier bestellen, und seinen ersten Schnaps.

Sie würde ihm beides wie immer bringen und ihm einen guten Durst wünschen, weil sie nicht wusste, was sie sonst tun sollte.

45

Dienstagabend, 21.00 Uhr, Oktopus, Traunstein.

»Und ich sage dir, diese Juliane Berger ist für mich noch lange nicht aus allem raus. Auch wenn der Bürgermeister von Prien ihr vorhin ein Alibi gegeben hat.« Sabrina kippte ihren Wodka in einem Sitz herunter.

»Woher weißt du das?« Ralf sah sie erstaunt an.

»Hanna hat mich angerufen und es mir gesagt.«

»Dass die Berger trotz Alibi schuldig ist?«

»Dass der Xaver Salzgeber ihr ein Alibi gegeben hat.«

Sie saßen in Sabrinas Stammkneipe »Oktopus« bei Bier und Wodka am Tresen. Natürlich würden sie nicht zu viel trinken, weil sie morgen in aller Früh wieder rausmussten. Aber schließlich gab es neben dem ganzen Dienst auch mal die Verpflichtung dazu, die knapp bemessene Freizeit zu genießen. Das Essen auf der Heimfahrt von Kufstein war diesbezüglich ein netter Anfang gewesen, und hier ging es gerade fröhlich weiter.

»Warum glaubst du ihm nicht?« Ralf runzelte neugierig die Stirn.

»Keine Ahnung.« Sabrina zuckte die Achseln. »Die Gespickten halten zusammen. Ist so ein ganz bestimmtes unbestimmtes Gefühl.« Sie bestellte per Handzeichen zwei neue Wodkas beim Barmann.

»Ein ganz bestimmtes unbestimmtes Gefühl, aha.« Er grinste. »Gehört deine Familie nicht selbst zu den Gespickten?«

»Schon irgendwie, aber anders. Bei uns sind viel Tradition und Achtung vor dem Gesetz im Spiel. Ich weiß auch nicht, wie ich es besser sagen soll. Ich hab von Anfang an das Gefühl, dass die feine Dame lügt.«

»Und wenn nicht?«

»Dann habe ich mich eben getäuscht.« Sie zuckte die Achseln. »Der Salzgeber hat sich sein Amt übrigens auch nicht gerade auf die feine Tour beschafft. Seinen Konkurrenten, den Heinz Meier hat er damals vor seiner Wahl einfach öffentlich denunziert, obwohl er wusste, dass die Vorwürfe gegen ihn nicht gestimmt hatten.«

»Wie denunziert?«

»Er hat ihn beschuldigt, ein junges Mädchen angerührt zu haben.«

»Hat er sie angerührt?«

»Nein.« Sie schüttelte den Kopf. »Sie hat sogar selbst gesagt, dass es nur ein Schmarrn von ihr war, wegen einer Wette mit ihren Freundinnen.«

»Aber wenn dir dein schlechter Ruf einmal vorauseilt ...«

»... hast du keine Chance mehr, dich zu rehabilitieren.« Sabrina nickte. »Da kann so mancher Lehrer sicher auch ein Lied davon singen.«

»Und jetzt glaubst du, weil der Salzgeber damals bewusst gelogen hat, um sich einen Vorteil zu beschaffen, macht er das im Fall Berger genauso, richtig?«

»Richtig.« Sie nickte abermals. »Kann doch gut sein. Wer einmal lügt, der tut es auch wieder.«

Ein dunkelhaariger junger Mann taumelte offenbar völlig betrunken auf die beiden zu. Er fiel Sabrina mit einem Freudenschrei in die Arme.

»Meine Mama ist wieder da!«, lallte er. »Meine liebe Mama!«

»Geh, hau ab, du Depp.« Sie schubste ihn mit beiden Händen von sich weg.

Er geriet dabei ins Stolpern.

»Hey, Vorsicht, ich kann Karate.« Der schmale Bursche baute sich breitbeinig in Kampfstellung vor ihnen auf, nachdem er sich wieder gefangen hatte. Was natürlich eine Zeit lang dauerte in seinem Zustand. »Und ich heiße Karl-Heinz«, fügte er mit erhobenem Zeigefinger hinzu.

»Und ich kann Mikado«, erwiderte Sabrina, während sie ihm den Scheibenwischer zeigte. »Jetzt hau schon ab, Karl-Heinz. Wir haben hier was zu besprechen. Außerdem sind wir von der Polizei.«

»Na gut.« Karl-Heinz hatte offenbar auf der Stelle ein Einsehen. Er trollte sich. »Meine Mama kann Mikado, aber sie mag mich nicht!«, plärrte er dabei lauthals vor sich hin.

»Typen gibt's, die gibt's gar nicht«, echauffierte sich Sabrina halbwegs belustigt, sobald er weg war.

»Mei, besoffen halt. Fand ich jetzt nicht so schlimm.« Ralf zuckte die Achseln. »Wir sind schließlich in einem Lokal, in dem sie Alkohol ausschenken.«

»Du warst auch nicht seine Mama.« Sie grinste.

»Stimmt.«

Sie lachten beide.

»Gehen wir noch zu dir?« Er sah sie fragend an.

»Und dann …«

»Wirst du schon sehen.« Er hob bedeutungsvoll die Brauen.

»Na gut. Aber erst trinken wir noch einen.«

»Weil du mich dir schön saufen musst?«

»Weil ich einen harten Tag hatte und ein wenig entspannen will.« Sie lachte. »Außerdem habe ich bereits so viel Wodka intus, dass du schön genug bist.«

46

Eigentlich war er mit sich zufrieden gewesen. Jetzt war alles anders. Er hatte die Kontrolle verloren. Das war die ganze Wahrheit. Nie wieder würde er sich im Spiegel betrachten können.

Was er getan hatte, würde eine tiefe Kerbe in seiner Seele hinterlassen. Immer wieder würde er daran zurückdenken und sich fragen, ob es wirklich notwendig gewesen war. Bis an sein Ende würde er mit seiner Schuld leben müssen. Ohne eine Möglichkeit auf Vergebung.

Seine Hände und seine Knie zitterten noch immer, obwohl er seit Stunden durch die Gegend lief, um sich zu beruhigen.

Er versuchte bestimmt zum zehnten Mal, bewusst ganz langsam zu atmen.

Es gelang ihm immer noch nicht.

Im Gegenteil. Sein ganzer Körper fing auf einmal an zu zittern. So als hätte er Schüttelfrost. Wie bei einer schweren Grippe.

Er kniete am Straßenrand der kleinen Landstraße, die zum See hinunterführte, nieder und erbrach sich.

Niemand sah es.

Kein Auto in der Nähe.

Keine Menschenseele weit und breit.

Nicht einmal Straßenlaternen.

Nur die Sterne und der Mond und er.

47

Dienstagabend, 22.00 Uhr, Oktopus, Traunstein.

Nachdem Sabrina gegen Ralfs Protest die gesamte Zeche bezahlt hatte, weil sie es eben so wollte, wie sie meinte, verließ sie mit ihm das »Oktopus«, das zwar irgendwie griechisch hieß, aber gar kein Grieche war.

Es war einfach nur eine gemütliche Kneipe, wo man etwas trinken konnte. Zwei alte Freunde von ihr aus Rosenheim hatten es aufgemacht.

Draußen atmete sie tief ein.

»War wohl doch ein bisschen viel Wodka, mein Schöner«, sagte sie zu Ralf und küsste ihn auf die Wange.

»So, du blöde Bullenschlampe. Jetzt kriegst du deine Abrechnung.« Karl-Heinz stand wie aus dem Nichts mit zwei breitschultrigen Begleitern, die nach Ärger aussahen, vor ihnen.

Er wankte nicht mehr. Offenbar hatte er vorhin nur den Betrunkenen gespielt. Aus welchem Grund auch immer.

»Was?« Sabrina schüttelte den Kopf. »Bist du nicht ganz dicht? Was willst du denn von mir?«

»Das weißt du doch ganz genau.«

»Leider ist es mir momentan entfallen. Also?« Sie sah ihn fragend an.

»Du hast mich letzten Sommer beim Reggae-Festival in die Wüste geschickt, als ich mit dir tanzen wollte. Verschwinde, Kleiner, hast du zu mir gesagt.«

»Ich war beim Reggae-Festival? Das wüsste ich aber.« Sie machte ein verwundertes Gesicht.

»Ich hab dich gleich wiedererkannt«, brüllte Karl-Heinz erregt. »Brauchst es gar nicht abzustreiten.«

»Wenn du mich fragst, brauchst du einen Psychiater. Ich hasse Reggae. Besonders, wenn er aus Deutschland kommt. Und jetzt lasst uns durch, sonst kriegt ihr eine Tracht Prügel, die sich gewaschen hat.« Sabrina streifte langsam die Ärmel ihrer Lederjacke zurück.

»Erst mal kriegt ihr Prügel.«

Karl-Heinz und seine Begleiter kamen näher.

»Nur zu.« Sie winkte sie auffordernd weiter zu sich heran.

»So. Noch einen Schritt und ich knall euch ab. Alle drei.« Ralf hatte seine Dienstwaffe gezogen, die er vorhin nach Dienstschluss aus Bequemlichkeit nicht wie gewöhnlich erst nach Hause gebracht hatte.

»Schieß doch, Depp. Traust dich sowieso nicht.« Karl-Heinz stemmte die Fäuste in die Hüften. Er reckte auffordernd sein Kinn nach vorne.

Ralf lief ohne Vorwarnung geradewegs auf ihn zu.

Er schlug ihm heftig den Knauf seiner Waffe ins Gesicht.

Anschließend tat er dasselbe bei den anderen beiden.

Überraschend. Blitzschnell. Wie aus heiterem Himmel.

Alle drei wussten offensichtlich nicht, wie ihnen geschah. Sie jaulten nacheinander auf und hielten sich vornübergebeugt jammernd die Nasen. Ihr Angriffswille schien von einer Sekunde auf die andere erloschen zu sein.

»Wenn ihr nicht ins Gefängnis wollt, haut ihr am besten ganz schnell ab«, sagte Ralf unaufgeregt. Er sah sie der Reihe nach an.

Prompt nahmen sie ihre Beine unter die Arme und rannten, was das Zeug hielt, davon. Ohne Protest oder weitere Drohungen.

»Nicht schlecht für einen, der vier Bier und fünf Wodka im Blut hat«, sagte Sabrina, nachdem sie verschwunden waren. »Respekt, mein schöner Held.«

»Schöngetrunken wohlgemerkt.«

»Du gefällst mir auch nüchtern. Auf jeden Fall.« Sabrina nickte heftig. »Das weiß ich noch von heute Nachmittag.«

»Vielleicht hätte ich nicht gleich so fest zuschlagen sollen«, räumte Ralf etwas zerknirscht ein. »Was, wenn die mich anzeigen?«

»Die drei Deppen haben angefangen und du hast dich nur gewehrt und mich beschützt. Ich bezeuge alles.« Sabrina hob die Finger wie zum Schwur. »Außerdem war dieser Karl-Heinz betrunken.«

»Meinst du?« Zweifel standen ihm ins Gesicht geschrieben. »Für mich sah er ziemlich nüchtern aus. Stimmt das mit dem Reggae-Festival?«

»Schwachsinn. Der Armleuchter muss mich verwechseln.«

»Dann haken wir die Deppen ab?«

»Na klar. Wir können uns außerdem nicht von jedem dahergelaufenen Deppen Prügel androhen lassen. Wo kommen wir denn da hin als Polizei?«

»Stimmt auch wieder.« Ralf zuckte die Achseln. »Na gut. Dann könnten wir jetzt eigentlich zu dir gehen.«

»Unbedingt!« Sie hakte sich bei ihm unter.

48

Mittwochvormittag, 9.30 Uhr, Uferweg bei Prien am Chiemsee.

»Kommst du her, Luna. Herrschaft noch mal.« Walburga Schneider klopfte sich ärgerlich mit der flachen Hand auf ihren Oberschenkel, während sie zum wiederholten Mal nach ihrer ungehorsamen Schäferhündin rief.

Doch Luna ließ sich nicht von ihrer Tätigkeit in dem kleinen Gebüsch abseits des Uferweges abhalten. Sie kratzte, schnüffelte und jaulte ohne Unterlass.

»Stures Hundsvieh«, schimpfte Walburga und rief erneut nach ihr. »Hierher! Auf geht's! Wird's bald!«

Die erste Morgenbrise war vor wenigen Minuten einer totalen Flaute gewichen. Der See lag still und schwer da. Die schräg stehende Vormittagssonne ließ seine Oberfläche wie einen riesigen runden Spiegel erglänzen.

»Wenn du nicht sofort kommst, geht es ab ins Tierheim.« Eine letzte verzweifelte Drohung, von der sich Luna normalerweise immer beeindrucken ließ und auf der Stelle gehorchte. Schließlich waren Hunde alles andere als dumm und verstanden sehr wohl, was man zu ihnen sagte. Sie hatten lediglich ihren eigenen Kopf, wie die Menschen auch. Walburga wusste das ganz genau.

Doch nicht einmal der Hinweis auf das Tierheim half heute Morgen. Luna blieb, wo sie war. Irgendetwas ganz Besonderes schien ihre Aufmerksamkeit erregt zu haben.

Also verließ Walburga den Uferweg und ging zu dem kleinen Gebüsch hinüber, aus dem Lunas Geschnüffel kam, um nach dem Rechten zu sehen.

Als sie dort ankam, blieb ihr vor Schreck fast das Herz stehen. So etwas hatte sie noch nie zuvor gesehen.

49

Mittwochvormittag, 9.45 Uhr, Inspektion Traunstein.

Hannas Dienstapparat läutete. Sie ging ran, obwohl sie sich vorhin geschworen hatte, heute erst mal in aller Ruhe ihren Kaffee zu trinken, bevor sie mit der Arbeit loslegte.

Funktionierte nicht. Ihre Pflichtbewusstsein war stärker als ihr Ruhebedürfnis.

»Hanna?« Rainer war dran.

»Was gibt's?«

»Wir haben eine weitere Leiche am See.«

»Etwa schon wieder ein Mord?« Hanna setzte sich ruckartig kerzengerade hin.

»Schaut ganz so aus. Holger und seine Leute sind schon unterwegs.«

»Was wissen wir?«

»Eine tote Frau wurde vom Schäferhund einer Spaziergängerin in einem Gebüsch am Uferweg gefunden. Sie war nackt. Keine Handtasche, nichts.«

»Eine Tote? Aber nicht Laura Obermeier, oder?«

»Wissen wir nicht. Die Spaziergängerin erkannte sie nicht. Jemand scheint ihr mit einem Jagdmesser oder etwas Ähnlichem die Haut vom Gesicht entfernt zu haben.«

»Wie bitte?« Hanna meinte sich verhört zu haben.

»Das Gesicht der Leiche ist anscheinend bis zur Unkenntlichkeit verstümmelt.«

»Aber wer macht denn so was? Ein Irrer?« Hanna fasste sich an die Stirn. Auch nach so vielen Jahren im Dienst gab es immer wieder überraschende Vorkommnisse.

»Keine Ahnung. Entweder tatsächlich ein geisteskranker Triebtäter oder es war ein gezielter Racheakt irgendeiner Rauschgiftbande oder die Mafia vielleicht. Lass uns hinfahren und es herausfinden.«

»Wir sehen uns gleich unten bei den Autos. Fährst du? Ich bin heute noch nicht so ganz fit. Lag die ganze Nacht wach.«

Dass es wegen Florian war, verschwieg sie ihm absichtlich. Private Dinge hatten im Dienst nichts verloren. Natürlich gab es Ausnahmen. Aber die waren sehr selten. Zum Beispiel die ganze Sache mit Rainers Mutter.

»Klar, bis gleich.«

Sie legten auf.

Es war zum Verzweifeln. Noch eine Leiche. Dabei hatten sie noch nicht einmal eine überzeugende Spur des Mörders oder der Mörderin von Wilhelm Berger.

Ihr fiel das Lied von Konstantin Wecker ein. »Gestern hams an Willi daschlong«. Es hatte ihr damals als Kind Gänsehaut bereitet, als sie es zum ersten Mal hörte. Jetzt war sie seit Jahren Hauptkommissarin bei der Kripo und durfte sich selbst mit Mordopfern und Verbrechern herumärgern. Wollte sie das alles wirklich noch? Heute war wieder mal einer dieser Tage, an denen sie es nicht konkret sagen konnte.

Sie informierte Kreisler über die neuen Ereignisse.

»Der Xaver Salzgeber hat sich übrigens lobend über Sie geäußert, Frau Schmiedinger«, meinte er gegen Ende ihres Gespräches noch zuckersüß. »Wie feinfühlig Sie auf sein Ansinnen reagiert hätten, ihn aus der Presse möglichst herauszuhalten.«

»Wie schön von ihm.«

»Es soll Ihr Schaden nicht sein, dass Sie so korrekt ermitteln, Frau Schmiedinger. Ich sage nur Sonderurlaub.«

»Wie jetzt? Kein Porsche?«

»Wie meinen?«

»Nichts, Herr Kreisler. War nur ein Spaß.« Hanna blickte humorlos zu ihrem Bürofenster hinaus. »Ich muss jetzt los, Mörder fangen. Nicht, dass uns der Herr Salzgeber doch noch in einen falschen Verdacht gerät. Mit wem sollten Sie denn dann Golf spielen, nicht wahr?«

»Auf Wiederhören, Frau Schmiedinger.« Leichte Verbitterung schlich sich in Haralds Tonfall.

Er schien ihr die ironisch formulierte Abfuhr übel zu nehmen. Sollte er doch.

»Auf Wiederhören, Herr Kriminaldirektor.«

Hanna legte grimmig grinsend auf.

Sie schüttelte sich kurz angewidert.

Dann nahm sie den kleinen Taschenspiegel hervor, den sie immer bei sich trug, und trug frischen Lippenstift auf.

Anschließend eilte sie mit schnellen Schritten hinunter zum Parkplatz, wo Rainer sicher bereits auf sie wartete.

50

Mittwochvormittag, 10.30 Uhr, Uferweg, Nähe Prien am Chiemsee.

»Kein Ausweis, keine Kleidung. Es könnte aber gut diese Laura Obermeier sein«, meinte Holger auf Hannas diesbezügliche Frage hin. »Dunkle Locken, total durchtrainiert. Das Gesicht und die Zähne müssen wir uns erst genau im Labor anschauen und abgleichen. Dann wissen wir es definitiv.« Seine Stimme klang aufgeräumt und neutral. Keine Spur seines sonstigen Unmutes darin.

»Dann macht das.« Hanna nickte.

Er scheint letzte Nacht Sex gehabt zu haben. Auf jeden Fall wirkt er irgendwie innerlich befreit.

»Alles klar.« Holger trat von einem Bein auf das andere. Er wollte offensichtlich wieder zu seinen Leuten, um nach weiteren Spuren zu suchen. »Sie wurde übrigens erwürgt, bevor der Täter sie dann verunstaltete«, fügte er hinzu.

»Danke.« Hanna winkte ihm kurz zu. Dann wandte sie sich an Rainer. »Was war hier nur los?« Sie zeigte auf die von den Füßen aufwärts halb bedeckte Leiche im Gras gleich neben ihnen.

»Wenn es Laura Obermeier ist, und der durchtrainierten Figur und den brünetten Haaren nach könnte es tatsächlich so sein, dann war es möglicherweise ein verspäteter Racheakt von Fridolin Hüller.« Rainer sah Hanna geradewegs ins Gesicht.

»Der hat sich doch nicht einmal an sie rangewagt, um ihr

seine Liebe zu gestehen.« Sie schüttelte den Kopf. »Schon vergessen, dass er dir das sagte?«

»Der kann viel sagen.«

Sie setzten sich auf eine Bank am Uferweg. Von hier aus hatten sie freie Sicht über den See und über den Tatort.

»Ich glaube ihm.« Hanna atmete tief durch. Schon wieder eine Leiche. Manchmal war sie es einfach leid. Die ganzen Toten zogen einen runter. Noch schlimmer war es, wenn man sie vorher persönlich kennengelernt oder getroffen hatte. Vielleicht sollte sie tatsächlich den Beruf wechseln.

»Und wenn er es doch war.« Rainer hob oberlehrerhaft den Zeigefinger. »Wenn ich das Ziel meiner Begierde nicht haben kann, soll es auch kein anderer haben.«

»Wie soll das verstümmelte Gesicht ins Bild passen?«

»Der Selbsthass des Täters, also Hüllers, wurde von ihm auf die Tote projiziert.«

»Sagt der Psychologe in dir?« Sie grinste schief. Rainer war nun wirklich nicht der Begabteste, wenn es um das Ausloten der menschlichen Seele ging.

»Der Kriminalist.« Er schüttelte den Kopf.

»Der Fridolin Hüller ist eine arme Sau. Ein schüchterner Alkoholiker, der in seinem Leben nichts auf die Reihe kriegt.« Sie legte ihre Hand auf Rainers Schulter, um seine ganze Aufmerksamkeit zu bekommen. »Warum sollte der auf einmal hergehen und der Frau, die er seit Jahren anhimmelt, das Gesicht verstümmeln und sie umbringen? Was hätte er davon? Und warum sollte er auf einmal Selbsthass empfinden? Er macht auf mich eher einen deprimierten Eindruck.«

»Befriedigung seiner Rachegelüste.«

»Welcher Rachegelüste?« Sie sah ihn fragend an.

»Weil er Laura nicht haben kann. Sagte ich gerade schon.«

»Aber warum dann ausgerechnet jetzt? Das hätte er doch bereits vor Jahren tun können.« Hanna schüttelte erneut den Kopf. »Außerdem saß er bis gestern Mittag bei uns in einer Zelle.«

»Dann wurde er gerade rechtzeitig entlassen, um sie am Nachmittag zwischen 16.00 Uhr und 17.00 Uhr umzubringen. Das ist die ungefähre Tatzeit, die uns Holger vorhin nannte. Schon vergessen?«

»Wer könnte sie noch umgebracht haben? Was ist zum Beispiel mit Jost Haller?« Hanna stand auf. Den ganzen Tag sitzen war einfach nichts für sie. Erst im Büro, dann im Auto und jetzt auch noch am Tatort. Sie hatte bereits wiederkehrende Rückenschmerzen davon. »Er und Laura hatten Streit, bevor sie gestern verschwand. Er suchte sie danach, wie wir wissen. Die Sache ist schließlich eskaliert, als er sie fand.«

»Aber er sagte doch, dass er sie verpasst hat am Kufsteiner Bahnhof.«

»Sagen kann man viel.« Sie zuckte die Achseln. »Vielleicht ging es in ihrem Streit um krumme Geschäfte oder um den Mord an Wilhelm Berger. Sag du es mir.«

»Ist natürlich alles möglich.« Rainer nickte.

»Falls die Tote tatsächlich Laura Obermeier ist.«

»Richtig.«

»Bevor wir das nicht genau wissen, ist es wohl müßig, weiterhin zu spekulieren.« Hanna blickte nachdenklich über den See. »Außerdem kann der Täter auch jemand ganz anderes gewesen sein, den wir bisher überhaupt noch nicht auf dem Radar haben.«

»Schon.« Rainer hatte sein Smartphone zur Hand genommen. Er tippte schnell darauf herum.

»Was machst du da?«, fragte Hanna.

»Recherche.«

»Über was?«

»Ich schaue auf Laura Obermeiers Website nach, ob ich etwas Verdächtiges finden kann.«

»Sobald wir wissen, dass sie wirklich die Tote ist, müssen wir auch unbedingt zu ihr nach Hause fahren und ihre Geschäftsunterlagen durchsehen. Die Eltern müssen wir ebenfalls befragen.«

»Auf jeden Fall.« Rainer nickte erneut. Sein Blick blieb dabei am Display seines Smartphones kleben. »Wenn sie denn welche hat.«

»Eltern?« Sie sah ihn erstaunt an.

»Geschäftsunterlagen. Vielleicht hat sie ihr kleines Sportunternehmen diesbezüglich sehr locker genommen. Könnte ich mir gut bei ihr vorstellen.«

»Auch wieder wahr.« Hanna nickte ebenfalls. »Aber wenn doch, dann bin ich gespannt, wie viele weitere gut betuchte Herren dort als Kunden von ihr auftauchen.«

»Diese Juliane Berger. Hast du die noch auf dem Schirm wegen des Mordes an ihrem Mann?«

»Sie hat ein Alibi. Sagte ich dir das nicht?«

»Doch.« Er nickte. »Der Bürgermeister von Prien.«

»Na also. Und eine so grausame Tat wie die hier traue ich ihr auf gar keinen Fall zu. Da müsste ich mich schon sehr in ihr täuschen.«

»Es haben sich schon ganz andere als du getäuscht.«

»Erstaunlich, dass ausgerechnet du das sagst.« Sie verzog ihr Gesicht zu einem leichten Grinsen.

»Wie meinst du das?«

»Nur so.« Sie winkte lächelnd ab.

Natürlich musste er ihre Anspielung auf seine oftmals vorschnell und fälschlicherweise geäußerten Verdachtsmomente genau verstanden haben. Aber kein Grund deswegen ausufernd auf ihm herumzuhacken. Sie hatten nun mal einen Beruf, in dem sich jeder von ihnen irren konnte.

51

Mittwochmittag, 12.00 Uhr, Haus der Talgrubers in Traunstein.

»Rainer? Mama hier.«

Hildegard Talgruber hatte sich mit ihrem schnurlosen Telefon in den rückwärtigen Teil ihres Gartens hinter den windschiefen Geräteschuppen geschlichen, den Rainer aus alten Hölzern zusammengebaut hatte. Sie sprach laut und aufgeregt in den Telefonhörer.

»Was gibt's, Mama?« Motorengeräusche. Außerdem war ihr Sohn schlecht zu verstehen. Er schien irgendwo mit dem Auto unterwegs zu sein.

»Hier ist eine fremde Frau im Haus.« Hildegard sprach noch lauter als zuvor, damit er sie besser verstehen konnte.

»Was?« Rainers Stimme verschwand für zwei Sekunden, kam aber gleich zurück.

»Eine fremde Frau. Hier im Haus.« Hildegard blickte ängstlich um die Ecke des Schuppens. Niemand in der Nähe. Gut so. Sie konnte weitersprechen.

»Was für eine fremde Frau?«, fragte Rainer.

»Sie behauptet, dass sie für mich sorgen soll. Du hättest ihr das aufgetragen. Stimmt das?«

»Das ist die Natalia, Mama.« Rainer lachte. »Die haben wir extra eingestellt, um dich zu unterstützen. Sie kommt aus Polen.«

»Aus Polen? Aber die klauen doch alle.«

»Schmarrn, Mama. Nichts als Vorurteile.« Er lachte erneut.

»Na, ich weiß nicht.« Hildegard schüttelte den Kopf. »Was gibt es da eigentlich zu lachen?«

»Nichts. Alles gut, Mama.«

»Sie hat etwas gekocht.«

»Natalia?«

»Wenn sie wirklich so heißt.« Hildegard nickte. »Obwohl ich ihr dreimal gesagt hab, sie soll vom Herd weggehen und wieder verschwinden. Aber sie hört einfach nicht auf mich.«

»Mama, die Natalia wird von mir bezahlt, damit sie dir im Haushalt hilft.«

»Aber ich brauche keine Hilfe.« Hildegard schüttelte vehement den Kopf. Ihr war die ganze Angelegenheit zu dumm. Vielleicht sollte sie besser die richtige Polizei rufen. Ihr Sohn schien einfach nicht zu verstehen, worum es ging.

»Brauchst du eben doch, Mama!«

»Nein. Von dieser Polin jedenfalls nicht.«

»Herrschaftszeiten, Mama. Jetzt sei vernünftig, setz dich an den Tisch und iss, was die Natalia dir gekocht hat.« Rainer hörte sich ärgerlich an.

»Was schimpfst du denn so?«, beschwerte sich Hildegard.

»Man will uns vielleicht ausrauben, ich informiere dich und du schimpfst. Das gibt es doch gar nicht.«

»Lauter Schmarrn, Mama.«

»Warum kommst du nicht her und überzeugst dich selbst?«

»Ich habe zu tun.«

»Und wenn die mich vergiften will, diese Frau?«

»Sie heißt Natalia, Mama, und sie will dich sicher nicht vergiften. Sie kocht dir etwas Feines, damit du keine Arbeit damit hast.«

»Aber ich koche gerne.«

Er versteht mich einfach nicht. Ist das überhaupt mein Sohn?

»Herrgott noch mal, Mama. Wir haben das alles doch zigmal besprochen.« Rainer hörte sich verzweifelt an. Warum, konnte sich Hildegard nicht so recht erklären.

»Das wüsste ich aber«, erwiderte sie. »Ich bleibe jedenfalls hier draußen im Garten. Das ist sicherer.«

»Wir machen es so. Du gehst jetzt mit dem Telefon ins Haus und lässt mich mit Natalia sprechen, okay?«

»Und wenn sie mich niederschlägt?« Hildegard schaute erneut ums Eck zum Haus hinüber. Alles ruhig. Fragte sich nur, wie lange noch.

»Warum sollte sie das denn tun?«

»Keine Ahnung. Sie hat außerdem Pilze in die Sauce gegeben. Ich habe es genau gesehen. Bestimmt sind giftige dabei.«

Hildegard setzte sich auf einen der alten Stühle, die Rainer als Brennholz abgestellt hatte.

»Ab ins Haus, Mama. Oder ich leg auf und komm vorbei und bringe dich auf der Stelle ins Altenheim. Es reicht!« Rainers Stimme überschlug sich vor Aufregung.

»Na gut. Reg dich wieder ab.« Hildegard gehorchte widerwillig.

Drinnen in der Küche gab sie Natalia den Hörer.

Sie behielt sie allerdings gründlich im Auge. Wenn ihr die Fremde etwas antun wollte, würde sie sich auf jeden Fall zur Wehr zu setzen wissen. Sie hatte sich schon früher als Kind nichts gefallen lassen. Daran hatte sich bis heute nichts geändert.

Wie gerne würde sie jetzt zu ihren Eltern fahren und sich mit Toni bei ihnen und ihren Geschwistern ein paar Tage ausruhen.

Natürlich hatte sie vergessen, dass die beiden längst tot waren. Genauso wie ihr Bruder Erich und ihr geliebter Mann, der Toni.

»Hallo, Herr Talgruber«, vergoss Natalia eine gehörige Portion Charme in den Hörer hinein. Sie lächelte dabei.

Hildegard beobachtete sie misstrauisch.

»Nein, Ihrer Mutter geht es gut«, sagte Natalia. »Ich habe ihr eine Champignonsuppe und Schnitzel mit Kartoffelsalat gemacht.«

Natalia setzte sich an den Küchentisch.

Hildegard registrierte es mit einem missbilligenden Blick.

Was hat die an meinem Tisch zu sitzen, Herrschaft noch mal?

»Nein, es sind keine Pilze im Kartoffelsalat, Herr Talgruber. Die gehören dort auch bei uns in Polen nicht hinein. Nur in die Suppe.« Natalia lachte laut.

Offenbar hatte Rainer einen guten Witz gemacht.

»Gerne, Herr Talgruber.« Natalia erhob sich. Sie gab Hildegard den Hörer zurück. »Er will sie noch einmal sprechen.«

»Wer?«

»Ihr Sohn.«

»Ich wüsste nicht, wer das sein sollte.« Hildegard schüttelte vehement den Kopf. »Sie kenne ich auch nicht. Verlassen Sie bitte auf der Stelle mein Haus oder ich rufe die Polizei.«

52

Mittwoch, 13.00 Uhr, Inspektion Traunstein.

Hannas Telefon schrillte. Sie ging ran.

»Hallo, Holger. Was gibt es Neues?« Sie legte erschöpft die Füße auf ihren Schreibtisch.

Seit heute Morgen holte sie die Müdigkeit immer wieder ein. Liebeskummer, eine durchwachte Nacht und Arbeit passten einfach nicht zusammen.

»Wir haben die Identität der Toten festgestellt. Es ist eindeutig Laura Obermeier.«

»Also doch.« Hanna setzte sich auf der Stelle aufrecht hin. »Kein Zweifel möglich.«

»Nein.« Holgers Tonfall war klar und bestimmt. »Das Gesicht wurde ihr von jemandem entfernt, der Ahnung vom Häuten hat«, fuhr er fort. »Mit einem großen Jagdmesser.«

»Also ein Jäger?«

»Vermutlich. Ein Chirurg oder ein Metzger kämen wohl auch infrage. Aber das Jagdmesser spricht eigentlich Bände.«

»Wir haben und hatten auch einige Jäger im Verdacht, Wilhelm Berger erschossen zu haben. Das passt irgendwie zusammen. Fragt sich bloß, wie genau.« Hanna betrachtete nachdenklich ihre Fingernägel. Sie stellte fest, dass sie sie baldmöglichst wieder einmal schneiden sollte. Es waren inzwischen die reinsten Krallen daraus geworden.

»Findet es heraus.«

»Danke, Holger. Sonst noch etwas, das uns weiterhelfen könnte? Die genaue Tatzeit?«

»Der Mord dürfte ziemlich genau gestern um 16.30 Uhr passiert sein. Mehr haben wir im Moment nicht. Aber sobald wir noch etwas finden, rufe ich dich sofort an.«

»Vielen Dank.«

So zuvorkommend war er noch nie. Ganz bestimmt hat er eine neue Freundin. Das kann gar nicht anders sein.

Hanna machte sich eilig Notizen. Die bereits Verdächtigen mussten wiederholt vernommen werden. Ihre Alibis nun auch für Lauras Todeszeitpunkt überprüft werden.

Neue Verdächtige mussten außerdem gefunden werden.

Sabrina, Ralf, Rainer, Anton, Gerhard und sie selbst würden jede Menge Arbeit bekommen. Sie informierte Harald Kreisler. Er bedankte sich knapp und mahnte endlich verwertbare Ergebnisse an. Eine Mordaufklärung müsse möglichst zeitnah geschehen, sonst werde es immer schwieriger, den Täter zu erwischen.

Klugscheißer. Als wüsste ich das nicht selbst.

Also gut. Fridolin Hüller, Werner Mehrfeld, Wilfried Herbst sowie die drei Jäger aus dem Jagerhof waren zuerst dran. Dann konnten sie neue Spuren aufnehmen.

Sie rief Sabrina an und beauftragte sie damit, gemeinsam mit Ralf zu den Obermeiers zu fahren. Einfühlsame Mitteilung über den Tod der Tochter sowie vorsichtige Befragung der Eltern und Spurensuche in Lauras Zimmer und in ihren Unterlagen. Jede Kleinigkeit zählte. Anton und Gerhard würden Werner Mehrfeld und Wilfried Herbst befragen. Sie selbst würde mit Rainer in den Jagerhof fahren und sich dort die drei verkaterten Gastjäger aus Norddeutschland noch einmal gründlich vornehmen. Danach würde sie sich höchstpersönlich um Fridolin Hüller kümmern.

Rainer sollte solange in die Karpaten nach Storni fahren und Jiris Laden überprüfen, wo Werner Mehrfeld angeblich seine Waffen verkauft hatte. Telefonisch war dort bisher niemand zu erreichen gewesen. Ein offizielles Amtshilfeersuchen an die Tschechen war zu kompliziert. Da fuhr er am besten lieber gleich selbst.

Bestimmt wäre es auch nicht verkehrt, wenn sie erneut bei Juliane Berger vorbeischaute. Auch die besten Alibis der prominentesten Persönlichkeiten konnten gefälscht sein. Das wusste jeder Polizeischüler im ersten Semester.

53

Mittwoch, 14.00 Uhr, Haus der Obermeiers, nahe Prien.

»Sagst du es ihnen oder soll ich?« Ralf, der am Steuer saß, schaute Sabrina fragend von der Seite an.

»Ich mache das nicht so gern.« Sie starrte brütend zur Windschutzscheibe hinaus.

»Okay, dann mach ich es.«

Kurz darauf hatten sie das Haus der Obermeiers erreicht.

Ralf stellte seinen Dienstwagen an der kleinen Zufahrtsstraße ab.

Danach stiegen sie aus, gingen zum Haus hinüber und er läutete an der Tür. Sabrina hielt sich bewusst im Hintergrund. Ihr war das jetzt schon alles zu viel.

»Ja, bitte?« Martha Obermeier öffnete ihnen. Sie lächelte die beiden freundlich an.

»Kripo Traunstein, Frau Obermeier«, sagte Ralf. »Das hier ist meine Kollegin, Kommissarin Hornsteiner.« Er zeigte auf Sabrina, die schräg hinter ihm stand. »Mein Name ist Schneider, Hauptkommissar.«

»Was kann ich für Sie tun? Haben Sie meine Laura endlich gefunden?« Martha sah immer wieder von einem zum anderen. Sie lächelte erwartungsvoll.

»Dürfen wir reinkommen?«

»Natürlich, kommen Sie.« Sie hielt ihnen die Tür auf.

Im Wohnzimmer bat Ralf sie, sich erst einmal zu setzen.

»Aber warum denn?« Martha blieb stehen, wo sie stand. Sie schien sich nicht gern sagen zu lassen, was sie tun sollte. In ihrem eigenen Haus wohl schon gar nicht. »Ist meinem

Kind etwas passiert? Ist etwas Schlimmes?« Sie sah ihn alarmiert an.

»Ihre Tochter lebt nicht mehr, Frau Obermeier. Es tut mir sehr leid.« Ralf fummelte unschlüssig mit seinen Fingern am Bund seiner schwarzen Lederjacke herum. »Aber nun setzen Sie sich doch endlich.«

Martha brauchte sich nicht mehr zu setzen. Sie fiel von einer Sekunde auf die andere in sich zusammen und landete einigermaßen weich auf dem roten Teppich unter ihren Füßen.

Ralf und Sabrina halfen ihr hoch. Sie bugsierten sie auf die mit hellem Kunstleder bezogene Couch in der Sitzecke beim Fenster, wo sie sprachlos weinend liegen blieb.

»Was ist passiert?« Hubert Obermeier stand wie aus dem Nichts im Zimmer. »Geht es dir nicht gut, Martha?« Er schaute besorgt auf sie herunter. »Was ist mit ihr? Wer sind Sie?«, fragte er Sabrina und Ralf, nachdem Martha nicht reagierte.

»Wir sind von der Kripo Traunstein.« Ralf nickte ihm zu. Sabrina tat es ihm gleich.

»Kripo? Aber was …?«

»Ihre Tochter, Herr Obermeier.« Ralf sah ihn lange an.

»Was ist mit ihr? Haben Sie sie endlich gefunden?« Hubert lächelte erfreut.

»Leider ja.«

»Wieso leider?«

»Sie lebt nicht mehr.«

»Sie lebt nicht …« Hubert fasste sich ungläubig ans Kinn. »Aber das ist nur ein schlechter Scherz, stimmt's?«

»Nein.« Ralf schüttelte langsam den Kopf. »Ihre Tochter wurde gestern am frühen Abend umgebracht.«

»Was?« Hubert wurde leichenblass. Er begann am ganzen Leib zu zittern, schaute fassungslos ins Nichts, ging langsam zum Sofa hinüber, tastete mit den Händen nach seiner Frau. »Martha, hast du das gehört?«

»Ja«, erwiderte sie tränenerstickt.

»Aber das geht doch nicht.« Er setzte sich neben sie auf den Rand der Couch, schüttelte dabei in einem fort den Kopf. »Sie war doch zu allen immer so lieb. Wer hätte sie denn …«

»Es tut uns sehr leid«, wiederholte Ralf.

Sabrina nickte stumm.

Sie tat sich unendlich schwer damit, den beiden in die Augen zu sehen. Seit ihre eigene, von ihr über alles geliebte Oma vor fünf Jahren gestorben war, wurde sie jedes Mal vom Mitleid überwältigt, sobald sie vor den trauernden Angehörigen ihrer jeweiligen Mordopfer stand. Nicht gerade von Vorteil bei der Arbeit als Kriminalbeamtin bei der Mordkommission. Aber was sollte sie tun. Es war nun einmal so, wie es war.

»Dürfen wir uns ihr Zimmer ansehen?«, fragte Ralf. »Vielleicht finden wir dort einen Hinweis auf ihren Mörder.«

»Mörder, wie das klingt. Schrecklich. Ich will das einfach nicht glauben.« Martha hielt sich die Hände vor das Gesicht. Sie begann hemmungslos zu schluchzen und zu weinen.

»Gehen Sie ruhig hinauf.« Hubert nickte einigermaßen gefasst. Er schien noch nicht das volle Ausmaß dessen begriffen zu haben, was gerade mit ihnen geschah. »Es ist das erste Zimmer auf der linken Seite.«

Sabrina und Ralf stiegen in den ersten Stock.

»Ich hasse solche Auftritte«, raunte sie ihm zu, sobald sie außer Hörweite der Obermeiers waren. »Könnte jedes Mal selbst mitheulen.«

»Ich finde es auch schrecklich«, erwiderte er. »Das nächste Mal darf jemand anders die schlechten Nachrichten überbringen.«

Lauras Zimmer war perfekt aufgeräumt und sauber. Es wirkte nahezu unberührt.

»Sie war eine sehr ordentliche Person. Das steht auf jeden Fall fest. Sieht aus, als hätte sie hier lediglich geschlafen«, sagte Sabrina.

»Wie in einem Museum.« Ralf nickte.

Sie machten sich daran, nach Hinweisen zu stöbern. Nur ganz vorsichtig, um keine Spuren zu verwischen. Holger von der KTU würde andernfalls ausrasten. Normalerweise war er mit seinen Leuten zuerst dran, den Tatort zu untersuchen. Andererseits war es aber kein Tatort. Außerdem eilte es, und natürlich hatten sie Plastikhandschuhe an sowie Plastiküberzieher an den Schuhen.

»Schau mal«, meinte Sabrina wenig später. Sie hatte den Computer eingeschaltet, der auf dem kleinen Schreibtisch vor dem Fenster stand.

»Was hast du?« Ralf unterbrach seine Nachforschungen am Bücherregal. Er kam zu ihr herüber. »Kein Passwort?«

»Wahrscheinlich fand sie es nicht notwendig, weil sich ihre Eltern sowieso nicht mit dem PC auskannten.«

»Könnte sein.« Ralf nickte.

»Sieht aus wie eine Kundenkartei.« Sie zeigte auf den Bildschirm.

»Sie hat also doch nicht nur hier geschlafen.«

»Sieht ganz so aus.« Sabrina nickte. »Alles ist akkurat eingetragen. Kundendaten, Stundenpläne, Honorarsätze.«

»Sie scheint mehrere Kunden mit Geld gehabt zu haben.« Ralf zeigte auf die Einträge. Laura hatte hinter einigen Namen den Zusatz »exklusiv« notiert.

»Wir rufen Holger und seine Leute, bevor wir zu viel durcheinanderbringen. Sie sollen sich gründlich umschauen und die Festplatte überprüfen. Was meinst du?«

»Absolut.« Er nickte. »Die Eltern sollten wir aber vorher befragen?«

»Wir können es zumindest versuchen.«

Sabrina kopierte sich Lauras Kundenkartei auf einen Datenstick. Dann schaltete sie den Computer aus und sie kehrten nach unten ins Wohnzimmer zurück.

»Dürfen wir Ihnen ein paar Fragen stellen?« Sabrina gab sich Mühe, so einfühlsam wie möglich zu klingen. Sie konnte sich sehr gut vorstellen, dass Lauras Eltern im Moment nicht den geringsten Nerv hatten, sich auf sie und Ralf zu konzentrieren.

»Fragen Sie.« Martha, die immer noch neben ihrem Mann auf ihrer Couch lag, schaute aus roten Augen zu ihr herüber.

»Hatte Ihre Tochter Feinde?«

»Bestimmt nicht.« Martha schüttelte den Kopf.

Hubert tat es ihr wortlos gleich.

»Eifersüchtige Verehrer vielleicht?«

»Das weiß ich nicht«, erwiderte Martha tonlos. »Sie sah so toll aus, sie hätte jeden Mann im ganzen Chiemgau haben können. Auch die reichsten.«

»Es kämen also alle Männer im Chiemgau infrage?« Sabrina blickte ernst drein, obwohl Marthas Behauptung für ihren Geschmack natürlich etwas weit ging.

»Wir hatten so sehr auf das Geld eines betuchten Schwiegersohns gehofft.« Martha schnäuzte sich kräftig in ein Papiertaschentuch. Sie sprach mit zitternder Stimme weiter. »Unsere Raten fürs Haus übersteigen bei Weitem unser Budget. Sieht so aus, als müssten der Hubsi und ich demnächst ausziehen.«

»Das gehört doch jetzt gar nicht her, Martha. Unser Kind ist gestorben, Herrschaftszeiten noch mal.« Hubert schnitt ein empörtes Gesicht.

»Aber die Laura mit ihren guten Chancen auf eine reiche Heirat war unsere letzte Hoffnung auf ein anständiges Leben. Was sollen wir denn jetzt machen?« Martha schnäuzte sich erneut.

»Vielleicht einfach einmal nicht nur an uns selbst denken.« Hubert erhob sich von seinem Platz. Er schien es neben seiner Frau nicht mehr auszuhalten.

»Ich soll nicht an mich selbst denken? Du redest dich leicht, du Traumtänzer«, erwiderte sie aufgebracht, während sie ebenfalls aufsprang und im Zimmer hin und herlief. »Sinnlos herumsitzen und Modellflugzeuge basteln. Mehr bringst du doch seit Jahren nicht zustande.«

»Martha, ich bitte dich. Laura ist gestorben. Es geht gerade wirklich nicht um uns.« Hubert errötete. Offenbar vor Scham vor den beiden Kriminalbeamten.

»Und ob es um uns geht.« Martha hielt inne. Sie sah ihn fast schon hasserfüllt an. »Ich werde jedenfalls nicht warten, bis mir der Gerichtsvollzieher an alles hier drinnen einen Kuckuck geklebt hat.«

»Was willst du denn tun?« Tränen stiegen ihm in die Augen. Er schien auf jeden Fall der weichere von beiden zu sein.

»Ich lasse mich scheiden!« Sie brüllte den Satz hysterisch heraus.

»Na gut, Frau Obermeier.« Sabrina mischte sich in das gerade ungut ausufernde Gespräch. »Ihre Privatangelegenheiten gehen uns wirklich nichts an.«

»Privatangelegenheiten. Dass ich nicht lache.« Martha schnaubte empört. »Dieser Waschlappen macht mich doch seit Jahren vor allen Leuten im Ort lächerlich.«

»Wie auch immer«, fuhr Sabrina fort. »Wir fahren jetzt und melden uns bei Ihnen, wenn wir eine weitere Aussage von Ihnen brauchen.«

»Von mir aus gern. Nehmen Sie den traurigen Verlierer da drüben gleich mit.« Martha zeigte mit dem Kinn auf Hubert. »Eine Schande ist der Kerl.« Weißer Schaum sammelte sich in ihren Mundwinkeln.

»Im Übrigen habe ich unsere Spurensucher angerufen«, sagte Sabrina. »Bitte lassen Sie die Herrschaften nachher in Lauras Zimmer. Und gehen Sie selbst nicht mehr hinein. Ich habe ein Polizeisiegel angebracht.«

»In meinem Haus gehe ich immer noch, wohin ich will.« Martha hatte inzwischen einen hochroten Kopf. Sie schien jeden Moment vor Wut und Aufregung zu kollabieren.

»In diesem Fall leider nicht, Frau Obermeier. Aber Sie können sich gerne bei uns auf der Inspektion in einer Zelle beruhigen, falls Ihnen das hier nicht gelingt.«

Sabrina hatte die Nase von der selbstsüchtigen Megäre vor ihnen gestrichen voll. Der arme Mann. Die arme gestorbene Tochter. Mit solch einem geldgierigen und gefühlskalten Drachen zusammenzuleben, musste für jeden die reinste Hölle auf Erden sein.

»Sie wollen mich in eine Zelle stecken?« Martha starrte Sabrina fassungslos an. »Mich?« Sie schlug sich mit der geballten Faust gegen ihre Brust.

»Wenn Sie sich nicht gleich beruhigen, werde ich das tatsächlich tun.« Sabrina nickte mit ernster Miene.

»Den nutzlosen Trottel da drüben sollten Sie lieber mitnehmen.« Martha zeigte erneut auf Hubert. »Der hat alles kaputt gemacht mit seinem grenzenlosen Leichtsinn und seiner Verantwortungslosigkeit. Alles!«

»Es liegt ganz bei Ihnen.« Sabrina blieb ruhig, obwohl sie am liebsten eingegriffen hätte. Diese Frau war die reinste Zumutung für ihren sichtlich viel zu gutmütigen Mann.

»Na gut. Ich beruhige mich wieder.« Martha winkte ab.

»Ich gehe meine Sachen packen. Keine Minute länger als nötig bleibe ich mehr in diesem Haus.«

»Wie Sie möchten, Frau Obermeier. Aber kommen Sie endlich runter. Hamma uns?« Sabrinas Tonfall klang streng wie der einer Klassenlehrerein, wenn es darum ging, einen besonders aufsässigen Rüpel zur Ordnung zu rufen.

»Ist ja gut.« Martha setzte sich wieder auf ihre Couch und schwieg.

»Wahnsinn, was es für Menschen gibt«, sagte Sabrina kopfschüttelnd, als sie draußen auf der Straße zu Ralf in dessen Dienstwagen stieg. »Da willst du selbst keine Frau mehr sein.«

»Jetzt übertreibst du aber.« Ralf grinste wie nebenbei.

»Ab in die Inspektion, bevor ich sie doch noch mitnehme.« Sabrina versuchte ebenfalls ihr Gesicht zu einem Grinsen zu verziehen. Es gelang ihr nicht.

54

Mittwoch, 14.10 Uhr, Grassau am Chiemsee.

Anton und Gerhard parkten vor Werner Mehrfelds Haus.

Ralf hatte sie noch auf der Inspektion bezüglich dessen merkwürdiger Verkleidung vorgewarnt und ihnen erklärt, dass er Bienenzüchter sei. Anscheinend so ein alternativer Spinner. Bestimmt ein Grüner, die eigentlich alle ziemlich friedlich wären, wie man wüsste, und als Mörder wohl eher nicht geeignet.

Trotzdem mussten sie ihn erneut befragen. Besonders in Hinblick auf die Tatzeit gestern Nachmittag, als Laura Obermeier umgebracht wurde. Schließlich hatte ihr höchstwahrscheinlich ein Jäger professionell die Gesichtshaut entfernt.

Anton läutete an der Haustür.

»Ja, bitte.« Werner sah sie neugierig an, nachdem er ihnen geöffnet hatte.

»Wir haben ein paar Fragen an Sie, Herr Mehrfeld. Gruber mein Name. Polizeihauptmeister. Und das ist mein Kollege, Polizeimeister Bacher.« Er zeigte auf Gerhard, der direkt neben ihm stand und leicht debil grinste, wie er das meistens tat. Anton hatte sich nicht nur einmal gefragt, ob es sich dabei möglicherweise um eine partielle Gesichtslähmung handelte.

»Die Verkehrspolizei?« Werner blickte erstaunt drein. »Aber ich habe längst kein Auto mehr. Ich fahre mit dem Radl, mit dem Taxi und mit dem Zug.«

»Nix Verkehr.« Anton schüttelte den Kopf. »Wir unterstützen die Kripo Traunstein bei einer Morduntersuchung.«

Aha, tatsächlich ein Grüner. Die Weltverbesserer sterben nicht aus. Aber immer noch besser so als Kriege anzetteln.

»Wollen Sie reinkommen?« Werner zeigte ins Innere des Hauses.

»Nicht nötig.« Anton winkte ab. »Geht ganz schnell. Wo waren Sie gestern zwischen 16.00 Uhr und 18.00 Uhr?« Er holte Stift und Notizblock heraus, um Werners Antwort darin einzutragen.

Gerhard blieb, weiterhin unergründlich vor sich hin grinsend, neben ihm stehen.

»Das ist einfach. Da war ich hier«, erwiderte Werner. »Gegen Abend muss ich mich immer um meine Bienen kümmern.«

»Gibt es Zeugen dafür?«

»Nur die Bienen.« Werner schüttelte den Kopf. »Bin ich etwa wegen irgendetwas verdächtig?«

»Sie waren gestern zur fraglichen Zeit also zu Hause.« Anton schrieb mit, ohne auf Werners Gegenfrage einzugehen. »Waren Sie einmal weg? Zum Einkaufen zum Beispiel.«

»Nein.« Werner schüttelte erneut den Kopf. »Nachdem ich mit den Bienen fertig war, habe ich mir auf meiner Terrasse hinter dem Haus eine Brotzeit hergerichtet. Im Fernsehen lief gerade eine Sendung über die Gefährdung der Haie.«

»Auf der Terrasse?«

»Ich habe einen kleinen Fernseher dort.« Werner nickte. »Im Haus wären es mir zu viele schädliche Strahlen.«

»Warum haben Sie dann überhaupt einen?«

»Um auf dem Laufenden zu bleiben. Meistens schau ich aber Tierfilme.«

»Keinen Leberkas beim Metzger geholt?« Anton hätte es verstanden, wenn es so gewesen wäre. Er hielt es keinen einzigen Tag ohne seine geliebten Leberkassemmeln aus.

Gerhard ging es genauso. Einer der wenigen Gründe, warum sie trotz ihrer unterschiedlichen Charaktere dennoch einigermaßen miteinander auskamen. Meistens ging Gerhard dem älteren Anton allerdings wegen seines blöden Dauergrinsens und seiner manchmal fast schon grenzenlos anmutenden Einfältigkeit gehörig auf den Geist.

Am schlimmsten war es, wenn er sich dazu aufschwang, Anton irgendwelche wilden kriminalistischen Theorien nahezubringen. Bei dem ausgemacht hirnverbrannten Schwachsinn, den er dann von sich gab, musste Anton oft genug schwer an sich halten, um nicht seine Dienstwaffe zu ziehen und den offenkundig auf Dauerbetrieb eingestellt daherschwadronierenden Klugscheißer auf der Stelle zu erschießen.

Allerdings hätte sich das wohl nicht gut in seiner Personalakte gemacht. Hinter Gitter hätte man ihn ebenfalls gesperrt. Also ließ er es am Ende jedes Mal lieber bleiben.

»Nein, kein Leberkäs.« Werner winkte ab. »Ich bin Vegetarier. Hatte grünen Spargel und Tomaten aus meinem eigenen Garten. Dazu zwei schöne Spiegeleier von meinen frei umherlaufenden Biohühnern. Das sollten Sie mal probieren. Schmeckt ganz anders als das gekaufte Zeug.«

»Glaub ich Ihnen.« Anton lächelte. Er respektierte es grundsätzlich, wenn irgendwelche Zeitgenossen für ihre Lebenseinstellung brannten. Auch wenn er ihre Ansichten dabei entweder gar nicht oder nur stellenweise teilte. »Trotzdem ist und bleibt Fleisch mein Gemüse.« Er lachte kurz.

»Genau.« Gerhard lachte mit. »Außerdem sind Haie sehr gefährlich. Sie können einen totbeißen.«

»Dich hat niemand gefragt.« Anton blickte streng zu seinem um gut zwei Köpfe größeren, aber deutlich jüngeren Kollegen hinauf.

»Na gut.« Gerhard räusperte sich kurz. Er besann sich wieder auf sein schweigendes Grinsen.

»Der eine isst dies, der andere das. Jeder, wie er mag, sag ich immer.« Werner grinste beseelt. »Darf man fragen, wer ermordet wurde?«

»Eine junge Frau. Laura Obermeier.« Anton schaute Werner forschend ins Gesicht. »Sagt Ihnen der Name etwas?«

»Ich kannte die Laura. Sagte das Ihrem Kollegen vorgestern auch schon. Ich hatte einmal zwei Trainingsstunden bei ihr. Oh je, das tut mir aber leid.« Werner machte zuerst eine erschrockene, dann eine ernste Miene. Er hob bedauernd die Arme. »Sie war sehr hübsch und sehr nett.«

»Das hab ich mir auch sagen lassen.« Anton schrieb weiter in seinen Notizblock.

»Die Ärmste«, hauchte Werner.

»Sie spürt ja jetzt nichts mehr«, mischte sich Gerhard erneut ins Gespräch.

»Das klingt aber reichlich makaber.« Werner schüttelte den Kopf. »Ist für die Angehörigen sicher kein Trost.«

»Ist aber wirklich so«, sagte Gerhard.

»Sei still, Gerhard«, herrschte Anton seinen jüngeren Kollegen an.

»Kann ich sonst noch etwas für Sie tun?« Werner schaute von einem zum anderen. »Wollen Sie sich einen Honig mitnehmen? Geht beim ersten Mal auf Kosten des Hauses. Ich will so neue Kunden gewinnen.«

»Da sagen wir natürlich nicht Nein, stimmt's, Gerhard?« Anton stieß seinen Kollegen mit dem Ellenbogen in die Seite.

»Stimmt.« Gerhard nickte.

Als sie sich mit ihrem Glas Honig im Gepäck auf dem Weg zu Wilfried Herbst befanden, rief Anton bei Hanna an.

»Dieser Werner Mehrfeld hat ein Alibi und zwar ein selbst angebautes«, sagte er und lachte leise.

»Marihuana etwa?«

»Bienenhonig, Eier, Tomaten und grüner Spargel.«

»Du sprichst in Rätseln, alter Freund.«

»Er musste sich zur Tatzeit, wie jeden Tag um diese Zeit, um seine Bienen kümmern, sagt er. Danach hat er Brotzeit gemacht.«

»Zeugen?«

»Nur seine Bienen. Aber der war es nicht, Hanna. Viel zu gutmütig. Ein Grüner aus vollem Herzen. Außerdem hat er zur Tatzeit etwas über Haie im Fernsehen angeschaut, sagt er. Das müsste sich leicht überprüfen lassen.«

»Gerade die stillen Wasser sind oft tief, Anton.« Die Zweifel waren Hannas Stimme deutlich anzuhören. »Wäre schon nicht schlecht, wenn er einen richtigen Zeugen für die Tatzeit hätte.«

»Wenn ich mir Gerhard so anschaue, bin ich nicht einer Meinung mit dir, was die stillen Wasser betrifft.« Anton grinste wissend in sich hinein. »Manche von denen sind einfach nur flache Pfützen.«

»Wo sind Pfützen?« Gerhard, der gerade ein wenig eingenickt war, schaute hektisch auf.

»Nirgends, schlaf weiter, Kollege.«

Anton verabschiedete sich von Hanna.

Dann trat er aufs Gaspedal.

55

Mittwoch, 14.10 Uhr, Jagerhof Prien am Chiemsee.

Hanna und Rainer hatten Glück. Die drei Jäger, die im Jagerhof residierten, saßen im Biergarten. Auf Rainers Frage hin, warum das so sei, meinten sie, dass der Tag bereits sehr früh gelaufen gewesen wäre. Sie hätten gleich nach dem Frühstück mit Bier angefangen. Jetzt würden sie erst mal noch ein weiteres schönes Bier und dazu einen Enzian trinken und ihren Urlaub genießen.

»Wo waren Sie gestern Nachmittag zwischen 16.00 Uhr und 17.00 Uhr?«, fragte sie Hanna.

»Am Montag wollt ihr wissen, wo wir am Morgen waren«, erwiderte der rotgesichtige Dicke, an den sich Rainer sofort erinnert hatte. Anscheinend war er so etwas wie der Wortführer. »Heute wollt ihr wissen, wo wir gestern Abend waren. Ihr wollt es aber wirklich ganz genau wissen hier in Bayern. Das ist ja wie in einem Polizeistaat. Da verbringen wir unseren nächsten Urlaub wohl lieber woanders.« Er schüttelte verärgert seinen Kopf, sodass seine dicken Backen wackelten.

»Würden Sie bitte meine Frage beantworten?« Hanna blickte ungnädig von einem zum anderen.

Wenn es nach ihr gegangen wäre, hätte man im Chiemgau gut auf drei solche Vögel wie die verzichten können. Sie kannte diese Klientel zur Genüge. Nur saufen und blöd daherreden im Kopf. Konnten sie das zu Hause in ihren Stammkneipen nicht viel besser?

»Gestern Abend saßen wir ab gestern Mittag hier im Biergarten.« Der Dicke grinste selbstzufrieden. »Raten Sie mal, was wir währenddessen gemacht haben?«

»Ungern.« Hanna sah ihn auffordernd an.

»Wir haben Bier getrunken. Bis tief in die Nacht hinein.«

»Alle drei?«

Alle drei nickten.

»Keiner von ihnen war für längere Zeit weg?«

»Höchstens auf der Toilette«, sagte der Dicke. »Aber nie lange. Bei uns funktioniert alles noch tadellos untenherum. Wenn Sie wissen, was ich meine, Frau Kommissarin.«

»Wie heißen Sie bitte?«, fragte ihn Hanna mit ungerührter Miene.

»Roman Deichfischer. Das sollte Ihr Kollege aber eigentlich vom Montag her noch wissen.«

»Haben wir seine Personalien?«, wandte sich Hanna an Rainer.

»Natürlich.« Er nickte.

»Die Personalien der anderen haben wir auch?«

»Sicher. Wieso fragst du?« Er sah sie verständnislos an. »Die gesamten Unterlagen liegen auf meinem Schreibtisch. Habe sie aber auch im Handy.«

»Warum sagst du das nicht gleich?«

»Hast du mich gefragt?« Er schüttelte den Kopf.

»Sind Sie eigentlich zum Jagen oder zum Biertrinken hergekommen?«, fragte Hanna rein interessehalber in die Runde, obwohl sie sich die Antwort denken konnte.

»Sehen Sie das nicht?« Roman zeigte auf die leeren Gläser auf dem Tisch. »Jagen können wir auch zu Hause. Aber hier können wir endlich mal die Tage und das Bier ohne unsere dauernörgelnden besseren Hälften einfach so laufen lassen.«

Zustimmendes Gelächter der anderen beiden.

»Die Nächte nicht zu vergessen«, fügte Roman hinzu. »Die bayrischen Mädchen sind sehr fesch.«

Erneutes markiges Männergelächter.

»Na gut, meine Herren. Schönen Urlaub noch.« Hanna nickte ihnen humorlos zu.

Sie ging mit Rainer zu ihren Autos zurück, die draußen auf dem Hotelparkplatz standen.

»Das war wohl eher ein Schuss in den Ofen«, sagte sie zu ihm, während sie ihre Fahrertür entriegelte.

»Versuchen muss man es«, erwiderte Rainer. »Aber diese Suffköpfe sind wirklich zu dämlich für alles. Bestimmt auch für einen Mord.« Er sperrte sein Fahrzeug ebenfalls auf.

»Also gut. Ich fahre zu Fridolin Hüller und danach zu Juliane Berger«, meinte Hanna. »Machst du dich langsam auf den Weg in die Karpaten?«

»Ich schau bloß kurz daheim nach dem Rechten. Dann bin ich weg.«

»Macht deine Mutter wieder Probleme?«

»Sie scheint sich mit der Hilfskraft aus Polen nicht so recht anfreunden zu können. Sagt, sie wird von ihr vergiftet und ähnlichen Unsinn.«

»Oh je.«

»Genau. Oh je.«

»Kann aber auch was dran sein. Wenn du willst, schau ich später am Abend bei ihr vorbei. Ich sagte dir ja bereits, dass solche in Anführungszeichen Pflegekräfte oft die reinsten Ganoven sind. Ehe du schaust, räumen die dir über Nacht das Haus leer.«

»Nichts als Vorurteile.« Rainer schüttelte wissend den Kopf. »Natalia ist der reinste Engel. Du musst nicht vorbeifahren. Ich rufe später daheim an. Mach du lieber mal einen freien Abend.«

»Soso. Der reinste Engel.« Hanna stieg grinsend in ihr Auto.

»Genau.« Rainer stieg ebenfalls in seinen Wagen. Er grinste nicht, sondern setzte einen zärtlichen versonnenen Blick auf.

Sie ließen die Motoren an und fuhren los.

56

Mittwoch, 14.55 Uhr, Wilfried Herbsts Jagdschlösschen in den Bergen.

»Was will die Polizei schon wieder hier?« Wilfried, der genervt schnaubend in der Eingangstür seines Jagdschlösschens stand, schaute Anton und Gerhard mit unfreundlicher Miene an. »Seid ihr etwa Dauergäste hier oben?«

»Wir müssen Ihnen eine Frage stellen, Herr Herbst«, erwiderte Anton. »Geht auch ganz schnell.«

»Ganz schnell oder nicht. Auf jeden Fall stört ihr mich gerade beim Kaffeetrinken. Was ist denn schon wieder, Herrgott Sakrament noch mal?« Wilfried schien gerade nicht die geringste Lust zu haben, mit ihnen zu reden.

Das Gewehr in seiner rechten Hand wirkte alles andere als beruhigend auf Anton.

Gerhard lächelte nur.

Anton sah es und schüttelte den Kopf.

Wie ist es wohl, wenn man totale Leere in der Birne hat? Bestimmt beruhigend irgendwie. Da macht einem wohl nicht mal der Tod Angst, weil man gar nicht weiß, was das ist.

»Wir müssten von Ihnen wissen, wo Sie gestern am späten Nachmittag zwischen 16.00 Uhr und 17.00 Uhr waren.«

»So, müsstet ihr das?« Wilfried schaute gespannt von einem zum anderen.

»Ja.« Anton nickte.

»Und wenn ich es euch nicht sage.«

»Dann müssten wir Sie mitnehmen.« Anton legte die Hand an sein Pistolenholster.

»Willst du mir vielleicht mit deiner Waffe drohen?« Wilfried hob sein Gewehr an. Er zielte damit genau in Antons Gesicht.

»Nein, alles gut.« Anton nahm seine Hand schnell wieder zurück. Stattdessen hob er beide Hände in die Höhe.

Gerhard tat es ihm automatisch gleich.

»Wo waren Sie gestern?«, fuhr Anton fort. »Bitte, wir müssen das wissen.«

»Sonst?«

»Sonst müssen wir Sie wirklich mitnehmen. Oder die Kollegen vom SEK kommen später vorbei und nehmen Sie mit.«

»Ich war beim Stammtisch, im ›Alten Wirt‹ in Traunstein, wenn ihr es unbedingt wissen wollt.« Wilfried bellte die Worte wie ein schlecht gelaunter Hofhund heraus.

»Gibt es Zeugen?«

»Fragt halt dort nach.«

»Werden wir machen, Herr Herbst.«

»Sehr gut. So ihr Kaschperl. Und jetzt schaut endlich zu, dass ihr von meinem Grund und Boden verschwindet. Sonst passiert was.« Um das Gesagte zu unterstreichen, schoss Wilfried einmal über die Köpfe der beiden Polizisten hinweg in die Luft.

Hinter den beiden fiel eine Amsel tot zu Boden. Wilfried hatte sie anscheinend versehentlich mit seiner Kugel vom Baum geholt. Seltsamer Zufall.

»Wir gehen«, sagte Anton. »Aber wenn das mit dem Stammtisch nicht stimmt, kommen wir mit Verstärkung wieder.« Seine Arme behielt er sicherheitshalber weiterhin über dem Kopf.

»Genau, und dann müssen Sie mitkommen, Sie ungehobelter Waldschrat. Mir machen Sie jedenfalls keine Angst.« Gerhard machte ein entschlossenes Gesicht. »Ich bin Polizist.«

»Halt die Klappe, Gerhard.« Anton hatte Angst, dass sein Partner wieder mal alles vermasselte und Wilfried Herbst doch noch auf sie schoss, wenn er sich weiter provoziert fühlte. Außerdem war es ihm ein absolutes Rätsel, woher Gerhard auf einmal so ein kompliziertes Wort wie »ungehobelt« her hatte. Sappralot, das grenzte ja glatt ans Schriftdeutsche.

»Nein, Anton.« Gerhard schüttelte vehement den Kopf. »Meine Meinung werde ich wohl noch sagen dürfen. Der Mann bedroht zwei Polizisten in Uniform mit einer Waffe. Der spinnt doch komplett.«

»Hör schon auf, du Depp.« Anton sah, wie Wilfried genau auf Gerhards Gesicht zielte.

»Nein, Anton. Ich höre nicht auf.« Gerhard stampfte verärgert mit dem Fuß auf. »Soll mich dieser Waldschrat doch ruhig erschießen, weil ich etwas gesagt habe. Ist mir wurscht.« Er nahm seine Arme herunter und verschränkte sie vor seiner Brust. »Wenn er es tut, kommt er auf jeden Fall ins Gefängnis deswegen.«

»Ja, spinnst denn du?«, platzte es aus Anton heraus. »Willst du tatsächlich lieber sterben als nachzugeben?«

»Ja, will ich.« Gerhard schaute trotzig in die Baumwipfel hinauf.

»Komm schon, Gerhard. Wir hauen ab und fragen in Traunstein im ›Alten Wirt‹ nach seinem Alibi. Dann sehen wir weiter.« Anton wusste nicht, wen er gerade für verrückter halten sollte. Den Alpencowboy Wilfried Herbst oder seinen hirnverbrannten Partner.

»Schleicht euch endlich und lasst mich meinen Kaffee trinken«, mischte sich Wilfried polternd ein. »Sonst brenn ich euch am Ende wirklich noch eine auf den Pelz.« Er nahm alle beide abwechselnd ins Visier.

Anton drehte sich langsam um. Dabei packte er Gerhard am Schlafittchen und zog ihn gegen dessen Willen mit sich.

Der wilde Kerl war offenkundig in der Einsamkeit der Wälder wahnsinnig geworden. Da musste besser eine Hundertschaft her, um ihn zu verhaften, falls es notwendig wäre.

Dann würde er bestimmt nicht mehr so auftrumpfen. Jetzt war allerdings erst mal Rückzug angesagt. Sein Alibi beim Wirt in Traunstein musste überprüft werden.

57

Mittwoch, 15.05 Uhr, Fridolins Haus, Übersee.

Hanna näherte sich der Eingangstür von Fridolin Hüllers Haus und stellte fest, dass sie offen stand.

Sie drückte sie noch ein Stück weiter auf und rief nach ihm.

Nichts.

Als sie auch keine Antwort bekam, nachdem sie einmal ganz um das Haus herumgegangen war und dabei immer wieder erneut nach ihm gerufen hatte, entschloss sie sich hineinzugehen.

Allerdings zog sie vorher ihre Dienstwaffe. Sie konnte schließlich nicht wissen, wer oder was sie drinnen erwartete. Fridolins Kleinkalibergewehr war nachweislich aus dem Waffenaufbewahrungsraum der Alpenschützen entfernt worden. Möglicherweise machte sich der gleiche Dieb gerade daran, sein Haus leerzuräumen. Warum auch immer.

»Fridolin? Herr Hüller? Ist jemand zu Hause?«

Hanna öffnete eine Tür nach der anderen. Schlafzimmer, Küche, Bad, Wohnzimmer.

Wieder nichts und wieder nichts.

Niemand war zu hören oder zu sehen.

Sie schaute im ersten Stock nach.

Keiner da.

Zum Schluss stieg sie mit ihrer Pistole im Anschlag in den Keller hinunter.

Der Lichtschalter war kaputt. Also schaltete sie die kleine Taschenlampe ein, die sie beim Einsatz immer bei sich trug.

Der Lichtkegel schnitt sich durch die Dunkelheit.

Sie suchte einen Kellerraum nach dem anderen ab.

Doch auch hier unten zeigte sich niemand.

Der Herr des Hauses war definitiv nicht daheim. Nach einem Einbrecher sah es ebenfalls nicht aus. Wahrscheinlich hatte Fridolin einfach nur vergessen, die Tür hinter sich zu schließen, als er hinausging.

Wenn sie nur seine Handynummer hätte. Dann könnte sie ihn anrufen und fragen, wo er gerade war. Das hätte vieles vereinfacht.

Sie ging zurück zur Treppe. Leuchtete dabei noch einmal gründlich um sich.

Im ganzen Keller lag Gerümpel übereinandergestapelt. Von alten Hängelampen über Kleider, Kisten und Schachteln bis hin zu verschmutzten Kissen, Polstern, Autoreifen, Skistiefeln und verrosteten Fahrrädern.

Hanna hielt sich angewidert die Nase zu, weil sie den ekelhaften Gestank nach toter Ratte nicht mehr aushielt.

Fridolin war früher immer ein ordentlicher Schüler gewesen. Daran konnte sie sich gut erinnern. Das schien sich inzwischen geändert zu haben.

Das ganze Haus machte eher den Eindruck einer Obdachlosenunterkunft in einem Kriegsgebiet als den einer ordentlichen Behausung im schönen, sauberen und begehrten Urlaubsland Bayern.

Seit dem Tod seiner Eltern konnte er sich wohl nicht mehr aufraffen, hier drinnen klar Schiff zu machen, vermutete sie. Sie erinnerte sich daran, dass er die beiden schon früher über die Maßen geliebt hatte. Bestimmt konnte er ihren Verlust nicht verkraften.

Es war traurig, mitansehen zu müssen, wie jemand die Kontrolle über sein Leben verlor. Depressionen und Alkohol konnten viel zerstören. Von beidem schien Fridolins

Leben geprägt zu sein. Das war auch schon ihr erster Eindruck gewesen, als sie ihn verhört hatten.

Vielleicht hätte es ihm gutgetan, einen neuen Job anzufangen, anstatt einfach nur die Zeit vergehen zu lassen und sein Erbe auf den Kopf zu hauen. Arbeit konnte die menschliche Psyche stabilisieren. Davon wusste Hanna selbst ein Lied zu singen.

Auf halbem Weg die Kellertreppe hinauf hörte sie ein klirrendes Geräusch von oben. Als wäre Porzellan zerbrochen, Steingut oder Glas.

Sie umfasste den Griff ihrer Waffe fester.

Stieg langsam weiter.

Eine Stufe nach der anderen.

Als sie oben im Flur ankam, schlich sie auf leisen Sohlen mit vorgehaltener Pistole zur Küche hinüber. Die Logik sagte ihr, dass genügend Flaschen und Geschirr herumstanden, die das Geräusch von gerade eben verursacht haben konnten.

Sie hielt ihre Dienstwaffe in der rechten Hand. Mit der linken schob sie langsam die Tür auf.

58

Mittwoch, 15.35 Uhr, Haus der Talgrubers, Traunstein.

Rainer war nach Hause gekommen, um nach dem Rechten zu sehen. Da ihn seine Mutter Hildegard ignorierte und nur stur in ihren Fernseher starrte, sprach er draußen auf der Terrasse mit Natalia über ihren ersten Tag.

»Es war schon nicht so ganz einfach«, gestand sie, nachdem sie sich an den großen Gartentisch gesetzt hatten. »Aber wir raufen uns schon zusammen. Ich hatte einen Onkel mit Demenz. Das war ähnlich.«

»Was war denn das für eine Geschichte mit dem Vergiften vorhin?« Rainer sah sie neugierig an.

»Das gehört zum Krankheitsbild. Man vertraut niemandem mehr. Schon gar nicht Fremden.«

Sie lächelte schüchtern, was ihm eigentlich sehr gut gefiel. Dennoch wusste er nicht genau, wie es mit ihr und seiner Mutter weitergehen sollte. Auf Dauer war es jedenfalls gewiss kein Zustand, dass die beiden unentwegt miteinander stritten. Das war zu viel für Hildegard und sicher auch zu viel für Natalia.

»Vielleicht sollten wir es lieber lassen und ich bringe sie doch irgendwo stationär unter«, überlegte er laut. »Sie hatte offenbar wirklich Angst am Telefon. Außerdem erkennt sie mich auf einmal anscheinend nicht mehr. Das war bisher noch nie der Fall.«

»Auf keinen Fall bringen Sie Ihre Mutter ins Heim.« Natalia schüttelte ihren hübschen Kopf. »Wir schaffen das.«

»Ich weiß nicht.« Zweifel mischten sich in seinen dauerschmachtenden Blick.

»Glauben Sie mir, Herr Talgruber. Ich denke auch, dass Ihre Mutter Sie erkennt. Vielleicht ist sie einfach nur böse darüber, dass ich bei ihr bin und nicht Sie.«

»Sie meinen, sie will mich dafür bestrafen, dass ich in die Arbeit gehe und nicht bei ihr sitze und ihr vor dem Fernseher die Hand halte?« Rainer kratzte sich nachdenklich am Kinn.

»Das könnte gut sein.«

»Aber das ist absurd. Ich muss Geld verdienen. Von was sollen wir sonst leben?« Er schüttelte den Kopf. »Das muss ihr doch klar sein.«

»Aber genau das ist doch das Problem.«

»Stimmt. Natürlich haben Sie recht.« Er winkte mit einem flüchtigen Lächeln auf den Lippen ab. »Passen Sie auf, Natalia. Wir machen es so. Ich muss heute noch nach Tschechien und werde dort wohl übernachten. Wir reden morgen Mittag, wenn ich zurück bin, noch einmal über die Sache. Dann wissen wir schon wieder mehr und erst dann entscheiden wir auch. In Ordnung?«

»Das ist sehr vernünftig.« Sie nickte. »Möchten Sie eine Tasse Kaffee, bevor Sie fahren?« Ihre Augen strahlten wie die eines jungen Mädchens. Unbefangen und fröhlich.

»Liebend gerne.« Rainer nickte ebenfalls.

Wie wunderbar könnte doch das Leben mit einer schönen Frau an der Seite sein, die auch noch nett und intelligent war.

Nachdem Rainer seinen Kaffee getrunken hatte, packte er ein paar Sachen zusammen, verabschiedete sich guter Dinge von Natalia und seiner Mutter, die ihn weiterhin keines Blickes würdigte, und stieg in seinen Dienstwagen.

Höchste Zeit, dass er Werner Mehrfelds Geschichte mit dem Waffenverkauf überprüfte. Jedem Verdacht musste solange gründlich nachgegangen werden, bis er sich entweder erhärtete oder in Staub auflöste. So lief nun mal das Geschäft bei der Kripo.

Irgendwo anrufen und niemanden erreichen genügte da einfach nicht.

Hoffentlich versaute seine Mutter ihm die gute Idee mit Natalia nicht. Es war bisher mit Abstand die beste Lösung für alles. Ins Heim abschieben wollte er sie nicht, und bei ihr zu Hause sitzen bleiben, konnte er nicht. Das war sowieso klar.

59

Mittwoch, 15.40 Uhr, Fridolins Haus, Übersee.

Die Küche war leer. Hanna hörte, wie im Garten etwas krachend umfiel. Möglicherweise die Schubkarre mit dem Brennholz, die sie vorhin hinter dem Haus gesehen hatte.

Sie lief so schnell sie konnte durch das Wohnzimmer auf die Terrasse hinaus.

Als sie im Garten stand, fielen ihr sofort die wackelnden Äste eines kleinen Gebüsches im hinteren Teil auf. Der nicht anwesende Wind konnte nicht schuld daran sein. Hier musste gerade ein Mensch oder ein Tier entlanggekommen sein.

Mit schnellen Schritten machte sie sich an die Verfolgung.

Verschwand im Wald.

Orientierte sich kurz.

Rannte über Stock und Stein bergauf.

Hielt immer wieder kurz an und blickte sich nach etwas Verdächtigem um.

Entdeckte nichts.

Lief weiter.

Wieder nichts.

Schließlich gab sie schwer atmend auf.

Wer oder was auch immer vor ihr geflohen war. Er, sie oder es hatte sie abgehängt.

Während sie langsam zu Fridolins Haus zurückkehrte, machte sich ihr Handy bemerkbar.

»Servus, Hanna«, meldete sich Anton am anderen Ende.

»Servus, Anton. Was gibt's Neues?«

»Wir waren doch bei diesem Waldschrat, Wilfried Herbst.«

»Weiß ich. Und?«

»Er hat sich aufgeführt wie ein Irrer. Hat uns sogar mit seinem Gewehr bedroht.«

»Ist euch was passiert?«

Komm zur Sache, Mann. Ich hab nicht ewig Zeit.

»Gott sei Dank nicht. Wir konnten vorher fliehen.«

»Prima. Hast du auch noch irgendetwas Wichtiges für mich?« Hannas Ton klang ungeduldig, und sie wusste das natürlich. Es war volle Absicht.

»Findest du das etwa nicht wichtig?«

»Wenn ihr unversehrt seid, nicht. Schon mal was von Berufsrisiko gehört?«

Warum bist du denn gar so hart mit ihm?

»Es war nicht angenehm zu sehen, wie er genau auf Gerhards Kopf zielte. Und dann hat er auch noch einen Vogel vom Baum geschossen.«

»Da schau her. Ein Vogelmörder.«

Ganz einfach. Weil er nervt mit seinem Geschwafel. Ist das wirklich Anton oder hat sich Gerhard sein Handy geschnappt?

»Auf jeden Fall sagte uns Wilfried Herbst, dass er gestern zur Tatzeit im ›Alten Wirt‹ in Traunstein saß und Karten gespielt hat. Vom Nachmittag bis in die Nacht hinein.«

»Also hat er ein Alibi? Habt ihr das überprüft?«

»Wir waren dort.«

»Und?«

Ja, so ein lahmer Umstandskrämer. Ich bringe ihn gleich telepathisch um, wenn er nicht schneller auf den Punkt kommt.

»Es stimmt.«

»Was stimmt?«

Gleich schreie ich.

»Er hat dort Karten gespielt und danach in einem Gästezimmer übernachtet. Wie immer, wenn er von seinem Berg auf ein paar Bier herunter in die Stadt kommt.«

»Sagt wer?«

»Die Wirtin und seine Kartenkameraden. Die saßen bereits wieder beim Bier, als wir hereinkamen. Also der Gerhard und ich. Wir haben jeder eine Radlerhalbe getrunken auf den Schock oben auf dem Berg. Einen Leberkäs mit Ei hat uns die Wirtin spendiert. Sie war sehr nett. Blond und gar nicht so alt.«

»Gut, Anton. Bis später auf dem Revier.«

Hanna legte kopfschüttelnd auf. Gerhard schien langsam stark auf seinen älteren Kollegen abzufärben. War ihr bisher noch gar nicht so aufgefallen.

Sie betrat erneut Fridolins Haus und durchsuchte alles gründlich. Vielleicht fand sich ja irgendwo ein Hinweis darauf, wer ihr da gerade bei ihrem Waldlauf durch die Lappen gegangen war.

60

Mittwoch 16.00 Uhr, Nähe von Gstad.

Ralf und Sabrina waren bei Raimund Föhringer angekommen. Der Möbelfabrikant bewohnte ein modernes Haus gleich bei Gstad, war Mitglied bei den Alpenschützen und stand, wie einige andere, mit dem Vermerk »exklusiv« in Laura Obermeiers Kundenkartei. Alles zusammen ausreichend, um ihn in den Kreis der Verdächtigen einzubeziehen und ihn zu befragen.

Sein Büro befand sich ebenfalls hier.

Er kannte also Fridolin Hüller aus ihrem gemeinsamen Schützenverein sowie Juliane Berger als Nachbarin. Schließlich wohnte sie gerade mal 50 Meter von ihm entfernt.

Ein Wunder, dass sie ihn bisher bei ihren Ermittlungen

übersehen hatten. Andererseits wussten sie schlichtweg nichts von ihm. Das sollte sich jetzt ändern.

Sie stiegen aus und läuteten bei ihm.

Raimund öffnete ihnen höchstpersönlich. Er war mindestens zwei Meter groß, schlank, um nicht dürr zu sagen, trug eine Brille mit Metallbügeln und einen Anzug, der garantiert nicht von der Stange war. Bei seiner Größe war es wahrscheinlich auch schwierig, etwas anderes zu bekommen.

»Grüß Gott, Herr Föhringer«, sagte Sabrina. »Wir sind von der Kripo Traunstein und haben einige Fragen an Sie.«

Ralf blieb schweigend mit verschränkten Armen neben ihr stehen.

»Um was geht es?« Raimund sprach gehetzt. Er schien es eilig zu haben.

»Stören wir Sie gerade bei etwas Wichtigem?« Sabrina schaute ihn neugierig an.

»Nein.« Er schüttelte den Kopf. »Ich habe nur in einer halben Stunde einen wichtigen Termin.« Er sah auf die goldene Armbanduhr an seinem linken Handgelenk.

Sie musste zigtausende Euro gekostet haben. Sabrina kannte sich ein wenig damit aus. Ihr Onkel, der Landrat, trug ebenfalls solch erlesene Uhren.

»Das schaffen wir locker. Dürfen wir reinkommen?« Sie lächelte charmant.

»Mir wäre es lieber, wir könnten das gleich hier erledigen.« Raimund lächelte nicht.

»Kein Problem.« Sie zuckte die Achseln. »Wo waren Sie am Montagmorgen zwischen 6.00 Uhr und 8.00 Uhr?«

»In der Arbeit, wo sonst?« Er blickte überrascht von einem zum anderen. »Wieso fragen Sie?«

»Gibt es Zeugen dafür?«

»Natürlich.« Er nickte. »Meine Sekretärin. Sie ist immer

schon in aller Früh mit mir da. Und natürlich unseren Pförtner.«

»Danke, Herr Föhringer. Wir werden das überprüfen.«

»Wozu wollen Sie das denn wissen?«

»Ein Nachbar von Ihnen wurde um diese Zeit unten am See getötet, Wilhelm Berger.«

»Ach so. Daher weht der Wind.« Raimund nickte. »Ja, schreckliche Sache. Die arme Juliane.«

»Sind Sie mit ihr bekannt?«

»Was meinen denn Sie? Wir sind Nachbarn.« Raimund schüttelte verständnislos den Kopf.

»Stimmt. Auch in Ihren hohen Kreisen spricht man wahrscheinlich gelegentlich miteinander.«

»Was soll das denn nun wieder heißen?« Raimunds Tonfall verschärfte sich. »Haben Sie irgendein Problem?«

»Nichts. Alles gut, Herr Föhringer.« Sabrina lächelte seinen ungehaltenen Ton einfach weg.

Ralf bewegte sich nicht. Er hielt nach wie vor die Arme vor der Brust verschränkt und starrte grantig vor sich hin.

»Das will ich auch hoffen«, erwiderte Raimund. »Ansonsten lasse ich auf der Stelle meinen Anwalt kommen. Der wird Sie darüber aufklären, wie man mit den Leuten spricht.«

»Entschuldigung, Herr Föhringer. War nicht so gemeint.« Sabrina wusste, dass sie mit ihrer frechen Goschen wieder mal zu weit gegangen war. Irgendwann würde sie das sicher noch einmal Kopf und Kragen kosten. Sie machte sich kurz Notizen. »Und nun zu gestern Nachmittag«, fuhr sie anschließend fort. »Wo waren Sie von 16.00 Uhr bis 18.00 Uhr?«

»Was ist mit Dienstag? Oder mit letzter Woche? Wollen Sie nicht wissen, wo ich da war?« Raimunds Stimme triefte vor Ironie. »Man kommt sich als untadeliger Bürger vor wie in einer Diktatur. Wissen Sie das?«

»Wir tun nur unsere Pflicht, Herr Föhringer. Sie können aber auch gerne morgen in der Früh mit Ihrem Anwalt auf die Inspektion kommen und mit unserer Chefin reden.« Sabrina lächelte zuvorkommend.

»Schon in Ordnung.« Raimund winkte genervt ab. »Ich hatte um diese Zeit gestern einen privaten Termin in Bad Aibling in meinem Wochenendhaus. Ist kein großes Geheimnis.«

»Einen privaten Termin?« Sabrina schaute neugierig drein. »Allein beim Fischen?«

»Nein.« Er schüttelte den Kopf.

»Mit wem, wenn man fragen darf?«

»Mit einer Dame.« Raimund fasste sich an den Kragen. Winzige Schweißperlen traten ihm auf die Stirn. Er lockerte seinen Schlips und öffnete den ersten Knopf seines blütenweißen Hemdes.

»Hat die Dame auch einen Namen?«

Da schau her. Unsere Elite scheint generell gerne fremdzugehen.

»Sicher.«

»Verraten Sie ihn uns?«

»Nein.« Raimund schüttelte erneut den Kopf.

»Aber wie sollen wir sonst Ihr Alibi überprüfen?«

»Lassen Sie sich etwas einfallen. Den Namen der Dame sage ich Ihnen jedenfalls nicht. Das gäbe einen Skandal.« Raimunds Miene wirkte verschlossen. Er schien sein Schweigen tatsächlich nicht brechen zu wollen. »Wozu wollen Sie das alles überhaupt wissen?«

»Sie kennen Frau Laura Obermeier?« Sabrina legte ihren Kopf leicht schief, während sie zu ihm hinaufsah.

»Natürlich.« Raimund nickte. »Laura ist meine Fitnesstrainerin.« Er blickte verwirrt von einem zum anderen.

»Sie wurde gestern um diese Zeit ermordet.«

»Was? Laura auch? Aber …« Raimund wurde schlagartig blass vor Schreck. Er schwankte wie ein besonders langer Grashalm im Wind. »Aber das ist doch nicht möglich.« Er schüttelte nun unentwegt den Kopf.

»Leider doch.«

»Aber sie war so jung und so schön. So jemand stirbt doch nicht einfach.« Raimund schien nicht begreifen zu können, was er gerade gehört hatte.

»Es wäre wirklich gut, wenn Sie uns den Namen Ihres Alibis verraten würden, Herr Föhringer.«

»Ich überlege es mir.« Er fasste sich schwer atmend an die Brust. Beugte sich leicht vornüber.

»Tun Sie das.« Sabrina reichte ihm ihre Visitenkarte mit den Diensttelefonnummern darauf. »Alles in Ordnung mit Ihnen? Sollen wir Ihnen einen Arzt rufen?«

»Es geht schon.« Raimund winkte ab. »Es ist nur … ein ziemlicher Schock.« Er atmete tief durch und richtete sich wieder auf.

»Sicher kein Arzt?« Sie blickte ihm prüfend ins Gesicht.

»Nein, alles gut«, sagte Raimund, während er die Karte entgegennahm. »Ich melde mich bei Ihnen.«

»Alles klar. Auf Wiederschauen, Herr Föhringer.«

Sabrina und Ralf drehten sich um und gingen zu ihrem Wagen zurück.

Als sich Sabrina beim Einsteigen kurz nach Raimund umdrehte, sah sie ihn nach wie vor in seiner Tür stehen. Regungslos. Sein Blick ging ins Leere.

»Der Nächste auf Lauras exklusiver Liste ist ein gewisser Volker Bröd in Bad Aibling«, sagte sie zu Ralf, nachdem er den Motor angelassen hatte. »Er ist Arzt in der Kurklinik dort.«

»Da kann er aber froh sein, dass er nicht Volker Blöd heißt«, erwiderte er.

»Oder Öd.«
»Oder Schnöd.«
Beide grinsten.

61

Mittwoch 16.30 Uhr, Seestüberl, Prien.

Hanna parkte direkt neben dem Seestüberl in Prien. Fridolin hatte ihr vorhin am Telefon gesagt, dass er hier wäre.

Statt eines Hinweises auf den vor ihr geflüchteten Unbekannten hatte sie in seinem Haus seine Handynummer gefunden und ihn angerufen.

Sie stieg aus und entdeckte ihn sogleich. Er hatte sich ein schattiges Plätzchen unter einer großen Kastanie gesucht.

»Hallo, Fridolin«, begrüßte sie ihn freundlich, als sie bei ihm ankam. »Darf ich mich setzen?«

»Servus, Hanna. Natürlich.« Er zeigte auf die freien Stühle an seinem Tisch. »Heute ganz inoffiziell?«

»Ja.« Hanna nickte. »Ich war gerade in deinem Haus«, sagte sie dann ohne Umschweife.

»In meinem Haus? Wie das? Ich dachte, du hast mich vorhin von der Inspektion aus angerufen.«

»Und woher hätte ich deine Nummer haben sollen?«

»Du bist die Polizei.«

»Stimmt auch wieder.« Sie grinste. »Hatte sie aber aus deinem Telefonbuch auf deinem Wohnzimmertisch. Die Haustür stand offen.«

»Ich hab aber abgesperrt. Glaube ich zumindest.« Er schüttelte erstaunt den Kopf.

»Ich glaube, es ist jemand eingebrochen. Ich habe ihn verfolgt, aber nicht erwischt.«

»Eingebrochen, sagst du? Was will denn so einer bei mir? Ich habe nichts Wertvolles im Haus und das Geld liegt auf der Bank, bis auf die paar Euro, die für Taxifahrten und Bier brauche.«

»Keine Ahnung.« Sie zuckte die Achseln.

»Und was wolltest du bei mir?«

»Ich wollte dich noch einmal sprechen. Es gab einen erneuten Mord gestern Abend.« Sie sah ihm lange prüfend in die Augen. Nichts als unschuldige Neugier war darin zu finden. Zumindest interpretierte sie es so.

»Tatsächlich?«

»Wo warst du gestern um diese Zeit?«

»Ich war ab 15.00 Uhr hier. Irgendwann bin ich eingeschlafen. In der Nacht hat mich die Kati geweckt, als sie Feierabend gemacht hat, und mir ein Taxi gerufen.«

»Was darf's sein?« Kati war wie ein Geist neben ihnen aufgetaucht. Sie blickte interessiert auf Hanna hinunter.

»Wie lange stehen Sie schon hier?« Hanna musste ihre Hand als Sonnenschutz hernehmen, um die Kellnerin sehen zu können.

»Lange genug.« Kati lächelte geheimnisvoll.

»Wenn Sie schon mal hier sind. Können Sie bestätigen, dass der Fridolin gestern von 15.00 Uhr bis in die Nacht hier war?«

»Sicher kann ich das.« Kati nickte. »Aber wer will das wissen?«

»Hanna Schmiedinger, Kripo Traunstein.« Hanna zeigte ihr ihren Dienstausweis.

»Fridolin ist jeden Tag ab 15.00 Uhr hier. Gestern natürlich auch. Für den Heimweg rief ich ihm ein Taxi. Wollen Sie etwas trinken, Frau Kommissarin?«

»Einen Kaffee, bitte.« Hanna nickte ebenfalls. »Ihre Zeugenaussage müssten Sie mir möglicherweise bei Gelegenheit auf der Inspektion in Traunstein bestätigen, in Ordnung?«

»Kein Problem.«

»Haben Sie zufällig den Namen des Taxifahrers für mich?«

»Severin Seebrucker. Er kommt aus Prien.«

»Wunderbar, danke.« Hanna notierte sich erleichtert den Namen. Fridolin war unschuldig. So viel stand nun endgültig fest. Gott sei Dank. Er tat ihr irgendwie leid in seiner ganzen Verlorenheit.

»Gerne.«

Kati ging Hannas Kaffee holen.

»Soll ich dich nach Hause fahren, Fridolin?«

»Warum?«

»Vielleicht möchtest du dort nach dem Rechten sehen. Was alles geklaut wurde.«

»Im Haus ist nichts Wertvolles.« Er winkte ab. »Mein Bargeld trage ich bei mir. Der Rest liegt sicher auf der Bank.«

»Aufräumen und putzen könnte man dort auch mal.«

»Wenn du mir sagst, für wen?« Er zog fragend die buschigen Brauen hoch.

»Na, für dich.«

»Lohnt den Aufwand nicht. Ich bin nichts wert.«

»So etwas darfst du nicht sagen.« Sie sah ihn eindringlich an. »Das ist Schmarrn.«

»Es stimmt. Glaub mir, Hanna.«

»Na gut. Eigentlich geht mich das alles gar nichts an.«

»Wer wurde gestern eigentlich umgebracht?« Er trank einen Schluck Bier, ließ Hanna dabei aber nicht eine Sekunde lang aus den Augen.

»Es wird dir nicht gefallen.« Sie hielt seinem Blick stand.

»Wer, Hanna?«

»Laura Obermeier.«

»Aha.« Er schaute geradeaus an ihr vorbei ins Grüne. Tränen schossen ihm von einem Moment auf den anderen in die Augen.

»Es tut mir leid, Fridolin. Du hast sie sehr gemocht, stimmt's?« Sie legte mitfühlend ihre Hand auf seinen Unterarm.

Er reagierte nicht.

»So, Ihr Kaffee, Frau Kommissarin.« Kati war zurück. »Was ist mit ihm?« Sie zeigte auf den reglos dasitzenden Fridolin. »Gerade hat er doch noch ganz normal gewirkt.«

»Ich musste ihm eine schlechte Nachricht überbringen.«

»Was ist passiert?«

»Laura Obermeier ist tot.«

»Ach, du liebes bisschen.« Kati hielt sich vor Schreck die Hand vor den Mund. »Ich hole Schnaps.«

Sie drehte sich um, lief davon und verschwand im Inneren ihres Kiosks.

»Fridolin?«

Ein mittelgroßer, kurz geschorener Mann in Fridolins Alter hatte sich ihrem Tisch genähert. Er trug eine kurze Lederhose und ein kariertes Hemd. Entweder war er ein waschechter Bayer oder ein Tourist, der sich verkleidet hatte, um dazuzugehören, wie das viele von ihnen gerne taten.

»Der Fridolin ist im Moment nicht ansprechbar, fürchte ich.« Hanna sah den Fremden neugierig an. »Kann ich Ihnen weiterhelfen?«

»Wer sind Sie?«

»Ich bin Hanna Schmiedinger von der Kripo.« Sie lächelte zurückhaltend.

»Kripo ist gut.« Er setzte sich unaufgefordert neben sie.

»Ich bin der Hias Lechner.«

»Servus, Herr Lechner.«

Also eine Hiesige, dem Dialekt und dem Namen nach.

»Ich hab mir vorgestern dem Fridolin seine Waffe geliehen.«

»Und das wollten Sie mir jetzt eben mal so mitteilen.« Hanna zog halb alarmiert, halb freudig-erschrocken die Stirn kraus.

Schau an. Die Dinge fangen an, sich immer weiter aufzuklären. Was für ein grandioser Zufall.

»Ein Geständnis. Mein Gewissen. Alles scheiße.«

»Soso.«

»Ich bin mit Fridolin bei den Alpenschützen«, sprach Hias weiter. »Ich hab erst unserem zweiten Vorstand den Schlüssel gemopst und mir dann Fridolins Gewehr genommen.«

»Wieso ausgerechnet seins?«

»Der Schlüssel zu seiner Vitrine hat gleich gepasst.«

»Reden Sie weiter.«

So eine Chance gibt es nur einmal unter einer Million, Hanna. Bleib dran.

»Ich wollte damit auf Hasenjagd gehen, weil mein eigenes Gewehr kaputt ist.«

»Und?«

»Nix und. Ich habe nichts gefangen und das Gewehr an seinen Platz zurückgelegt.«

»Das war alles?«

»Nein.«

»Was denn noch?« Hanna wurde hellhörig. Hatte sie etwa gerade rein zufällig Wilhelm Bergers und Laura Obermeiers Mörder an der Angel? Es wäre wirklich zu schön gewesen, um wahr zu sein.

»Vorhin hab ich bei Fridolin zu Hause eingebrochen, um nach weiteren Waffen zu suchen.«

»Sonst geht es Ihnen aber gut?« Hanna sah ihn an wie ein Insektenforscher das Exemplar einer neuen Spezies, die er gerade entdeckt hatte.

»Es war alles blöd von mir. Weiß ich jetzt auch.« Hias schaute bedröppelt aus der Wäsche. »Noch dazu, weil am Montag dieser Mann am See erschossen wurde. Das war ich aber nicht. Da müssen Sie bloß mal Fridolins Waffe überprüfen. Es wurde nicht daraus geschossen in letzter Zeit. Zumindest nicht von mir.«

»Das wissen wir bereits, Herr Lechner.«

»Echt? Gott sei Dank.« Hias bekreuzigte sich schnell.

»Aber wegen des Diebstahls müssen Sie schon noch mit dem Fridolin reden. Wenn er sie anzeigt, kommt da eine schöne Strafe auf Sie zu. Auch wegen des Einbruchs in sein Haus.«

»Aber ich habe nichts gestohlen. Ehrlich. Hand aufs Herz. War mir eh alles zu schmutzig dort.« Hias setzte einen nahezu unwiderstehlichen Dackelblick auf.

»Du hast mein Gewehr gestohlen und bei mir eingebrochen?« Fridolin war schlagartig aus seiner Schockstarre erwacht. Er betrachtete Hias wie ein Wesen von einem anderen Stern.

»Tut mir so leid, Frido.« Hias nickte langsam. Er errötete. »War eine saudumme Idee von mir. Aber ich wollte halt mal wieder etwas Gescheites essen. Hartz IV reicht mir hinten und vorne nicht.«

»Und warum fragst du mich nicht einfach, wenn du Geld brauchst? Ein Alpenschütze lässt den anderen nicht im Stich. Das weißt du doch.« Fridolin schaute Hias forschend ins vom Alkohol aufgeschwemmte Gesicht.

»Ich hab mich geschämt.« Hias senkte den Blick. Er betrachtete ausgiebig den Kiesboden zu ihren Füßen. »Die Scheidung, der Rauswurf in der Firma. Nur noch Schulden von einem Tag auf den anderen. Lief alles nicht so gut bei mir in letzter Zeit.«

»Bitte schön! Geht aufs Haus.« Kati war zurück. »Kummer muss schwimmen, bis ihm die Kraft ausgeht.«

Sie stellte eine Flasche Obstler und vier Stamperl auf den Tisch, schenkte allen ein und trank aus diesem Anlass sogar selbst mit.

Hanna ließ ihr Glas lieber stehen. Schließlich war sie im Dienst, hatte zwei brutale Morde zu bearbeiten und musste außerdem noch Auto fahren.

Da Fridolin ausdrücklich von einer Anzeige gegen Hias absehen wollte und diesem gleich auch noch 300 Euro in die Hand drückte, verabschiedete sie sich von dem illustren Dreiergespann und fuhr in die Inspektion nach Traunstein. Dort wartete jede Menge Arbeit auf sie.

Auf dem Weg wollte sie bei Juliane Berger vorbeischauen. Noch einmal unbequem bei ihr nachhaken, konnte auf jeden Fall nicht schaden. Die reiche Witwe erschien ihr nach wie vor verdächtig. Trotz ihres Alibis vom großen Bürgermeister Salzgeber persönlich.

62

Mittwoch, 16.30 Uhr, Inspektion, Traunstein.

Hanna war zurück in ihrem Büro.

Sie hatte noch wie geplant Juliane Berger besucht. Doch deren Alibi stand nach wie vor. Sie verhaspelte sich nicht und blieb bei ihrer Aussage, dass sie mit Xaver Salzgeber zusammen gewesen war, als ihr Mann getötet wurde. Gestern Nachmittag, als Laura ermordet wurde, wäre sie ebenfalls mit ihm zusammen gewesen. In Salzburg.

Erst hätten sie in einem neuen italienischen Restaurant etwas gegessen. Dann wären sie in ihrem Lieblingshotel, dem Hotel Kuschel, gewesen. Xaver würde sicher auch das gerne bezeugen, wenn es denn sein müsse. Das Personal von Hotel und Restaurant bestimmt ebenfalls. Mauro hieße der Italiener übrigens. Könne man nur weiterempfehlen.

Dann hatte Juliane Hanna gefragt, ob sie ins Ausland verreisen dürfe, weil ihre Freundin Mimi mit ihr in die Karibik fliegen wolle.

Hanna hatte ihr dringend empfohlen, damit zu warten, bis der Mord an ihrem Mann endgültig aufgeklärt wäre.

Juliane hatte den sauren Drops geschluckt.

Sabrina rief an.

»Was gibt's?«

Hanna legte ihre Füße auf die Schreibtischplatte. Es war bis hierhin ein langer Tag ohne nennenswerte Pause gewesen. Sie war erschöpft. Gleich würde sie sich erst mal einen Kaffee und ein süßes Teilchen aus der Kantine holen. Ihr Blutzucker musste auf Vordermann gebracht werden. Dann ging es ihr sicher schnell besser.

»Raimund Föhringer hat angerufen. Einer von Laura Obermeiers exklusiven Kunden, der die Bergers ebenfalls kennt und auch Mitglied bei den Alpenschützen ist.«

»Da schau her.« Hanna zog erstaunt die Stirn kraus. »Könnte glatt ein weiterer Verdächtiger sein. Und?«

»Er hat ein Alibi für die Tatzeit. Hat mir gesagt, mit wem er zusammen war, als Laura Obermeier umgebracht wurde.«

»Und?«

Herrgott! Was soll dieses dämliche Rätselspielen nur immerzu? Hallo, ich weiß was, aber ich sage es dir erst später!

»Halt dich fest.«

»Ich sitze. Das genügt. Red schon.«

Mach schon, Mädchen. Das gibt es echt nicht. Wie im Kindergarten.

»Er war mit Xaver Salzgebers Frau Nora zusammen.«

»Mit der Frau vom Bürgermeister?« Hanna fasste sich verblüfft an den Kopf. Das durfte ja langsam alles gar nicht mehr wahr sein.

»Die treiben es kreuz und quer in den besseren Kreisen bei uns im schönen Chiemgau, unglaublich, oder?«

»Das kannst du laut sagen.« Hanna nickte nachdenklich. Ein weiterer Verdächtiger schied klar aus. Sie wusste nicht, ob sie das gut oder schlecht finden sollte.

»Er bat uns aber, die Sache nicht an die große Glocke zu hängen, wenn es möglich wäre. Es gäbe einen riesigen Skandal, wenn das herauskäme.«

»Das hab ich doch schon mal irgendwo gehört.« Hanna grinste kopfschüttelnd. »Erst vögeln sie wild durcheinander, haben kaputte Ehen ohne Ende, aber dann soll es niemand wissen. Armselige Kaschperl alle miteinander.«

Bist du besser, Hanna? Schau dir bloß mal dein Theater mit Florian an.

»Ja mei.«

»Eben.« Hanna nickte erneut. »Noch was?«

»Volker Bröd und die zwei anderen Verdächtigen, bei denen Ralf und ich vorbeifahren sollten, hatten Alibis. Die müssen zwar zum Teil noch bestätigt werden, hörten sich aber letztlich überzeugend an.«

»Fridolin Hüller und Juliane Berger haben ebenfalls gesicherte Alibis für die gestrige Tatzeit.«

»Na dann. Machen wir eben weiter.«

»Fragt sich nur, wie?« Hanna kratzte sich nachdenklich am Kopf. Sie hatte gerade einen toten Punkt erreicht. Nichts ging mehr. Nur noch Stille im Kopf.

Blutzucker! Süßes Teilchen! Schokolade!

»Wir suchen weiter nach Jägern, die infrage kommen. Sie müssen nicht direkt aus Prien und Umgebung stammen. Vielleicht kommt unser Täter sogar aus Kufstein oder Salzburg.« Sabrina hörte sich nach wie vor voll motiviert an.

»So machen wir es.« Hanna nickte. Sie hatte dabei Mühe, ihren Kopf anzuheben.

Sabrina ist eigentlich fast immer fit. Das ist der Vorteil der Jugend. Da bist du noch kräftiger und wacher.

»Ich melde mich, sobald wir was Neues haben.«

»Tu das. Danke, Sabrina.«

Hanna legte auf. Sie begab sich geradewegs in die Kantine. Ohne Kaffee und Teilchen würde im Moment nichts mehr weitergehen. So viel war sicher.

63

Mittwoch, 17.00 Uhr, Landstraße in Tschechien.

Rainer trat das Bremspedal bis zum Boden durch.

Die Reifen seines Dienstwagens quietschten laut.

Der Lenker wackelte in seinen verkrampften Händen hin und her.

Er wollte rechts ranfahren.

Geriet dabei mit dem rechten Vorderreifen in den niedrigen Straßengraben, der aber hoch genug war, um sein Auto aus der Spur zu bringen.

Er kam von der Fahrbahn ab.

Durchbrach mit lautem Krachen einen Weidezaun.

Bretterte direkt in die Seitenwand eines Holzschuppens, der nicht weit dahinter stand.

Durchbrach sie ebenfalls.

Blieb mit rauchender Motorhaube im Inneren des Schuppens stehen.

Er blickte auf, schaute sich um.

Sah nach hinten durch das riesige Loch in der Bretterwand, das er gerissen hatte, auf die Straße hinüber.

Von dem Lastwagen, der ihm gerade auf seiner Fahrbahnseite entgegengekommen war, weil er einen Traktor überholt hatte, war keine Spur mehr zu sehen.

Fahrerflucht in Tschechien. Da gab es wohl nur geringe Chancen, den Schuldigen zu erwischen. Nicht einmal das Nummernschild des Lastwagens hatte Rainer erkannt.

Er tastete sein Gesicht ab, fasste sich an die Stirn.

Blut.

Hoffentlich kein tieferer Schnitt. Weder hatte er Zeit noch Lust, in ein Krankenhaus zu gehen oder zu einem Arzt.

Der Traktor war nach wie vor da. Der Fahrer hatte oben auf der Straße angehalten.

Jetzt stieg er aus, näherte sich ihm.

Rainer stieß die verklemmte Fahrertür seines Fahrzeugs mit Gewalt auf und stieg ebenfalls aus.

Er ging dem kleinen Mann mit den sichelförmigen O-Beinen mit wackeligen Schritten entgegen.

Erreichte ihn schließlich auf halbem Weg zur Straße hinüber.

»Sieht nicht gut aus. Ich bin Jan.« Der alte Mann aus dem Traktor zeigte auf Rainers Auto, das nur mit der hinteren Hälfte aus der Wand des Schuppens herausragte. Er schüttelte langsam den Kopf. »Da brauchen Sie wohl eine Werkstatt.«

»Da haben Sie wohl recht. Ich bin Rainer.« Rainer schüttelte ihm die Hand.

Vier mäßig interessiert dreinblickende Kühe sahen ihnen dabei aus gut 100 Metern Entfernung zu.

»Haben Sie Kopfschmerzen?« Jans hellblaue Augen leuchteten wie kleine Scheinwerfer in seinem von grauem Haar und grauem Bart umrahmten braun gebrannten Gesicht.

»Nein, alles gut. Mir ist nichts passiert. Nur ein Kratzer. Kennen Sie denn eine Autowerkstatt in der Nähe?«

»Sicher, ich rufe den Janek an.« Jan zog ein verkratztes Handy aus der Tasche seiner verbeulten braunen Cordhose. Er wählte.

Bevor er sprach, zog er ein Papiertaschentuch aus der ärmellosen Weste, die er über seinem rot-schwarz karierten Hemd trug. Er reichte es Rainer, damit der sich damit das Blut aus dem Gesicht wischen konnte.

»Danke.« Rainer machte sich schnell ans Werk. Die Wunde an der Stirn ließ er dabei lieber aus. Dazu bräuchte er einen Spiegel, den er gerade natürlich nicht hatte.

»Janek kommt mit dem Abschleppwagen«, meinte Jan, nachdem er fertig telefoniert hatte.

»Super, vielen Dank.« Rainer nickte ihm erleichtert zu. »Hoffentlich gibt es im nächsten Ort einen Leihwagen. Ich muss noch heute Abend dringend nach Storni in den Karpaten.«

»Bis dorthin brauchen Sie bestimmt noch über eine Stunde.«

»Kann man nichts machen.« Rainer zuckte die Schultern.

»Janek hat sicher ein Auto für Sie. Er vertritt eine deutsche Leihwagenfirma bei uns im Ort. Wir haben viele Touristen.«

»Das klingt gut.« Rainer kam immer mehr ganz zu sich. So einen Schock nach einem Unfall durfte man tatsächlich nicht unterschätzen. Er merkte, dass er bis gerade eben wohl ziemlich dumm aus der Wäsche geschaut haben musste.

»Wollen wir in meinem Traktor auf ihn warten?« Jan sah ihn fragend an. »Dort haben Sie einen Spiegel, um Ihre Wunde zu reinigen. Kaffee habe ich auch.«

»Gerne. Ich hole nur meine Sachen aus dem Auto.«

»Das können Sie auch nachher bei Janek machen.« Jan hakte ihn unter. »Kommen Sie.«

64

Mittwoch, 18.00 Uhr, Polizeiinspektion, Traunstein.

»Was machst du denn hier?« Hanna sah Florian erstaunt an. Mit allem Möglichen hätte sie gerechnet, aber nicht mit ihm, direkt vor dem Eingang der Inspektion.

Sie wollte gerade nur eine Kleinigkeit essen gehen, bevor sie in ihrem Büro an ihren Mordfällen weiterarbeitete, und jetzt stand auf einmal der zweitgrößte Teil ihres komplizierten Privatlebens in Form von Florian vor ihr.

Sie war gespannt darauf, wie er ihr das erklären wollte.

»Nichts, reiner Zufall. Bin gerade hier vorbeigekommen.« Er machte ein unschuldiges Gesicht.

»Das kannst du einer Großmutter erzählen.« Sie schüttelte mit neutraler Miene den Kopf.

»Na gut.« Er blickte verlegen auf seine Schuhspitzen. »Ich gebe es zu. Ich habe dir aufgelauert.«

»Aufgelauert? Das klingt reichlich dramatisch.« Sie schaute neugierig drein. Legte leicht den Kopf schief, wie sie es manchmal unbewusst tat, wenn sie auf eine Antwort eines Gesprächspartners wartete.

»Eigentlich wollte ich dich sehen«, fuhr Florian fort. »Es tut mir leid, dass ich nach unserem Streit abgehauen bin.«

»War schon leicht überzogen. Und jetzt?« Sie blickte ihn erwartungsvoll an.

»Können wir reden?«

»Ich wollte gerade eine Kleinigkeit essen gehen.«

»Darf ich dir Gesellschaft leisten?«

»Okay.« Sie nickte. »Ist aber nur eine kleine Wirtschaft

ums Eck, in der es Leberkäs mit Spiegelei und kalten Braten und solches Zeug gibt.«

»Perfekt.« Er hakte sich bei ihr unter. »Gehen wir.«

Im Biermoser Wirt, der von Hanna angesprochenen kleinen Wirtschaft, setzten sie sich an einen Ecktisch, der etwas abseits der anderen Tische stand.

»Ich liebe dich, Hanna«, sagte Florian, nachdem sie bestellt hatten.

Eine Portion Obatzter und ein Mineralwasser für sie. Schweizer Wurstsalat und alkoholfreies Bier für ihn.

»Ich weiß.« Sie zog ihre Hand nicht weg, als er seine sanft darauflegte.

»Was ist dein Problem mit mir? Sag bitte nicht, dass du keins hast.« Er sah ihr forschend ins Gesicht. »Ich würde es dir nicht glauben.«

»Ich hab kein Problem mit dir, Florian. Ich hab eins mit mir.« Sie hielt seinem Blick stand. »Es muss mit meinem Exmann zu tun haben. Anders kann ich es mir nicht erklären.«

»Aber ihr seid doch seit zig Jahren getrennt.«

»Ich weiß. Trotzdem.« Sie zuckte die Schultern. »Ich kann mich so oft selbst nicht leiden. Bin manche Tage nur noch grantig und irgendwo tief in mir drin stinksauer auf die ganze Welt.«

»Und er ist schuld daran?«

»Er war ein verdammter Mistkerl. Hat mich ausgenutzt bis zum Gehtnichtmehr. Mein ganzes Geld genommen. Ich hab immer noch so eine wahnsinnige Wut auf ihn.« Tränen stiegen ihr in die Augen.

»Aber alle anderen Männer müssen doch deswegen nicht genauso mies sein.« Florian sprach betulich.

»Ich weiß. Trotzdem habe ich immerzu Angst davor, dass es so sein könnte.«

Sie spürte, dass er es nur gut mit ihr meinte. Konnte aber nicht aus ihrer Haut.

»So eine tapfere Kommissarin und so ein kleiner Feigling im Privatleben. Das passt für mich nicht zusammen.« Er schüttelte den Kopf. »Tut mir leid, Hanna.«

»Mir auch.«

Herrgott noch mal, Hanna Schmiedinger. Sei doch nicht so ein verdammter Sturschädel. Das ist ja bald nicht mehr wahr.

Ihr Essen kam.

Hanna machte sich gierig über ihren Obatzter und die dazugehörigen Brezn her. Sie hatte Hunger. Die wenigen Kalorien des süßen Teilchens zum Kaffee vorhin hatte sie längst verbrannt.

Florian stocherte nachdenklich mit der Gabel in seinem Wurstsalat herum. Er schien ganz andere Probleme zu haben.

»Ich will mit dir zusammen sein«, sagte er. »Natürlich will ich dich nicht bedrängen. Aber du sollst wissen, dass ich immer für dich da bin. Und dein Geld nehm ich dir ganz bestimmt nicht weg.«

»Weiß ich doch.« Sie nickte.

Er ist wirklich beharrlich. Das muss man ihm lassen. Wenn er genauso treu ist, passt doch eigentlich alles. Was zögerst du denn noch, blöde Nudel? Schnapp ihn dir und sei endlich glücklich.

»Aber?«

»Ich weiß nicht.« Sie zuckte die Achseln.

»Mach doch Boxtraining. Dann wirst du die Wut auf ihn vielleicht los.«

»Wenn es nur so einfach wäre.« Sie lächelte milde.

»Manchmal ist es so einfach.« Er lächelte zurück.

»Bei mir nicht.« Sie schüttelte den Kopf.

»Woher willst du das wissen?«

»Ich weiß es.«

»Aha.« Er zog seine Hand von ihrer herunter. Lehnte sich zurück. Setzte einen neutralen Blick auf.

»Pass auf, Florian. Ich weiß, dass ich eine riesen Zicke bin.«

»Na ja …« Er lächelte unentschlossen.

»Lass es uns so machen. Ich versuche meine Angst vor einer festen Beziehung abzubauen. Aber du darfst mich nicht weiter drängen. Wenn es so weit ist, komme ich von selbst zu dir.«

»Bist du dir da ganz sicher?«

»Ich gebe mein Bestes.«

»Okay.« Er nickte langsam. »Darf ich dir doch den Ring geben?«

Bevor Hanna antworten konnte, machte sich ihr Diensttelefon bemerkbar. Sie ging ran.

65

Mittwoch 19.00 Uhr, Jiris Laden.

Obwohl es bereits 19.00 Uhr war, traf Rainer den Besitzer von Jiris Laden in Storni noch an. Er hieß Jiri, was logisch klang, und er sah wild aus. Zwei Meter groß, schwarze Augenklappe, dunkler Vollbart, schwarze Biker-Lederweste, schwarze Jeans, Tätowierungen auf den muskulösen nackten Armen. In jeder Hollywoodproduktion hätte er glaubhaft einen Piraten oder den Chef einer Rockerbande abgeben können. Außerdem sprach er Deutsch, was Rainer die Arbeit sehr erleichterte.

Nachdem sie sich begrüßt und einander vorgestellt hatten, war schnell geklärt, warum hier niemand ans Telefon gegangen war, als Rainer immer wieder von Traunstein aus versucht hatte anzurufen.

Das Telefon war defekt. Es sollte seit Tagen repariert werden. Aber der Monteur kam einfach nicht.

Seine Autopanne vorhin hatte Rainer fast schon vergessen.

Janeks Frau, eine ehemalige Krankenschwester, hatte die Wunde an seiner Stirn mit hochprozentigem Schnaps gesäubert und anschließend ein großes Pflaster aufgeklebt.

Danach hatte ihm Janek einen SUV aus seinem Fuhrpark geliehen, mit dem er auch nach Hause zurückkehren konnte. Sobald sein Dienstwagen fertig wäre, würde Janek einen Angestellten damit nach Traunstein schicken, der auf dem Rückweg den SUV wieder mitnahm.

Wenn die Dinge in Bayern doch nur ebenso unkompliziert zu handhaben gewesen wären. Aber da ging es meistens erst mal um zwei bis drei Ecken, bis irgendeine Lösung für ein Problem gefunden wurde.

»Was kann ich für Sie tun?«, fragte Jiri jetzt.

»Ich komme wegen eines deutschen Jägers, der seine Waffen hier gekauft hat, dann vor einiger Zeit aber wieder an Sie zurückverkauft hat«, erwiderte Rainer.

»Wie heißt der Mann?«

»Werner Mehrfeld.«

»Sagt mir gerade nichts.« Jiri schüttelte den Kopf. »Da müsste ich in meinen Unterlagen nachsehen.«

»Würden Sie das für mich tun? Es wäre wirklich wichtig.«

Natürlich wusste Rainer, dass er in der tschechischen Pampa keinerlei Amtsautorität besaß. Er war also auf den guten Willen des Ladenbesitzers und aller anderen, mit denen er zu tun hatte, angewiesen.

»Okay, warten Sie hier.«

Jiri verschwand im hinteren Teil seines Verkaufsraumes.

Seine drei nichtssagend dreinblickenden Bekannten oder Freunde in ihren dicken Lederjacken, die gemeinsam mit ihm hier drinnen herumlungerten, tranken, ohne großartig auf Rainer zu achten, weiter ihr Bier.

Ihm war klar, dass er wohl nur sehr geringe Chancen gegen sie gehabt hätte, wenn es zu einer Auseinandersetzung mit ihnen käme. Bestimmt waren sie allesamt bewaffnet. Messer, Pistolen und Schlagringe lagen schließlich zur Genüge hier herum. Also zeigte er sich lieber von seiner Schokoladenseite und hielt brav die Füße still.

Jiri kam mit einem großen Aktenordner zurück.

Er knallte ihn auf den Verkaufstresen und blätterte geschäftig darin herum.

»Wie hieß der Mann noch mal?«, fragte er währenddessen.

»Mehrfeld«, erwiderte Rainer. »Werner Mehrfeld.«

»Okay.« Jiri blätterte weiter. »Bier?«

»Gerne. Können Sie mir übrigens ein Hotel empfehlen? Ich möchte heute nicht mehr nach Traunstein zurückfahren.«

Er hatte tatsächlich überlegt, gleich wieder nach Hause zu fahren, bevor es dunkel wurde. War dann aber von der Idee gleich wieder abgekommen und zu seinem ursprünglichen Plan zurückgekehrt, hier zu schlafen. Alles andere hätte nur Stress bedeutet, und davon brauchte er gerade heute nach seinem Unfall wirklich nicht noch mehr.

»Meine Schwester hat eine Pension gleich ums Eck«, meinte Jiri. »Sauber und gutes Essen, günstig. Marek, gib unserem Gast ein Bier.«

»Klar, Chef.« Der Rothaarige der drei anderen Kleiderschränke erhob sich. Er ging zu dem Kühlschrank, der schräg hinter ihnen stand, holte eine Flasche Pils heraus, öffnete sie und reichte sie Rainer.

»Danke.« Rainer nickte erfreut. Er prostete ihnen zu.

Sie prosteten zurück, indem sie mit düsteren Mienen schweigend ihre Flaschen in seine Richtung hoben.

»Tut mir leid. Einen Werner Mehrfeld aus Deutschland habe ich hier nirgends stehen«, sagte Jiri wenig später.

»Das ist bedauerlich.«

»Was soll ich machen?« Jiri zuckte die Achseln. »Wer hier nicht drinsteht, hat nichts bei mir gekauft oder verkauft.« Er zeigte auf den Ordner vor sich. »Wollen Sie nun das Zimmer bei meiner Schwester?«

»Gerne.« Rainer nickte.

Er hatte keine große Lust, selbst nach einer Unterkunft zu suchen. Hauptsache, er würde auf die Schnelle ein schönes Bett haben und sich ein wenig ausruhen können. Auch für seine Kopfschmerzen, die im Moment stärker wurden, wäre das sicher das Beste.

»Ich rufe sie an. Sie holt Sie dann gleich hier ab. So lange noch ein Bier, Herr Kommissar?«

»Nein, danke.« Rainer winkte ab. »Ich warte vor der Tür. Hatte einen Unfall, Kopfweh.« Er zeigte auf sein Pflaster.

»Na gut. Man sieht sich.« Jiri nickte ihm zum Abschied zu.

Als Rainer draußen stand, holte er sein Handy hervor. Er rief Hanna an. Erklärte ihr, dass der Besitzer des Waffenladens nichts von einem Waffenkauf oder -verkauf eines Werner Mehrfeld aus Bayern wissen wolle. Damit rücke Mehrfeld einerseits automatisch zur Nummer eins der Liste ihrer Mordverdächtigen auf. Andererseits sähe der Inhaber des Ladens mitsamt seinen Kameraden derart kriminell aus, dass es nicht weiter verwunderlich wäre, wenn der Kerl log. Vielleicht stimme etwas mit den Papieren für Mehrfelds Waffen nicht oder der Besitzer hätte sie schwarz weiterverkauft und wolle nicht, dass das irgendwer erfuhr.

Auf jeden Fall solle sie sich Werner Mehrfeld noch einmal gründlich auf dem Revier zur Brust nehmen. Schließlich könne er sich auch täuschen und in Storni ginge doch alles mit rechten Dingen zu.

Als er aufgelegt hatte, rief er gleich bei seiner Mutter an. Obwohl er ihre Reaktion heute Mittag nach wie vor ihrer voranschreitenden Demenz zuschrieb, machte er sich Sorgen um sie.

»Hallo, Herr Talgruber.« Natalia hatte abgehoben.

»Hallo, Natalia. Ich möchte bitte meine Mutter sprechen.«

Was für eine schöne Stimme sie doch hat.

»Oh, ich fürchte, das wird schwierig«, sagte sie.

»Wieso? Ist etwas passiert? Ist sie im Krankenhaus?«

»Nein.« Sie lachte leise. »Sie schläft, Herr Talgruber.«

»So früh? Aber es ist noch hell und nicht einmal 20 Uhr.« Er kratzte sich nervös am Hinterkopf. »So früh geht sie sonst nie schlafen.«

»Sie war wohl sehr erschöpft. Ich habe ihr noch einen Beruhigungstee gemacht, dann schlief sie bereits auf der Couch vor dem Fernseher ein. Sie ließ sich aber bereitwillig von mir ins Bett bringen.«

»Woher der plötzliche Sinneswandel bei ihr?« Rainer kam die Sache ziemlich merkwürdig vor. Andererseits freute er sich darüber, dass daheim alles ins Lot zu kommen schien.

»Ich unterhielt mich heute Nachmittag mit ihr, nachdem Sie weg waren. Erzählte ihr von meiner Heimat und meinen Eltern. Auf einmal fand sie mich wohl nicht mehr ganz so schrecklich wie vorher.«

»Das klingt vielversprechend.« Er grinste zufrieden.

»Nicht wahr? Ich bin sehr erleichtert.« Sie hörte sich höchst erfreut an.

»Ich auch. Ich bin morgen gegen die Mittagszeit wieder zu Hause. Dann besprechen wir alles und machen endgültig unseren Vertrag miteinander.«

»Prima, Herr Talgruber. Dann noch einen schönen Abend.«

»Ihnen auch, Natalia.«

Ihr Stimme, ihr Lachen, ihr Gesicht, ihre Figur. Sie ist einfach ein wahr gewordener Traum.

Während Rainer mit einem versonnenen Lächeln im Gesicht auflegte, stieß er einen langen erleichterten Seufzer aus. Endlich war das Problem mit seiner Mutter gelöst. Er merkte erst jetzt, wie sehr ihm die ganze Sache in der letzten Zeit auf den Nägeln gebrannt hatte. Letztlich wollte er doch nur das Beste für sie. Kleine Tränen stiegen ihm in die Augen.

66

Mittwoch, 19:20 Uhr, Biermoser Wirt, Traunstein.

Hanna legte auf.

»Ich muss noch mal weg, Florian. Wir haben neue Erkenntnisse in unserem Mordfall. Das war gerade Rainer aus Tschechien. Kann gut sein, dass wir unseren Mörder haben.«

»Kann sein?« Er runzelte die Stirn.

»Wir müssen ihn erst verhaften und verhören. Ganz sicher bist du nie, bis du ein Geständnis hast.«

»Okay. Und was ist mit dem Ring?« Er hielt das Corpus Delicti zwischen ihnen in die Höhe.

»Später, hier.« Sie gab ihm ihren Wohnungsschlüssel.

»Was soll ich damit?« Er sah sie verwirrt an.

»Bitte geh schon vor, sobald du aufgegessen hast, und warte in meiner Wohnung auf mich. Fühl dich ganz wie zu Hause.«

»Und dann?«

»Dann komme ich heim und wir sehen weiter.« Sie beugte sich zu ihm hinüber und küsste ihn.

»Das, das, klingt sehr … äh, vernünftig«, stammelte er, sobald er wieder Luft bekam. Er bedachte sie mit einem verliebten Blick. »Obwohl es mich gerade doch einigermaßen überrascht.«

»So bin ich nun mal. Gewöhn dich dran. Bis später.«

Hanna eilte aus dem Lokal. Auf dem Weg zu ihrem Dienstwagen rief sie Anton an, er solle ebenfalls auf der Stelle zusammen mit Gerhard zu Mehrfelds Haus kommen.

Wenig später parkte sie dort.

Anton und Gerhard stellten ihr Auto genau neben ihrem ab. Gott sei Dank waren sie nicht mit Sirene und Blaulicht angerast gekommen. Sie wollte Mehrfeld überraschen, sodass er nicht flüchten konnte, wenn er sie schon von Weitem hörte.

Nachdem ihnen auf ihr Klingeln hin niemand öffnete, machten sie sich mit ihren Dienstwaffen im Anschlag auf den Weg durch den wild bewachsenen Garten um das Haus herum.

Hanna ging voraus.

Anton und Gerhard folgten ihr.

Ein Schrei ertönte.

Hanna zuckte kurz zusammen.

Dann sah sie jemanden hinter einem Gebüsch hervorstürmen.

Es war Werner Mehrfeld. Sie erkannte ihn den Bildern mit und ohne Imkerkleidung nach, die ihr Rainer auf seinem Smartphone gezeigt hatte.

Er hatte eine Axt in der Hand und rannte mit lautem Kriegsgeheul auf sie zu.

»Halt, Polizei!«, rief sie.

Werner lief und brüllte weiter.

Ein Schuss ertönte.

»Hände hoch und Axt weg!«, rief Anton, der rechts hinter ihr stand.

Werner raste weiter. Er schien nicht zu bremsen zu sein.

»Halten Sie an, Herr Mehrfeld. Sonst erschieße ich Sie!« Hanna stand breitbeinig da. Sie erwartete seinen Angriff mit erhobener Pistole.

Werner bremste ruckartig mitten im Lauf. Er ließ seine Axt sinken.

»Hanna?«, fragte er ungläubig. »Hanna Schmiedinger? Bist du das?«

»Woher kennen Sie meinen Vornamen?«

»Aber ich bin's, Hanna. Der Butzi aus der Volksschule in Palling. Kennst' mich nimmer?« Werner schlug mit der flachen Seite der Axt gegen seine Brust.

»Butzi? Du bist das?« Hanna sah ihn mit großen Augen an. »Aber wieso heißt du jetzt Werner Mehrfeld? Du heißt doch Schweinshuber.« Hanna erinnerte sich natürlich an ihren Schulkameraden. Er hatte direkt in der Nachbarschaft auf dem nächsten Hof gewohnt. Sie hatten oft miteinander Hausaufgeben gemacht.

»Ich hab den Namen meiner Frau angenommen, als wir heirateten, und behielt ihn auch, als sie starb.« Er zuckte mit den Achseln. »Schweinshuber klingt irgendwie nicht so toll, finde ich. Besonders für einen Vegetarier.«

»Da magst du recht haben.« Hanna nickte. Sie war sich nicht ganz schlüssig, ob sie grinsen oder weiter offiziell dreinschauen sollte. »Wieso stürmst du wie ein Verrückter mit einer Axt auf uns zu?«

»Ich dachte, ihr wärt Einbrecher.« Werner lächelte entschuldigend.

»Du erschlägst Einbrecher mit einer Axt?« Hanna schüttelte ungläubig den Kopf. »Kannst du die bitte fallen lassen?« Sie zeigte auf das riesige scharfkantige Ding in seiner Hand.

»Klar.« Er ließ sie durch seine Finger auf den Rasen hinuntergleiten. »Und nein, ich erschlage niemanden.« Er schüttelte den Kopf. »Ich wollte euch nur Angst machen. Habe gehofft, ihr würdet dann wieder verschwinden.«

»Kam es dir nicht merkwürdig vor, dass zwei deiner angeblichen Einbrecher Polizeiuniformen tragen?«

»Hab ich zuerst nicht gesehen. Hab die Lesebrille auf.« Er zeigte auf die kleine rechteckige Brille mit Metallrahmen auf seinem Nasenrücken. »Aber was macht ihr eigentlich hier? Die beiden Herren waren doch vorhin schon mal da, stimmt's?«

Anton und Gerhard nickten.

»Es geht um die Jagdwaffen, die du in Tschechien verkauft hast, und um den Tod von Laura Obermeier.«

»Aber ich hab doch bereits alles dazu gesagt.«

»Der Verkäufer in dem Waffengeschäft in Storni in den Karpaten meint, dass er dir niemals Waffen verkauft hätte. Wiedergekauft hätte er auch keine von dir.«

»Was? Der spinnt wohl. Woher sollte ich denn sonst seine Adresse kennen?«

»Auch wieder wahr.« Hanna sah ihn nachdenklich an.

Vielleicht hatte er ja recht und der Verkäufer log tatsächlich. Rainer hatte diese Möglichkeit vorhin am Telefon ebenfalls eingeräumt. Trotzdem hatte sie ein merkwürdiges Bauchgefühl, als sie Werner genau in Augenschein nahm. Er wirkte nervös. So viel war sicher.

»Wir müssen dich trotzdem auf die Inspektion mitnehmen.«

»Aber warum?«

»Dort wird es ein offizielles Verhör geben.«

»Glaubst du mir etwa nicht?«

»Doch.« Sie nickte. »Aber ich muss genau wissen, was los war, Werner. Erst dann bin ich vollends überzeugt. Und dann kannst du auch gerne wieder gehen.«

Anton trat vor, um Werner Handschellen anzulegen.

»Die brauchen wir nicht«, sagte Hanna. »Schon allein um der alten Zeiten willen.«

»Aber wenn er wieder ausflippt?« Anton machte ein ratloses Gesicht.

»Eben«, meinte Gerhard mit wichtiger Miene.

»Tut er nicht«, sagte Hanna.

Sie ging voraus.

67

Mittwoch, 19.30 Uhr, Florians Golfhotel bei Burghausen.

»Das ist aber ein wirklich schönes Hotel, Schlumpi.« Juliane Berger schaute in ihrem antik eingerichteten Gästezimmer umher.

»Der volle Luxus, Mausi. Das haben wir uns nach der anstrengenden Golfpartie auch verdient.« Xaver Salzgeber schlich sich von hinten an sie heran. »Die Zimmer bei Florian Bauer sind inzwischen bei aller Welt heiß begehrt«, fügte er währenddessen hinzu.

»Bei der Damenwelt etwa?«, gurrte sie spaßhaft.

»Da soll er sich bloß unterstehen. Du gehörst mir ganz allein, Mausischatzi.«

Er packte sie mit beiden Händen an den Brüsten und küsste sie auf den Hals, weil er wusste, dass sie das immer besonders schnell erregte.

»Geh, hör schon auf, Schlumpi.« Juliane quietschte und kiekste ausgelassen. »Der Kriminalrat Kreisler und seine adelige Freundin aus Regensburg, diese Mariella von Tu und Lassnix, sitzen sicher schon unten im Speisesaal und warten dort auf uns.« Sie entwand sich geschickt seinem Griff.

»Und wenn ich ganz, ganz schnell mach, Mausi?« Bestimmt konnte nicht einmal ein Hund im Angesicht einer metergroßen Bockwurst so treubettelnd dreinschauen wie Xaver gerade. »Die ganze Zeit beim Golfen durfte ich mir deinen schönen Hintern nur anschauen. Ich bin schon ganz nervös im Unterleib.«

»Nein, Schlumpi. Nein, nein, nein.« Juliane schüttelte

ihren Zeigefinger wie eine strenge Lehrerin oder Gouvernante. »Erst die Arbeit, dann das Vergnügen.«

»Aber Mausi.« Er seufzte sehnsuchtsvoll.

»Nein, Schlumpi.«

»Aber das ist doch keine Arbeit, mit Harald und Mariella zu essen«, versuchte er es weiter.

»Ich sehe das schon so. Also Schluss jetzt.« Sie schüttelte streng den Kopf. »Schließlich willst du bei der nächsten Wahl Landrat werden, und da kannst du jede Unterstützung aus der umliegenden Region gebrauchen. Auch vom Herrn Kriminalrat aus Traunstein.«

»Wenn ich nicht mit dir schnackseln darf, will ich auch nicht Landrat werden.« Er stampfte trotzig mit dem Fuß auf.

»Red keinen Unsinn, Schlumpi. Komm schon, zieh dich an. Smoking wäre wohl angebracht.« Sie holte das edle Kleidungsstück, das sie ihm neulich erst hatte nähen lassen, aus dem Schrank, wo sie es gleich nach ihrer Ankunft aufgehängt hatte.

»Nur wenn ich nachher doppelt so oft darf«, unternahm Xaver einen letzten verzweifelten Versuch, irgendwie doch noch zu seinem vermeintlichen Recht zu kommen.

»So oft du dann noch kannst, darfst du auch, Schlumpi. Ich erinnere dich bei der dritten Flasche Champagner noch mal daran.«

»Böse Hexe.« Xaver schnappte sich seinen Smoking. Er begab sich hängenden Kopfes damit ins Badezimmer.

Als sie wenig später in den Speisesaal hinunterkamen, saßen Harald Kreisler und Mariella bereits an einem schönen Fenstertisch im Speisesaal.

»Wir haben uns gegen die Terrasse entschieden«, begrüßte sie Harald. »Ein recht kühler Wind weht draußen inzwischen.«

»Bombenrichtig gemacht, mein lieber Harald. Ganz famos.« Xaver hatte ausschließlich Augen für Mariellas großzügiges Dekolleté, während er mit Harald sprach. »Wir wollen ja keine Bronchitis bekommen, stimmt's?« Er lachte dröhnend.

Sie setzten sich und bestellten Champagner, Hummer, Wagyu-Rind, belgische Schokoladentrüffel aus wertvoller Milch von den Hochlagen der Schweiz.

»Diese Hanna Schmiedinger macht sich wirklich gut«, meinte Xaver zu Harald, als sie bei der Hauptspeise anlangten. »Keine Zeitung hat etwas erwähnt. Das macht mich einigermaßen glücklich.«

»Sie scheint langsam zu begreifen, worauf es ankommt.« Harald nickte. Er nahm seinen Teller mit dem Wagyu-Rind darauf vom Ober entgegen.

»Schaut ganz so aus.« Xaver verglich das Stück Fleisch auf seinem Teller mit dem auf Haralds. Er stellte zufrieden fest, dass seines ein wenig größer war. »Da kann man wieder mal sehen, wie wichtig es ist, ein gut funktionierendes Netzwerk mit verständigen Menschen um sich herum zu haben.«

»Absolut, Xaver.« Harald nickte.

»Nur mal angenommen, ich werde bei der nächsten Wahl Landrat, und du würdest gern der Polizeichef der ganzen Region werden, Harald.«

»Ja, Xaver?« Harald spitzte gespannt die Ohren.

»Da wäre es doch schön, wenn ich das dann mit einigen gezielten Gesprächen an der richtigen Stelle und einer winzigen Unterschrift auf den Weg bringen könnte, oder?« Xaver schnappte gierig mit dem Mund nach dem großen Bissen Rind, den er zuvor auf seine silberne Gabel gespießt hatte.

»Das wäre es in der Tat, Xaver.« Harald nickte langsam. »Unbedingt.« Er hob sein Glas.

Xaver tat es ihm gleich.

»Auf unser aller Wohl«, sagte er gut gelaunt.

Die anderen schlossen sich ihm vergnügt an.

68

Mittwoch, 20.00 Uhr, Inspektion, Traunstein.

Hanna saß mit Werner Mehrfeld und Sabrina im Verhörraum. Ralf, Anton und Gerhard hatte sie nach Hause geschickt. Sie sollten für heute Feierabend machen und endlich mal wieder ausschlafen.

»Also, noch mal ganz von vorn, Werner«, sagte sie. »Wo warst du gestern Nachmittag zwischen 16.00 Uhr und 18.00 Uhr?«

»Als Laura Obermeier ermordet wurde?«

»Ja.«

»Das sagte ich deinen Kollegen bereits, die heute bei mir waren. Ich war daheim bei meinen Bienen. Dann hab ich Brotzeit gemacht.« Werner lächelte freundlich.

»Und du hast auf deiner Terrasse einen Film über Haie im Fernsehen angeschaut, richtig?«

»Richtig.« Er nickte.

»Der kam aber erst abends um 20.15 Uhr.«

»Echt?«

»Echt.« Hanna nickte ebenfalls.

»Dann hab ich das wohl verwechselt.«

»Nicht so günstig für dich.« Sie sah ihn prüfend an.

»Wieso? Haie gehören zu den am meisten gefährdeten Tierarten.«

»Weil du somit für die Tatzeit überhaupt kein Alibi hast.«

»Ich dachte, es geht um meine Waffen und diesen Lügner in Tschechien.« Er blickte verwirrt von einer zur anderen und wieder zurück.

»Es geht vor allem um die Morde an Wilhelm Berger und an Laura Obermeier.« Hanna schaute abwartend drein.

»Aber was hab ich damit zu tun?« Werner lächelte erneut. »Glaubst du etwa, ich könnte einen Menschen umbringen?«

»Könntest du?« In Hannas Miene standen Erwartung und Neugier.

Einerseits konnte sie sich nicht vorstellen, dass aus dem unscheinbaren Butzi von früher tatsächlich ein eiskalter Killer geworden war. Andererseits wusste sie es nicht, und nach wie vor kam ihr irgendetwas seltsam an ihm vor. Was genau es war, konnte sie nicht sagen.

»Natürlich nicht.« Er schüttelte den Kopf. »Mir wurde der liebste Mensch genommen. Ich weiß, was es heißt, jemanden zu verlieren. Das ist nicht lustig.«

»Das hat auch keiner behauptet.« Sie betrachtete ihn abwartend. »Was war mit deiner Frau?«

»Krankheit und Verderben zerstören diese Welt.« Ein wütendes Blitzen war in seinen Augen zu erkennen. »Umweltverschmutzer, die lügen und nur ihre Gier kennen, machen alles kaputt.«

»Da hast deine Waffen also nach Tschechien verkauft?«

»Die Karpaten sind ein weites wildes Gebiet.«

»Was hat das jetzt mit deinen Waffen zu tun?« Hanna kratzte sich nachdenklich am Kopf. Wo führte das hier gerade hin?

»Nichts.« Er schüttelte flüchtig lächelnd den Kopf. »Weißt du, Hanna. Meine Elisabeth war die Beste«, sagte er schließlich.

»Deine Frau?«

»Ja.« Er nickte.

»Das tut mir leid. Es muss schrecklich für dich gewesen sein, sie zu verlieren.«

»Ist es immer noch, Hanna.« Tränen stiegen ihm in die Augen.

»Warum musste jetzt noch jemand sterben?«

»Wen meinst du?« Er runzelte erstaunt die Stirn.

»Du weißt es doch, oder?«

Er schwieg und sah ihr fest in die Augen.

»Hast du mir nichts zu sagen, Butzi?«

Er senkte den Blick und seufzte.

»Wirklich nicht?«

»Hanna, du kennst mich doch ….«

»Klar kenne ich dich.« Sie bedachte ihn mit einem verständnisvollen Blick. »Ich weiß selbst, wie es ist, aus der Bahn geworfen zu werden und wie wichtig es ist, über alles zu reden, was uns auf der Seele liegt.«

Sabrina wusste, dass es an der Zeit war, Hanna komplett das Ruder zu überlassen. Sie spürte, dass ihre Chefin auf dem richtigen Weg war.

»Okay …« Werner zögerte.

»Ja?«

»Hanna, ich war's.« Er schluckte. »Ich hab den Bienenvergifter erschossen.«

»Wilhelm Berger?«

»Ja.« Er nickte.

»Aber warum? Und wieso war er ein Bienenvergifter?«

»Er hat ein Unternehmen finanziert, dass schädliche Pflanzenschutzmittel produziert. Wenn die Bienen tot sind, sterben wir alle.«

»Red weiter, Butzi.«

»Jetzt wollten die das Gift auch hier in der Gegend an unsere Landwirte verkaufen. Besonders günstig. Tote Bienen zum Sparpreis sozusagen. Nicht mit meinen Bienen.« Er nickte bekräftigend. »Alles Mögliche habe ich mir im Leben gefallen lassen. Diesmal nicht. Das ging einfach zu weit.«

»Warum musste Laura sterben? Hattest du auch damit etwas zu tun?«

»Ich traf sie im Zug nach Kufstein. Sie erinnerte mich immer so an meine Elisabeth.« Er lächelte versonnen.

»Und dann?«

»Ich fragte sie, ob sie mit mir essen gehen will, sobald ich in Kufstein meine Einkäufe für die Bienen erledigt hätte.«

»Und?«

»Sie willigte ein. Weil sie mich verstand. Genau wie meine Elisabeth.« Werner liefen die Tränen das Gesicht hinunter. »Und weil sie Angst vor Jost Haller hatte.«

»Hat sie dir das erzählt?«

Ja. Ich glaube, es kam ihr gerade recht, dass wir uns begegneten.«

»Was geschah dann?«

»Wir fuhren an den Chiemsee zurück. Dort lagen wir in einer einsamen Bucht. Ich weiß auch nicht, was über mich kam. Ich wollte sie küssen. Sie wehrte sich.«

»Sie wollte nicht?«

»Ich konnte es nicht glauben. Sie stieg mit diesem reichen Bienenmörder ins Bett und ich durfte sie nicht einmal küssen.« Wieder sah man ihm kurzzeitig seine innere Wut an.

»Soll vorkommen.« Sabrina konnte sich die Bemerkung nicht verbeißen.

»Weiter«, sagte Hanna.

»Ich versuchte sie trotzdem zu küssen. Da begann sie zu schreien. Ich hielt ihr erst den Mund zu. Sie wehrte sich. Dann würgte ich sie. Plötzlich rührte sie sich nicht mehr.« Werner sprach auf einmal emotionslos wie ein Roboter.

»Sie war tot?« Hanna sah ihm direkt in die Augen.

Er gab seinen starren Blick auf und schaute zurück.

»Ja.«

»Und wozu das Gemetzel mit ihrem Gesicht?«

»In meiner Panik schnitt ich ihr die Haut weg, weil ich es nicht ertragen konnte, sie tot vor mir liegen zu sehen. Verstehst du das, Hanna?«

»Wie meinst du das?«

»Sie erinnerte mich so sehr an Elisabeth. Das musste ich irgendwie ändern.«

Hanna musste einige Sekunden verstreichen lassen, bevor sie weiterreden konnte.

»Wo ist dein Kleinkalibergewehr?«, fragte sie schließlich.

»In meinem Haus. Gut versteckt im Keller.«

»Also doch nicht in den Karpaten? Woher stammt dann die Adresse, die du meinem Kollegen gegeben hast?«

»Aus dem Internet.«

»Alles klar.«

Hanna erhob sich erschöpft von ihrem Platz.

Sie ging zur Tür und öffnete sie.

»Bringen Sie ihn in eine Zelle«, sagte sie zu den beiden Uniformierten, die davor postiert waren.

Sabrina stellte sich neben sie und legte ihr mitfühlend ihre Hand auf die Schulter.

»Stell dir vor. Ich habe früher immer zusammen mit ihm meine Hausaufgaben gemacht«, sagte Hanna.

Als sie in ihr Büro zurückkam, verständigte sie alle beteiligten Einsatzkräfte davon, dass der von ihnen gesuchte Mörder überführt war, ein Geständnis abgelegt hatte und sicher hinter Schloss und Riegel saß. Auch Rainer, der bereits geschlafen hatte, sagte sie Bescheid.

Sie bedankte sich bei allen für die engagierte Mitarbeit und gab ihren Leuten für Freitag einen Tag Sonderurlaub.

69

Mittwoch 22.00 Uhr, Traunstein.

Hanna war auf dem Nachhauseweg. Der Fall war so gut wie abgeschlossen. Ein zufriedenes Gefühl machte sich in ihr breit. Sie freute sich auf Florian. Er würde ihr dabei helfen, das schreckliche Bild der toten Laura Obermeier wieder aus ihrem Kopf zu bekommen. Schließlich gab es auch ein Leben außerhalb der Arbeit.

Als sie aus ihrem Dienstwagen stieg, machte sich ihr Smartphone bemerkbar.

Sie ging ran.

»Deine Mutter ist dran, Kind.« Rosa klang aufgeregt.

»Mama, was ist los? Ist etwas passiert?«

»Der Karl senior, dein Opa. Es hilft nichts mehr.«

»Wie jetzt?« Hanna setzte sich auf die Bank vor ihrem Mietshaus. Der Verein der reichen Bürger von Traunstein hatte sie gespendet. Wer auch immer das genau sein mochte. Sie ganz bestimmt nicht.

»Er spinnt komplett.«

»Was hat er denn schon wieder angestellt?«

»Das glaubst du nicht.«

»Sag schon.«

»Er hat alle Gardinen und Vorhänge im Haus abgehängt. Auch in den Schlafzimmern.«

»Weiß man, warum?« Hanna musste schwer an sich halten, nicht laut loszulachen. Dieser Großvater war wirklich unbezahlbar in seiner ungestümen Altersanarchie. Aus der Ferne betrachtet natürlich. Selbst wollte sie nicht unbedingt zum Opfer seiner schrägen Streiche werden.

»Damit er nachts die Sterne von jedem Zimmer aus sehen kann, sagt er.«

»Echt?« Hanna lachte laut los.

Die reine Erleichterung machte sich in ihr breit. Sie vergaß den Stress der letzten Tage und sogar die Tatsache, dass sie gerade ihren besten Freund aus Kindertagen wegen Mordes einsperren musste.

»Ich finde das nicht lustig, Kind.« Rosa hörte sich empört an.

»Ich schon, Mama.« Hanna kicherte albern weiter.

»Weißt du eigentlich, was das für eine Arbeit ist, die Dinger wieder alle aufzuhängen?«

»Lass es ihn doch machen.«

»Er weigert sich. Sagt, dass er es nicht gewesen ist. So etwas würde er niemals tun.«

»Kann dir Julia nicht dabei helfen?«

»Die sagt, er soll ins Irrenhaus oder ins Altersheim.«

»Aber geh. Man muss es doch nicht gleich so übertreiben. Sag ihr, dass ihre große Schwester dagegen ist und morgen zum Helfen vorbeikommt.«

»Das würdest du tun, Kind? Obwohl du so viel mit deiner Arbeit zu tun hast?« Rosa klang, als wollte sie nicht glauben, was sie gerade hörte.

»Würde ich, Mama. Außerdem haben wir unseren Mörder vorhin erwischt und überführt.« Hanna konnte den Stolz in ihrer Stimme nicht verbergen. Bei aller sonstigen Coolness war sie zuletzt schließlich auch nur ein Mensch, der wie jeder andere gelegentlich die Anerkennung der anderen brauchte.

»Nein!«

»Doch!«

»Das ist toll, Kind. Ich bin so stolz auf dich. Der Papa natürlich auch.« Rosa war ihre Freude deutlich anzuhören.

»Danke, Mama.«

»Weißt du was«, fuhr Rosa fort. »Bleib morgen zu Hause und komm lieber irgendwann mal auf einen Kaffee vorbei, um mir alles haarklein zu berichten.«

»Und die Vorhänge?«

»Hänge ich mit Julia und ihren Kindern wieder auf. Wir klemmen irgendwas in die Vorhangstangen, dass Karl senior sie nicht aufkriegt. Außerdem werden wir ihn schärfer überwachen.«

»Das wolltest du doch ohnehin tun.«

»Hab's wohl nicht ernst genug genommen.«

»Klingt prima. Gute Nacht, Mama.«

»Gute Nacht, Kind.«

Hanna stand auf. Sie stieg das Treppenhaus bis zu ihrer Wohnung hinauf und klingelte an ihrer Tür.

Florian öffnete ihr.

Er war nackt bis auf den Ring in seiner Hand.

»Was ist denn mit dir los?« Sie grinste erstaunt.

»So bin ich nun mal. Gewöhn dich dran.«

70

Donnerstag, 11.00 Uhr, Haus der Talgrubers.

Als Rainer gegen die Mittagszeit nach Hause kam, nachdem er ganz früh in Storni losgefahren war, fand er die Haustür offen vor.

Er drückte sie auf, ging hinein und rief nach seiner Mutter und Natalia.

Keine Antwort.

»Mama? Natalia? Niemand hier?«, rief er weiter, während er hineinging.

Bestimmt saßen die beiden hinten im Garten, waren kurz Einkaufen gegangen oder holten gemeinsam etwas aus dem Keller. Es würde sich gleich zeigen. Keine Frage, jetzt wo sie sich so gut miteinander verstanden.

Er freute sich schon auf das Wiedersehen mit Natalia. Sie hatte seine Erwartungen wirklich bei Weitem übertroffen.

Er sah sie deutlich vor seinem inneren Auge. Mit einem kühlen Bier für ihn in der Hand und einem bezaubernden Lächeln auf ihren wunderschön geschwungenen Lippen.

Er kam ins Wohnzimmer und stellte fest, dass niemand da war und dass der Fernseher nicht mehr an seinem Platz stand. Natalia schien Hildegard von der Schädlichkeit des Dauerglotzens überzeugt zu haben. Gut so. Endlich jemand, der es mit ihr aufnahm.

In der Küche war ebenfalls niemand.

Im Garten hinter dem Haus ... auch keiner zu sehen.

»Dann sind sie wohl doch kurz zum Einkaufen gegangen, meine beiden Hübschen«, murmelte Rainer.

Bestimmt wollte ihm Natalia ein tolles Willkommensessen zubereiten und Hildegard half ihr beim Einkaufen. Er war sich sicher, dass nichts Schlimmes passiert sein konnte. Oder waren Hildegards Befürchtungen am Ende berechtigt gewesen? Hätte er ihr vielleicht doch Glauben schenken sollen, als sie sagte, sie wäre in großer Gefahr?

Er setzte sich auf die Terrasse in den Schatten und versuchte sich trotz der Befürchtungen, die in ihm aufstiegen, zu entspannen.

»Hilfe!«

Was war das? Da hatte doch gerade jemand um Hilfe gerufen. Oder nicht?

»Hilfe!«, ertönte es erneut.

Jetzt gab es keinen Zweifel mehr. Da rief jemand im Inneren des Hauses um Hilfe. Wenn ihn nicht alles täuschte, war es die Stimme seiner Mutter.

Rainer sprang auf.

Er riss die Terrassentür auf und stürmte hinein.

Hildegard stand mitten im Wohnzimmer. »Mein Fernseher ist weg. Zu Hilfe«, rief sie, blankes Entsetzen im Gesicht.

»Aber den haben Sie doch zum Reparieren abgeholt.« Natalia tauchte hinter ihr auf. »Hallo, Rainer. Schön, dass Sie schon da sind. Aber Sie sind zu früh. Eigentlich waren wir gerade erst einkaufen und wollten Ihnen etwas zur Begrüßung gekocht haben, wenn Sie heimkommen, stimmt's, Hildegard?«

»Stimmt, Natalia.« Hildegard nickte. »Das mit dem Fernseher hatte ich ganz vergessen, ich Schussel. Ich bringe schon mal die Sachen in die Küche.«

»Ich helfe dir.« Natalia hob die Einkaufstaschen auf, die Hildegard neben sich auf den Boden gestellt hatte.

»Lass gut sein.« Hildegard nahm ihr die Taschen weg. »Noch bin ich nicht gebrechlich.«

»Ihr duzt euch?« Rainer blickte verwundert von einer zur anderen.

»Warum nicht«, sagte Hildegard achselzuckend. »Wir leben hier zusammen, da können wir uns auch duzen.« Sie ging mit ihren Einkäufen in die Küche hinüber.

»Wie haben Sie das denn geschafft?«, fragte Rainer Natalia erstaunt, sobald seine Mutter aus dem Zimmer war.

»Ganz einfach. Der Fernseher war kaputt und der Stammtechniker, der in so einem Fall immer kommt, macht Urlaub. Sie war verzweifelt. Ich habe ihr einen anderen Techniker besorgt.« Sie lächelte stolz.

Rainer fand sie einfach nur unaussprechlich schön.

»Aber was macht sie jetzt ohne Fernseher?«, fragte er ungläubig.

»Wir wollten wie gesagt gerade gemeinsam für uns alle kochen, und am Abend wird der Fernsehapparat wieder gebracht oder ein Ersatzgerät.«

»So schnell geht das?« Er zog staunend die Stirn kraus.

»Ich habe meinen ganzen Charme spielen lassen.« Sie lächelte erneut.

»Sie sind ein Engel, Natalia.« Seine Knie zitterten.

»Kommt ihr endlich zu mir in die Küche und helft mir oder wollt ihr da draußen etwa Wurzeln schlagen?« rief Hildegard ungeduldig.

»Wir kommen, Mama.« Rainer nickte Natalia breit grinsend zu.

Dann verließen sie eng nebeneinander das Wohnzimmer. Er berührte dabei versehentlich ihre Hand. Es war als hätte ihn ein Stromschlag getroffen.

Sie musste es ebenfalls bemerkt haben, denn sie drehte ihren Kopf zu ihm herüber und sah ihm direkt in die Augen. Besonders lange und besonders tief.

Er erwiderte ihren Blick.

Seine Knie zitterten dabei noch stärker als zuvor.

Es gab Tage, da leuchtete die Welt in den herrlichsten Farben und die Zukunft war etwas, auf das man sich ganz besonders freute.

71

Samstag, 10.00 Uhr, Freibad, Prien am Chiemsee.

Der See war heute zu kalt zum Baden. Deshalb hatten sich Sabrina und Evi Haller im Freibad verabredet.

»Hier bin ich.« Sabrina winkte Jost Hallers Frau von ihrem Platz im Schatten einer üppigen Kastanie aus zu.

»Schön, dass es geklappt hat«, sagte Evi zur Begrüßung.

»Finde ich auch.« Sabrina stand auf und gab ihr links und rechts ein Küsschen auf die Wange, wie man das normalerweise nur bei guten Bekannten oder alten Freunden tat. »Ich hatte gestern schon Urlaub. Könnte mich glatt an das Wasser und die Sonne gewöhnen.«

»Ich lasse mich von Jost scheiden.« Evi platzte sofort mit der überraschenden Neuigkeit heraus. Sie hörte sich zu allem entschlossen an.

»Sehr gute Entscheidung«, beglückwünschte sie Sabrina. »Ich weiß da einen guten Anwalt für dich. Ein Freund meines Onkels. Der lässt deinen feinen Herrn Gatten sauber bluten. Finanziell gesehen natürlich.«

»Das wäre natürlich sozusagen ziemlich optimal.«

ENDE

Hauptkommissarin Hanna Schmiedinger ermittelt:

1. Fall: Hannas Leichen
ISBN 978-3-8392-2368-0

2. Fall: Bluadsbagage
ISBN 978-3-8392-2565-3

3. Fall: Seegestöber
ISBN 978-3-8392-0193-0